매혹의 아이콘

내가 읽은 21세기 시인들

이숭원(李崇源)

1955년 서울에서 태어났다.

서울대학교를 졸업하고 문학 박사 학위를 받았다.

1981년부터 2018년까지 충남대학교, 한림대학교, 서울여자대학교 교수를 역임했다.

1986년 평론가로 등단하였으며, 저서로 『서정시의 힘과 아름다움』『정지용 시의 심층적 탐구』『초록의 시학을 위하여』『폐허 속의 축복』『감성의 파문』『세속의 성전』『백석을 만나다』『영랑을 만나다』『시 속으로』『미당과의 만남』『김종삼의 시를 찾아서』『목월과의 만남』『몰입의 잔상』『구도 시인 구상 평전』『탐미의 윤리』『매혹의 아이콘』 등을 썼다.

시와시학상, 김달진문학상, 편운문학상, 김환태평론문학상, 현대불교문학상, 유심작품상, 한국가톨릭문학상을 받았다.

ARCADE 0010 CRITICISM 매혹의 아이콘—내가 읽은 21세기 시인들

1판 1쇄 펴낸날 2021년 6월 30일
지은이 이숭원
디자인 최선영
인쇄인 (주)두경 정지오
펴낸이 채상우
펴낸곳 (주)함께하는출판그룹파란
등록번호 제2015-000068호
등록일자 2015년 9월 15일
주소 (10387) 경기도 고양시 일산서구 중앙로 1455 대우시티프라자 B1 202호
전화 031-919-4288
팩스 031-919-4287
모바일팩스 0504-441-3439
이메일 bookparan2015@hanmail.net

ⓒ이숭원, 2021, printed in Seoul, Korea

ISBN 979-11-87756-96-5 03810

값 23,000원

매혹의 아이콘

내가 읽은 21세기 시인들

이숭원

새로운 세대의 시를 위하여

시간은 흐르는 물과 같아서 정해진 단위나 구분이 없는 것이지만, 사람들은 생활의 편의를 위해 연도나 세기 같은 인위적인 구분을 만들었다. 서기 1999년에서 2000년으로 넘어갈 무렵 새로운 세기가 시작된다는 사실에 전 세계는 흥분과 기대에 휩싸였다. 사전적 의미의 21세기는 2001년부터 시작하는 것이라고 언론에서 말해도 2000년이라는 숫자가 주는 신선함이 사람들의 흥미를 자극했다. 21세기와는 별도로 뉴 밀레니엄(new millennium)이란 말을 만들어 새로운 시대에 대한 선망을 표현했다. 당시 컴퓨터가 연도 표시 숫자 '00'을 인식하지 못하여 전산 대란이 일어날 것이라는 우려도 있었지만, 아무 일 없이 2000년을 맞았고 사람들의 군중적 열기를 비웃기라도 하듯 전과 다름없는 일상이 펼쳐졌다. 시간은 그렇게 강물처럼 단속(斷續) 없이 구획(區劃) 없이 흐른다는 사실을 다시 한 번 확인했다.

문물의 변화는 두드러진 것이 없었지만 새로운 세기를 맞았다는 사람들의 의식에는 변화가 일어났다. 20세기를 지나 21세기에 들어

왔으니 전과 다른 무언가가 일어나야 한다는 강박감이 의식의 저층에 작용했다. 정동(情動)의 변화에 민감한 예술 분야에서 새로운 양상이 나타났고 감각의 층위를 빠르게 표현할 수 있는 시에서 먼저 변화가 일어났다. 2002년부터 2005년 사이 신진 시인들의 첫 시집이 연이어 간행되었다. 이장욱, 김언, 김행숙, 정재학, 이기성, 김민정, 이기인, 황병승, 유형진, 이민하, 김이듬, 김근, 장석원 등의 시집이 나왔다. 이들의 시는 분명 전과 다른 새로움을 강력하게 발산하고 있었다. 이들의 새로움에 경이감을 느낀 권혁웅은 난해한 작품을 섬세하게 읽어 가면서 그 안에 내장된 의미의 단층을 끌어올려 '미래파'라는 명칭을 부여했다.

따지고 보면 이들의 시는 어떤 유파로 묶기에는 각기 개성이 다르고 방향도 다르다. 그러나 21세기라는 변화의 기류에 맞게 새로운 경향을 보인 것은 사실이다. 그들은 서정과 현실의 경계선을 허물면서 파격의 언어와 도발적인 상상으로 기존의 형식을 전복하는 세계를 펼쳐 냈다. 일상의 화법을 비튼 복합적 담화 형식을 활용하여 막힌 벽을 뚫으려는 도전의 몸부림을 보여 주었다. 시적 주체의 자리를 희석하여 타자로서의 '나'를 설정하고 그 '나'도 여러 개의 단자로 분화된 모습으로 표현했다. 이들의 시 중 가장 특이한 유형은 김민정, 황병승, 김이듬의 시다. 이들의 시가 기존의 상식과 윤리를 뒤집는 도발과 엽기의 요소를 보여 주었기 때문이다.

시간이 지나면서 그들의 새로움은 한국시의 커다란 흐름 속에 용해되고 흡수되었다. 집단적 움직임처럼 보였던 새로운 단면들은 각기 다른 양태로 굴절되어 갔다. 자기만의 시를 쓰려는 시인들의 운동 감각이 새로움이라는 관념에 매달리지 않고 자신이 체험한 진실을 찾아 움직였기 때문이다. 그리하여 지난 20년간 많은 새로운 시인들이 등장했고, 난만하고 다양한 시의 시대가 펼쳐졌다. 젊은 시인들은 정치·사회적 변화와 변하지 않는 세상의 규범 사이에서 자신의 진정한 길을 찾으려는 노력을 보였다. 문화의 영역이 확대되었기 때문에 21세기에 등단한 시인은 그전 20년간 등단한 시인에 비해 훨씬 많은 숫자를 보인다.

나의 정식 등단은 1986년이지만 충남대학교 교수를 한 1981년부터 시에 대한 글을 썼으니 20세기에 20년, 21세기에 20년 시를 읽고 글을 써 온 셈이다. 1990년대 후반에는 퇴조하는 서정시를 옹호하고 조력하는 글을 써서 서정시 옹호론자라는 말을 듣기도 했다. 2018년 8월에 학교에서 퇴직하고 '구상 평전' 집필의 의뢰를 받아 2019년 10월에 출간한 다음 이어서 무슨 일을 할까 궁리했다. 그러는 사이에 2020년이 밝았다. 늘 그런 것처럼 새해 계획을 세우는데, 내가 동년배의 시인들에게는 친근감을 느끼지만, 동시대의 젊은 시인들에 대해서는 거리감을 갖고 있다는 생각이 불현듯 떠올랐다. 나이든 시인들은 젊은 시인들의 시가 어렵다고 하지만, 그들 쪽으로 조금 다가서면 그 거리감은 해소될 것이다. 머리가 더 굳기 전에 21세기 시인들에 대해서 이해와 공감의 담론을 남겨 두어야 할 것 같았다. 그래서 내게 친숙한 일은 뒤로 미루고 낯설고 새로운 일부터 하자고 결정했다.

사람에게는 하고 싶은 일, 해야 할 일, 할 수 있는 일이 있다. 지금의 이 작업은 비평가로서 해야 할 일이고 시를 좋아하는 사람으로서 하고 싶은 일이다. 그러나 제대로 할 수 있느냐 하는 것은 능력의 문제여서 앞의 두 요건과 뚜렷이 구분된다. 생각이 앞선다고 다 할 수 있는 것이 아니다. 처음에 세운 계획은, 2000년대에 등단하여 첫 시집을 낸 50세 미만의 시인 중 지금까지 두 권 이상의 시집을 낸 시인을 분석하는 것이었다. 그러나 일을 진행하면서 처음에 생각했던 몇몇 시인의 집필은 포기했다. 그것은 순전히 내 자신의 능력과 감수성에 관련된 결과였다. 그러니까 이 열 명의 시인은 내 감성의 손길이 순연히 접촉하고 그 결과를 언어로 구성하는 데 어려움이 없었던 사람들이라 할 수 있다. 이 시인들은 등단 시기와 연배별로 잘 안배가 되어 있고 미래에 대한 전망도 밝은 사람들이다. 이 점은 무척 행복한 사실이다. 이들의 문학 활동은 21세기의 중심을 향해 펼쳐질 것이니 전형적인 21세기 시인이라 할 만하다.

독서와 작문으로 일 년 이상의 시간을 보내고 간신히 열 명 시인의 시 세계를 평설했다. 코로나 전파와 함께 시작하여 백신 접종으로 끝내게 되었다. 코와 입을 가린 코로나 시대에 그래도 생산적인 일을 할 수 있어서 다행스럽게 생각한다. 지금까지 계획을 세워서 집중적인 작업을 한 결과물로『정지용 시의 심층적 탐구』『백석을 만나다』『영랑을 만나다』『미당과의 만남』『목월과의 만남』『김종삼의 시를 찾아서』등 몇 권의 책을 낸 바 있다.『정지용 시의 심층적 탐구』(1999)를 내면서, 소설로 말하면 단편집만 내다가 이제 비로소 전작 장편을 낸다고 언급했었는데, 이번의 작업은 단기간에 쓴 열 사람의 시인론을 모은 것이니 연작 단편집이라고 할 수 있다. 평론집으로는 처음 기획한 일인데, 아무리 백 세 인생을 산다 해도 기력이 달려서 이런 작업은 더 이상 못할 것 같다.

퇴직한 교수의 애잔한 문집을 책으로 엮는 일은 파란의 채상우 대표가 맡아 주었다. 들어 보니 문학 계간지 간행부터 단행본 출판까지 혼자서 업무를 감당한다고 한다. 책을 내도 종잇값조차 건지기 어려운 출판 시장에 또 하나의 짐을 지우는 것 같아 고맙고 애틋한 마음 그지없다. 금전으로 환산하기 어려운 문학의 진실에 기대어 이 어려움을 함께 이겨 내자고 격려하며 동행의 길로 나아가고자 한다. 좋은 시로 우리를 위로하는 21세기 모든 시인들에게 감사의 뜻을 전한다.

2021년 5월 27일
이숭원

차례

일러두기

인용문 가운데 일부는 읽기의 편의를 위해 현행 맞춤법 규정에 따라 띄어쓰기를 수정하였습니다.

여백의 조각술로 새긴 슬픔의 아이콘
—여태천

1. 언어위생론적 조각술

1971년 경상남도 하동에서 태어난 여태천은 2000년에 『문학사상』으로 등단하고 2006년에 첫 시집 『국외자들』(랜덤하우스중앙, 2006.2.)을 냈다. 첫 시집의 표지 글에서 조정권은 여태천 시의 특징을 "언어위생론자"라는 말로 요약했다. 두 번째 시집 『스윙』(민음사, 2008.12.)의 표지 글에서 최승호는 여태천의 시에 대해 "여백의 조각술"이라는 말을 했다. "언어위생론", "조각술"이란 말에 여태천 시의 특징이 내포되어 있다.

"언어위생론"이 무엇을 지칭하는지 구체적으로 밝히지는 않았지만, 언어를 절제하여 정갈한 상태로 운용한다는 점을 이렇게 표현한 것 같다. 감정의 동요를 가라앉히고 말의 정수를 선정하여 시의 구조를 깔끔하게 구성한다는 뜻이다. 이것은 언어를 도구로 삼아 구성한 기하학적 조형을 연상시킨다. "여백의 조각술"이란 말도 최소한의 언어로 기하학적 구도를 조성한다는 뜻이니 조정권의 시각과 크게 다르지 않다. 요컨대 정갈한 언어를 사용하여 빈 공간에 기하학적 구조를 창조하는 것. 이것이 여태천 시의 특징이라고 두 시인은 본 것이다. 일반적으로 기하학적 조형물은 '잘 만들어진 항아리'처럼 하나의 독립된 예술품이어서 역동적인 현실이라든가 희비가 교차하는 삶의 현장과는 거리가 있다. 얼마나 정제된 언어로 조형물을 완성하는가가 창작의 목표가 된다.

당신이 처음으로 서쪽 하늘을 쳐다보았을 때
그 아래 어디선가 나는 유리 넥타이를 매고
조용히 앉아 책을 읽고 있었을 것인데, 당신은
어떻게 그 작은 몸을 일으킬 수 있었는지
낯선 얼굴을 보고 놀란
당신의 눈은 무슨 색이었을까
흑백으로도 뚜렷이 빛나는

죽지 않은 꽃들은 쉬지 않고 빨리 자라
하늘의 별에 닿았지, 책에 그렇게 적혀 있어도
나는 어둡고 검은 눈으로 한 자씩 손을 짚어 가며
새끼를 낳는다는 해변의 나무와 죽은쥐나무와
날카로운 발톱의 짐승들
있지도 않은 이름을 소리 내어 천천히 읽고
또 읽고 있을지도

나무를 타고 올라 하늘의 별자리가 된 원숭이
번쩍이는 산과 북쪽으로 흐르는 검은 강처럼 아름다운

처음으로 당신이 이름을 얻었을 때
밤하늘의 빛나는 다이아몬드
저 하늘엔 지금 전등을 켜고
자전거가 마구 달리고 있는데

나는 지금 도시의 어두운 구릉에서
보이지 않는 머나먼 적색 별의 끝을 바라보네
너무 멀어 별의 말을 들을 수 없는
텅 빈 저 하늘을 가로지르는 비행선
꽁무니를 따라 인공의 구름이 흐르고
그 아래로 천천히 열을 지어 지나가는 사람들
끝없이 이어지며 바뀌는 표정들, 아이들, 우는
그 틈에서 나도 무릎을 펴고
한 번도 걸어 본 적 없는 땅 위를 걷고 있을 거야

복숭아 향기 나는 오렌지색 이층버스를 타고
인공의 구릉과 호수를 건너
당신이 거닐었던 검은 땅으로
비행기, 버스, 밤하늘, 다이아몬드
내 입안에서 굴러다니는 이 새로운 단어들의 감촉을
어떻게 전해 줄 수 있을까
루시, 내 말을 듣지 못하는

—「루시」 전문

첫 시집 첫머리를 장식하고 있는 이 시는 명목상의 위치 때문인지 여태천 시의 성격을 주도한다는 느낌을 준다. '루시'는 1974년 아프리카에서 발견된 원시인류의 화석에 붙인 이름이다. 화석의 분석 결과 직립보행을 한 25세의 여성으로 키 107센티미터, 몸무게 28킬로그램 정도이며 320만 년 전의 원시인류로 판명되었다. 가장 오래된 여성 화석이라는 점과 비틀스의 노래 제목에서 따서 붙인 친근한 이름 덕분에 루시는 인류 최초의 여성이라는 신비로운 아우라에 싸여 많은 작품의 소재가 되었다. 여태천이 현실의 인물이 아닌 루시를 표제로 내세워 독자적인 상상의 세계를 형상화했다는 사실 자체가 그의 특징인 언어위생적 조각술의 성격을 명쾌히 드러내는 것이기도 하다.

　루시라는 신비의 존재를 대상으로 삼았기 때문에 등장하는 소재들도 현실적이 아니라 환상적이다. 이 시는 화자에게 루시라는 여성이 처음 모습을 드러낸 순간의 놀라움과 신비감을 표현하는 방식으로 시상이 전개된다. 시상의 전개 자체가 상상에 기반을 두고 있어서 몽환적이다. "유리 넥타이"는 현실에서 볼 수 없는 사물이고 꽃들이 빨리 자라 하늘의 별에 닿는 일도 현실에서는 일어나지 않는다. "있지도 않은 이름을 소리 내어 천천히" 읽는 일도 상상의 소산이다. 밤하늘에 전등을 켜고 달리는 자전거도, 비행선 꽁무니를 따라 흐르는 인공의 구름도, "복숭아 향기 나는 오렌지색 이층버스"도 현실에는 존재하지 않는다. 이러한 환상의 세계 속에서 루시와 내가 만났기 때문에 내가 아무리 정성을 기울여 정제된 언어로 마음을 담아내도 루시는 내 말을 듣지 못한다. 진공 속에 소리가 전달되지 않듯 환상의 공간에 언어의 지시적 의미는 전달되지 않는다. 언어의 뉘앙스, 대상의 이미지만이 감촉될 뿐이다.

　그러면 시인이 전달하고자 한 이미지는 무엇인가? 환상 동화의 색채가 뚜렷한 "복숭아 향기 나는 오렌지색 이층버스"보다 "유리 넥타이"라는 시어에서 여태천 시의 특징을 찾는 것이 좋을 듯하다. 넥타이를 매고 조용히 앉아 책을 읽는 모습은 단정한 모범생의 자세다. 환상 속에서도 화자는 품위와 격식을 지키려 하는 것이다. 책을 읽고 있었다는 것은 화자가 지식인이라는 사실을 단적으로 드러낸다. 이 사실적인 정황에 시의 윤기를 착색시키는 것은 "유리"라는 단어다. "유리"는 투명하고 반짝이며 깨지기 쉬우므로 조심스럽게 다루어야 한다. 여태천은 이 난감한 물질로 넥타이를 만들어 목에 둘렀다. 넥타이를 매고 단정하게 앉아 책을 읽는 독서인에게 신비로운 루시가 몸을 드러낸다는 것은 상상하기 어려운 일이다. 그러나 "유리 넥타이"를 매고 책을 읽는 사람에게라면 루시가 그 신비로운 몸을 일으켜 "흑백으로도 뚜렷이 빛나는" 눈길을 보낼 수 있을 것이다. 이런 문맥을 생각하면 "유리 넥타이"의 배치는 그의 언어위생론적 조각술 전략이 성공을 거둔 예라 할 것이다.

이 시의 구성을 다시 살펴 가면서 시인의 의식을 재구성해 보겠다. 첫 연은 루시와 화자의 신비롭고 환상적인 만남이다. 둘째, 셋째 연은 비현실적인 꽃과 나무와 동물과 자전거 형상을 동원하여 만남의 신비감을 증폭했다. 넷째 연은 루시의 신비로운 자태에 동화되어 상상의 영역을 보행하는 화자의 적극적인 반응을 표현했다. 마지막 연은 루시로 인해 촉발된 "입안에서 굴러다니는" "새로운 단어들의 감촉"을 루시에게 전하고 싶은 마음과 그것이 제대로 실현되지 못하는 안타까움을 담아냈다. 환상으로 인해 새로운 영감을 얻고 새로운 시어를 발견했으나 그것이 환상의 소산이기에 실물로 전달될 수 없다는 한계 의식을 드러낸 것이다. "루시, 내 말을 듣지 못하는"이라는 마지막 시행은 언어의 한계, 소통의 단절을 나타내는 결론적 기표다. 여태천이 보여 준 환상의 경로는 결국 소통의 단절이라는 기의로 종결되었다.

소통의 단절, 거기서 오는 불안과 우울은 시집『국외자들』전체를 관통하는 기류다.「저녁의 외출」은 "늦은 전보처럼 불안은 매일 찾아오고 종교가 있어도 우리 집은 불안하다"라는 시행으로 시인을 둘러싼 불안의 색조를 조명한다.「펀치 드렁크」는 "관중들이 왜 저렇게 개구리처럼 환호하는지/죽는 날까지 알 수 없겠지"라는 시행에서 소통의 단절을 우화적으로 제시한다.「절망」은 "바스락 바스락/소리를 내며/근심이 자란다"라는 시행으로 근심의 확장을 고백한다. 타자와의 단절, 고립의 결벽성이 시인이 지닌 의식의 바탕이고 흐름이다. 그의 시에는 선로, 도로, 노선 등의 시어가 자주 등장하는데 이러한 길의 영상은 불안과 근심과 단절의 상태에서 벗어나려는 시인의 무의식을 반영한다. 그는 단절과 소외를 "불치의 병"으로 인식하기에 이르는데 이러한 의식의 반경에 그의 아내도 포함된다. 불행하게도 아내 역시 불안, 단절, 소외의 의식을 공유한다.

> 집을 옮기자 하늘이 단풍을 거느리고
> 계단도 없는 베란다를 넘어 들어왔다
> 아내는 아버지의 죽음을 나보다 더 슬퍼했지만
> 집을 옮기는 일에 더 열심이었다
> 집을 옮기고 공짜로 보는 일간신문과
> 함께 들어오는 광고 전단지를
> 아내는 잃어버린 보물을 찾듯 들여다보았다
> 어서 빨리 팔려야 할 물건들이 그때마다
> 집 안 구석구석 조금씩 쌓이기 시작했다

집에 있어도 다시 어디로 가야 할 사람처럼

양말을 신은 채로 그냥 잤다

꾸역꾸역 세끼 밥을 챙겨 먹었는데도

아버지를 보내고 자꾸만 몸이 축났다

입고 있던 바지가 헐렁해지고

걸을 때마다 헛돌던 양말은

반쯤 벗겨져 있기도 했다

아무 말도 하지 않았지만

이상하게도 쓰레기를 버릴 때마다

아내의 물건이 조금씩 빠져나가는 게 보였다

한 번도 간 적이 없는 곳에서 연락이 오고

주소와 행적이 슬슬 사라지기 시작했다

누군가 우리 집을 훔쳐 갈지 모른다고

이중으로 문을 잠그며 아내는 무서워했다

가슴에서 바람 소리가 난다고

숭숭 소리를 내며 새 나가는 마음이 보인다고

아내는 밤마다 우는소리를 했지만

아침은 기어코 우리의 집을

조금씩 훔쳐 가기 시작했다.

—「불치의 병」 전문

이 시에는 선병질의 불안감으로 인해 가정이 파괴되는 음울한 악몽의 현장이 제시되었다. 뚜렷하지는 않지만 집을 옮긴 것이 아버지의 죽음과 관련이 있는 것처럼 보인다. 아버지가 돌아가시고 집을 옮긴 다음 아내의 행동은 정상에서 벗어났다. 광고 전단지를 보물을 찾듯 들여다보았고 쓸데없는 물건을 사들이기 시작했다. 불안한 마음에 양말을 신은 채 잠을 자고 몸은 여위어 갔다. 사들인 물건은 쓰레기를 버릴 때 조금씩 내다 버렸다. 아내의 불안감은 더 커져서 "누군가 우리 집을 훔쳐 갈지 모른다고" 무서워했고, "가슴에서 바람 소리가 난다고/숭숭 소리를 내며 새 나가는 마음이 보인다고" "우는 소리"를 했다. "불치의 병"처럼 보이는 아내의 불안감의 원인은 무엇인가? 전제된 사실은 아버지의 죽음과 집을 옮긴 것이다. 혈육의 죽음이 준 공백, 그것을 메우려는 이사, 물건의 사들임, 그것으로도 해소되지 않는 공허감과 불안감. 이것이 결국 한 가정을 붕괴시킨다. 앞에서 읽어 온 시의 맥락을 끌어와 해석하면, 아버지의 부재에서 온 단절감이 집을 옮기는 또 하나의 단절을 일으키고, 공간의 이동에서 온 소외가 불안감을 증폭시켜 정박(碇泊)의 처소인 집마저 상실케 하는 악몽의 드라마를 연출했다. 정제된 절제의 언어로 무심하게 조각된 이 구조물에는 일상에 도사리고 있는 끔찍한 가족 해체의 단면이 가로놓여 있다. 여기에는 유리의 환상도 없고 밤하늘에 다이아몬드처럼 빛나던 자전거의 환영도 없다. 아버지가 등장하는 또 한 편의 시에도 절망은 유령 같은 모습을 드러낸다.

> 걷기가 어려울 때마다 노선이 만들어지고
> 길은 오래된 색의 허물을 벗고 새 몸을 얻었다
> 길의 변신은 무죄라고
> 사람들은 아무렇지도 않게 말했다
> 시간에 쫓기거나 급할 때마다 모두들 색만 보고 뛰었다
> 색에 따라 노선도 바뀜을 모르지 않았으나
> 다다익선을 배운 건

집을 한참이나 지나친 뒤의 일이었다

어느 날 갈아타는 곳이 사라졌다

종착역이었다

아버지가 그랬다

그는 잘못 든 길을 끝까지 갔다

그러다 몸도 집도 다 잃었다

종착역에는 아무런 표식도 없었다

—「불찰에 관한 어떤 기록」 부분

앞의 시에서 아버지의 죽음 이후 새로운 거주 공간으로 집을 옮긴 것처럼 이 시도 어려운 상황에서 새 길을 찾는 일을 소재로 삼았다. 그의 시에 자주 등장하는 "노선"과 "길"이라는 시어가 의미의 중심을 이룬다. 새로운 길은 단절과 불안에서 벗어나려는 새로운 시도를 의미한다. 길과 노선은 가끔 바뀐다. 노선이 바뀌면 사람들이 찾기 쉽게 색을 새로 칠한다. 색을 보고 정해진 길로 가면 집에 도착할 것 같지만 「불치의 병」에서 본 것처럼 가정이 해체되었기에 집을 찾는 일은 점점 어려워진다. 정박하지 못하고 길을 따라 떠도는 유랑의 처지에 놓이게 되는데 사람들은 그것을 모르고 색만 보고 길의 끝까지 간다. 갈아타는 곳도 찾지 못하고 종착역에 이르면 "몸도 집도 다 잃"게 된다. 아버지가 그런 삶을 살았다. 선대가 길을 제대로 찾지 못하고 헛된 종착역에 이르러 몸과 집을 망쳤듯이 뒤를 이은 사람들도 그 운명을 벗어나지 못하면 생의 모든 노선은 어둠에 이르고 만다. 여태천의 이 시는 그런 불길한 추락의 자각으로 끝난다. 그리하여 그의 첫 번째 시집은 우울한 '포스트 센티멘털리즘'의 암갈색 구도로 착색되고 마무리된다.

2. 삶의 공허와 잉여적 존재

두 번째 시집 『스윙』에도 이 기조는 유지된다. 새롭게 나타난 특징은 시간에 대한 미시적 관심이다. 시간에 대한 관심은 묘하게도 야구 관련 상상과 결합된다.

커피 물이 끓는 동안에 홈런은 나온다.
그는 왼발을 크게 내디디며 배트를 휘둘렀다.
좌익수 키를 훌쩍 넘어가는 마음.
제기랄, 뭐하자는 거야.
마음을 읽힌 자들이 이 말을 즐겨 쓴다고
이유 없이 생각한다.
살아남은 자의 고집 같은,

커피 물이 다시 끓는 동안의 시간.
식탁 위에 놓인 찻잔을 잠시 잊고 돌아오는 시간.
오후 2시 26분 37초,
몸이고 마음이고 새까맣다.
20년 넘게 믿어 온 기정사실.
내 오후의 어디쯤에는 불이 났고 구멍이 뚫렸던 것이다.
방금 전 먹었던 너그러운 마음을
다시 붙들어 매는 데 걸리는
시간은 고작 17초.
애가 타고 꿈은 그렇게 식는다.

오후 2시 26분 54초,

커피 물이 다시 끓지 않는 시간.

식탁 위로 찻잔을 찾으러 오는 시간.

커피는 아주 조금 식었고

향이 깊어지는

바로 그때

도무지 아무 생각이 나지 않을 때

국자를 들고 우아하게 스윙을 한다.

—「스윙」 전문

　이 우아한 시에는 앞에서 보았던 불안의 신경증은 나타나지 않는다. 시간에 대한 약간의 강박이 암시될 뿐이다. 그것과 대조적으로 분명하게 드러나는 것은 삶의 공허감에 대한 각성이다. 도식적으로 말하면 단절, 불안, 우울의 자리에 공허가 자리 잡았다고 할 수 있다. 공허감이 시간과 연결되는 것은 자연스러운 현상이다. 삶의 공허함은 시간의 흐름을 지각할 때 느껴지기 때문이다.

　이 시의 공간 구성을 머리에 그려 볼 필요가 있다. 거실에 야구 경기를 중계하는 텔레비전이 있고 거실 끝 식탁에는 커피 물을 끓이는 포트와 찻잔이 있다. 포트에 물이 끓는 사이에 홈런이 터졌다. 홈런은 늘 순식간에 일어난다. 홈런이 나오면 게임이 역전되는 경우가 많다. 삶의 변화 역시 그렇게 잠깐 사이에 일어난다. 타자가 친 공은 좌익수의 손을 건너 펜스를 넘어간다. 어느 한쪽 편을 들던 사람은 "제기랄, 뭐하자는 거야"라고 불평의 탄식을 내뱉는다.

　시인은 이 말을 인생사와 관련지어 해석한다. 야구 구경과 커피 물 끓이는 것을 삶과 관련지어 해석하겠다는 취지다. 삶의 현장과 멀리 떨어진 환상의 세계를 보여 주던 「루시」의 세계에서 현실의 삶

으로 관심이 이동되었음을 알려 주는 기표다. "유리 넥타이" 같은
소재는 이제 그의 시에 등장하지 않는다. "20년 넘게 믿어 온 기정
사실"에 대한 관심이 뚜렷하다. 시간의 인식도 세부적이다. "오후 2
시 26분 37초"라는 시간, "오후 2시 26분 54초"라는 시간, 그사이의
"17초"라는 시간을 명확히 인식한다. 그 "17초"의 시간 사이에 홈런
이 나와서 게임이 뒤집히기도 하고 찻잔의 커피가 식기도 한다. 조
금 전에는 너그러운 마음을 가졌는데 사정이 변하자 몸과 마음이 새
까맣게 타들어 마음에 불이 나고 구멍이 뚫린 듯하다. 그 변화의 시
간이 7초일 수도 있고 17초일 수도 있다. 홈런 때문에 찻잔을 잊고
거실로 돌아오기도 하고 상황이 안정되면 커피가 생각나 다시 찻잔
을 찾으러 온다. 야구의 스윙 하나 때문에 감정이 오르내리고 일상
사가 뒤틀린다. 세상은 이렇게 사소한 일로 변화가 일어난다. 인생
은 이렇게 덧없고 슬픈 것이다. 그러나 그것에 대해 슬픔을 느끼는
사람은 극소수다. 대부분 무감각하게 일상의 사실에 사로잡혀 무료
하게 일생을 보낸다. 아무런 생각이 일어나지 않을 때는 마치 배트
를 휘두르는 투수처럼 "국자를 들고 우아하게 스윙"을 하기도 한다.
시인은 이처럼 무의미한 삶의 단면을 시침 뚝 떼고 남의 이야기하듯
펼쳐 냈다.

  우리는 여기서 그의 절제의 조각술이 더 진화하였음을 알 수 있
다. 여백을 불안이나 소외로 덧칠하지 않고 삶의 여백이 바로 공허
의 표상임을 드라이한 절제의 조형술로 구성했다. 그의 관찰과 구성
의 정신이 심화되었음을 알려 주는 사례다. 다음과 같은 시에서 "우
는소리" 하나 집어넣지 않고, 겉으로는 완벽해 보이지만 사실은 텅
빈 공허의 삶을 그는 절제의 화법으로 완벽하게 복원해 낸다.

모두 한 손에 시계를 쥐고 있었다.
가끔 무거워진 손을 흔들기도 하면서
여러 명의 얼굴이 지나갔다.
오후, 골목, 마을버스
구도는 완벽했다.

직진하는 사람은 다른 어딘가에
뿌리도 없이 산다고 생각했다.
우리와 무관하게
노란 버스에서 내린 일곱 명의 아이가 소리를 질렀고
아파트 앞 늙은 나무 여기저기에 꽃이 피었고
똑같은 옷의 경비원들이 인사를 했다.

도시의 가로등이 일제히 밝아질 때
우리는 동시에 재난 경보 메시지를 받았고
여러 곳에서 우울한 소식을 접했다.
미아를 찾아야 한다고 생각하다가도
지난주 복권 번호가 궁금해졌다.

소복여관 4층에는 29일 만에 불이 켜지고
누군가 그 사실을 발견하고야 만 것이다.
자장면이 늦게 배달된 그날
우리의 눈은 더 이상 나빠지지 않았다.
우리는 272곳에서 동시에 사라지고 있었지만
어느 곳으로도 가지 않았다.

첫 행의 "시계"는 일상인을 나타내는 상징 기표다. 사람들은 모두 시간에 얽매여 일상의 일을 되풀이하고 있다. 여러 사람이 어울려 전개되는 세계의 구도는 완벽해 보인다. "일곱 명의 아이", "경보 메시지", "소복여관 4층", "29일", "272곳" 등 삶의 디테일이 자세히 소개되는 것도 세계의 모습을 그대로 복원하려는 시도다. 사람들은 서로 관계를 맺는 것 같지만 사실은 무관하게 살아가고 어디에 뿌리를 내린 것 같지만 뿌리 없이 떠돈다. 미아를 걱정하는 이타적 관심과 복권 번호를 궁금해하는 이기적 취향이 아무런 이질감 없이 병치된다. 어느 여관 구석진 방에서의 고독사와 늦게 배달된 자장면에 대한 불평이 등가의 관계로 병치된다. 지금 이 순간에도 많은 곳에서 생명이 사라지고 있지만 우리 눈앞에 나타나는 현상은 조금도 변하지 않는다. 생은 이렇게 공허하고 슬픈 것이다. 여태천의 조각술은 공허한 삶의 슬픔을 슬픔 없이 산뜻하게 보여 준다.

이것은 정말 오래된 현실입니다.

온몸의 반을 잃고 힘겹게 헤엄치고 있는 니그로.
저 열대어는 다량의 눈물을 흘리고
너그러워진 게 틀림없습니다.

말브랑슈는 눈물에 의해 호의적이지 않았지만
눈앞에서 오래 머물다 사라진 사람은
군데군데 구멍이 뚫린 지루한 표정이었습니다.

찬밥을 물에 말아 혼자 먹는 늦은 점심.

마음이 쌀뜨물처럼 몽롱합니다.

같이 밥을 먹다가 숟가락을 놓고 나간 사람을

천천히 발라먹는 오후입니다.

거북이처럼 느리게

저녁의 골목을 걸어가다가

시장을 묻는 여자에게 수족관을 알려 줍니다.

　　　　　　　　　　　　　　　　—「퇴행성 감정」 전문

　이 시에는 지식이 과하게 투영되어 있다. 시가 단조롭지 않도록 삶의 다면성을 표현하겠다는 의도가 앞서 작용한 결과일 것이다. 오래 지속되어 온 감당하기 힘든 답답한 현실을 몇 가지 비유와 상징으로 정리해 놓았다. 여기서 "니그로"는 열대어의 명칭이다. 끔찍하게도 몸통의 반을 잃었으나 죽지 않고 힘겹게 헤엄치고 있다. 이 참혹한 모습은 화자의 내면에 자리 잡은 의식의 투영이다. 화자는 그 모습에 잠시 당혹감과 공허감을 느낀다. '너그럽다'는 말은 「스윙」에도 나왔던 시어다. 거기서는 마음에 불이 나는 것처럼 애타는 상황과 대조되는 상태를 나타내는 말로 쓰였는데, 여기서는 고통과 슬픔을 거쳐 체념에 이른 상태를 나타낸다. "퇴행성 감정"이라는 제목과 통하는 상태라고 할 수 있다.

　말브랑슈(Nicolas de Malebranche)는 신앙적 진리와 이성적 진리를 어떻게 조화시킬 것인가에 관심을 둔 17세기 프랑스의 철학자이자 수도사라고 한다. 신앙을 통해 얻을 수 있는 건전한 이성에 관심을 두었으니 개인의 슬픔 따위에 호의적이지 않았을 것이고, 다량의 눈물을 흘리고 너그러워진다든다 하는 데에도 관심이 없었을 것이다. 당장 마음을 수습해야 할, 가슴에 구멍이 뚫린 사람이 그의 사상을 지루해하는 것은 당연한 일이다. 문제는 열대어가 아니라 자기 자신이다. 화자는 몽롱한 의식으로나마 사람과의 관계를 생각한다. 자기 앞에서 같이 밥을 먹던 사람을 꼼꼼히 분석하기도 한다. 그러나 자신의 노력에도 불구하고 고독과 무력감에서 벗어나지 못하고 세상과 자신은 어긋나 있다고 느낀다. 거북이처럼 느린 걸음으로 저녁의 골목을 걸어가다가 한 여인을 마주친다. "시장을 묻는 여자에게 수족관을 알려 줍니다"라는 마지막 시행은 현실 속에서 한 인간을 이해하려는 시도가 사회적 단절에 의해 좌절된다는 사실을 우회적으로 드러낸다. 단절과 무기력 때문에 정상적인 감정마저 퇴보하고 마는 것이다.

이렇게 어긋난 생의 실책 앞에서 시인은 어떻게 대처할 것인가. 세상의 공허를 몽롱한 우울로 펼쳐 내던 시인이 그래도 긍정적인 화법으로 삶의 단면을 표현한 작품은 「전력 질주」다. 이 시도 야구와 연관된 상상이 시상 전개의 축을 이루고 있다.

우두커니
몰려오는 저녁의 비를 바라보는
새의 표정으로.

은퇴를 심각하게 고려하는 저 타자.
한때 그도
몰려오는 저녁의 비만큼이나

감정의 두께를 가졌겠지.

게임은 언제나 정교한 자세를 요구해.
내리는 저 비를 피할 수 있을 만큼의
주의력이 필요한 거야.

그런데 아무런 준비 없이
배트를 휘두르고 싶어.
정말이지 근사하게 오늘만큼은
저 새와 함께 우아하게
저공비행을 하는 거야.
그 어디쯤에 분명 네가 있을 테고
무심한 너의 그림자에 놀라
나는 잠깐 당황하겠지.

차례로 자리를 일어서는 저 관중들 앞에서
헛스윙으로
삼진을 당하고 돌아서는 타자의
무표정한 얼굴을, 다시 한 번
보여 주고 싶어.
오늘따라 너의 꽉 다문 입술이 슬퍼 보이는 걸까.

이미 끝난 게임
9회 초 마지막 공격에서 터지는 장외 홈런.
우리의 생은 펜스 너머로 아득히 멀어지고

낮게 몸을 낮추며 비행하는 저 새는
오늘의 비를 무사히 피할 수 있을까.

먹이를 발견한 첫 비행의 저 새를 봐.
그렇게 다시
전력을 다해서
비가 내리는 베이스를
우리는 돌고 또 돌고.

—「전력 질주」 전문

몰려오는 저녁의 비를 우두커니 바라보는 새의 표정이라고 했으니, 상황은 여전히 불안정하고 어둡다. 그러나 시장을 묻는 여자에게 수족관을 알려 주는 식의 어긋남은 이 시에 나오지 않는다. 나이 들어 은퇴를 고려하는 타자를 호출하여 대상으로 삼았다. 젊은 날에는 감정의 윤택함도 있었고 주의력과 정교한 타법을 유지했지만, 이제 칠 만큼 쳤으니 어깨의 힘을 빼고 "아무런 준비 없이" 배트를 휘두르고 싶은 충동을 느낀다. 저공비행을 하는 새처럼 우아하게 공을 보내고 싶다. "헛스윙으로/삼진을 당하고 돌아서는 타자의/무표정한 얼굴을, 다시 한 번/보여 주고 싶"다고 말한다. 9회 초 마지막 공격에서 장외 홈런을 날려도 역전의 가능성이 없다면 그것은 무용지물이다. 우리의 생이 펜스 너머 어디로 흘러갈지 오늘의 비를 피할 수 있을지 미리 알 수 있는 사람은 없다. 욕망과 성취는 전혀 다른 곡선을 긋고 다른 노선을 취한다. 성취가 없다 하더라도 욕망의 배팅, 의지의 스윙은 멈추지 않는다. 첫 비행에서 먹이를 발견한 새의 몸짓으로 우리는 은퇴의 그날까지 전력을 다해 투구하고 베이스를 향해 경기장을 도는 것이다. 비가 내리건 말건, 게임에 지건 말건, 관중이 어떤 표정을 짓건, 그것이 우리의 운명이다.

여태천은 이 시에서 삶의 공허와 무의미를 은유와 환유의 방식으로 표현했다. 그가 즐기는 야구가 현실의 환유로 설정되어 삶의 이중성을 드러내는 데 효과적인 역할을 했다. 안과 밖의 이원적 분열로 자신의 행로가 불안정하지만 자아의 안정된 자리를 찾으려는 그의 노력은 진지하다. 그의 시의 문맥에 의하면, 생각은 과거로부터, 의심은 외부로부터, 개념과 범주 역시 떠나간 그녀로부터 온다고 한다. 그러면 우리의 내부에는 무엇이 존재하는가? 비정한 운명을 아무렇지도 않은 듯 그윽한 음색으로 그려 내면서 여태천의 시는 또 다른 진로를 향해 나아간다.

3. 불화의 인식과 슬픈 유영

삶의 공허를 넘어서려는 몸짓이 의지를 가지고 진지하게 전개되면 그것은 대개 세상과의 불화를 낳거나 인식 주체의 슬픔을 야기한다. 슬픔의 정서는 여태천 시에 초기부터 드러나던 것이지만 슬픔이 뚜렷한 윤곽을 가지고 커다란 몸체로 드러나는 것은 세 번째 시집 『저렇게 오렌지는 익어 가고』(민음사, 2013.1.)부터다. 다음의 시는 앞에서 본 「전력 질주」와 유사한 맥락을 펼쳐 내면서 여태천 시의 새로운 질감을 뚜렷이 드러낸다.

낡은 벤치와 나무 사이에서 서성이던 발이
커다란 가방을 끌고
난생처음인 듯 계단을 오른다.

조심조심 다음을 예측하는 저 발

누가 불렀을까.

떨어지는 꽃잎이 막 피어나는 꽃잎에게 건네는 주문처럼

난간을 향하던 그 발이 멈칫

주위를 둘러보더니

다시 계단을 오른다.

나는 하얀 구름이 뭉쳤다 사라지는 하늘을 바라보았다.

한 세계를 넘어

또 다른 세계로

사라질 것 같은

저 발과 나는 함께 가지 못할 것이지만

그래서는 안 되는 일이지만

저 발이 오르는 계단에 대해

나는 아무 말도 하지 않는다.

그러나 할 말이 없어서가 아니라

할 수 없는 것

그건 계단의 순서를 바꾸는 일

먹구름이 몰려오는 오늘의 끝에서

다시 계단을 오르는

퉁퉁 부어오를

저 발에 키스를

—「계단」 전문

계단을 오르는, 퉁퉁 부어오른 발의 이미지는 「전력 질주」에서 전력을 다해서 비가 내리는 베이스를 도는 주자의 모습과 겹친다. 도달점이 보이지 않는, 끝없는 반복의 연속이 우리의 삶이라는 메시지는 퉁퉁 부어오를 때까지 계속 계단을 오르는 발의 정황과 겹친다. 전력 질주로 표상된 생의 노역은 끝없이 반복되는 힘겨운 노동의 이미지로 변주된다.

커다란 가방을 들고 계단을 오르는 한 사람이 있다. 낡은 벤치를 떠나 하나의 꽃잎이 다음 꽃잎에 이어지듯이 계단을 오르다가 잠시 주위를 둘러보고 또 오른다. 그 사람이 향하는 길과 나의 지향이 같을 리는 없다. 사람들은 각기 다른 계단을 다른 보폭으로 오르는 법이다. 타인의 삶에 대해서는 쉽게 무어라 말하기 힘들다. 타인의 생을 어떻게 예측하거나 단정할 수 있겠는가. 그에게 무어라 말하는 것은 계단의 순서를 바꾸어 버리는 것과 같다. 비가 내리건 먹구름이 몰려오건 자신이 선택한 계단에 대한 책임은 전적으로 자신에게 있다. 그러니 계단을 오르다가 퉁퉁 부어오른 발에 대해서 우리는 위로와 격려의 키스를 보낼 수밖에 없다.

이처럼 이 시는 「전력 질주」의 긍정적 의미를 이어받아 생의 노고에 대한 찬사와 연민의 감정을 표현하고 있다. 그러나 이 시와 같은 긍정적인 생의 반응은 예외적이고, 이 시집의 전반적인 기류는 만남의 어긋남이라는 주제로 환원된다. 불안, 단절, 소외는 생의 공허로, 생의 공허는 진정한 만남의 부재 또는 불화로 이어진다.

나는 당신과 달라.
나는 당신을 몰라.
인격이 없는

투명한 두 문장을 가슴에 끌어안고

나는 울었다네.

한때 나는

완벽하게 마음이라고 생각되는 것을 향해

부서지는 모든 기표에 전념했지.

무엇이 그리 짧았던가.

가늘게 떨어지는 소리의 발자국이여.

나는 이제

한 문장에서 한 문장으로 건너가는 죽음처럼

오래 슬프구나.

낱말과 낱말을 건너

비문처럼 자유로웠다면

나는 당신과 다르고

나는 당신을 몰랐을 텐데.

　　　　　　　　　　　　　　　—「번역」 전문

　시집 첫머리에 실린 이 시는 소통의 단절을 번역의 문제로 치환하여 흥미롭게 표현했다. 문장이 어긋난 비문(非文)은 의미 소통에 지장이 있지만, 일상의 기준을 벗어났다는 점에서 오히려 자유로운 점이 있다. 문법에 맞는 투명한 문장이 오히려 소통을 단절시키고 상처를 준다. '나는 당신이 달라'라든가, '나는 당신의 몰라'라는 말은 비문이기에 아픔을 주지 않는다. 비문이 갖는 의미의 유보가 기표의 사실성을 희석시키는 것이다. 그러나 공부를 많이 한 사람일수록 비문에 혐오감을 느낀다. 완벽한 문장을 통해 마음을 분명하게 표현하기 위해 전념한다. 그러나 "문장의 길은 아득하기만"(「저렇게 오렌지는 익어 가고」) 하고 "명징한 말들은 조금씩 비껴 지나"(「우리로부터 우리에게」)가는 것이 삶인데 어떻게 완전한 마음의 완벽한 표현이 가능하겠는가? 기표는 "완벽"이라는 암초 주변에서 부서지고 만다. 한 문장에서 한 문장으로 옮겨 가는 데에도 파국이 있고 죽음이 있다.

우리의 마음을 투명하게 드러내는 것이 불가능하고 자신의 완벽한 마음을 확정하는 것 자체가 어려운 상태라면 하나의 문장을 구성하는 것부터가 험난한 일이다. 사정이 이러하다면 번역은 아예 불가능하다. 의미가 끝없이 유예되는 상황에서 무엇을 어떻게 번역할 수 있겠는가? 어떻게 자신의 마음을 남에게 전달할 수 있고, 어떻게 자신의 실존을 타인에게 입증할 수 있을까? 자신의 정체성은 끝없이 떠돌고, 패스워드는 이미 남의 것이 되어 버렸다. 소통의 단절에 울고 슬퍼해도 문제는 풀리지 않는다. "투명한 두 문장을 가슴에 끌어안고/나는 울었다네"라는 구절은 소통의 단절로 시인이 오래 마음 아파했음을 드러낸다.

전자사막의 인간들은 각기 혼자 살아간다. 그런데 특이한 것은 이 전자사막에 SNS가 범람한다는 점이다. 인간은 사회적 동물이라 했으니 인간과 인간을 이어 주는 사회적 네트워크 서비스가 유행한다고 해서 이상할 것은 없다. 인간은 저마다 고립되어 있으나 그 고립된 인간을 디지털 기술에 의해 사이버 공간이 이어 준다는 것. 이것이 전자사막의 특징이다. 그리고 그 연결의 범위와 영역과 속도가 무궁무진하지만, 그럼에도 불구하고 인간은 더욱 고립된다는 것. 이것이 전자사막의 또 다른 특징이다. SNS를 통해 지인들과 연결되어 있다고 생각하지만 SNS의 라인이 끊기는 순간 스마트폰에서 길을 잃은 낯선 외계인이 되고 만다.

사회적 네트워크 서비스의 허상에 빠져 세상과 소통한다고 생각하는 것은 비문(非文)의 자유에 길들어진 것이다. 서비스 네트워크 속에서는 "나는 당신과 달라", "나는 당신을 몰라"라는 말의 심리적 충격도 사라진다. 그 안에는 의견을 같이하는 그룹들이 넘쳐난다. 의견만 올리면 바로 긍정의 답변이 오고, 부정의 답변은 지우면 된다. 그래서 네트워크 서비스 세상은 전형적인 유유상종의 세계가 된다. 끼리끼리 모여 가상의 긍정을 토해 낼 뿐 진정한 소통은 이루어지지 않는다. 가상의 소통이 주는 허상에 탐닉할수록 개체의 단절은 더욱 심각해진다.

「북극의 이름」 역시 소통의 단절이라는 문제로 괴로움을 토로한다. 사회적 관계망을 벗어나기 위해 모든 것이 투명하게 사라진 북극의 밤을 무대로 설정했다. 모든 것이 납작하게 가라앉아 조용한데 몇 개의 별만이 백야의 귀퉁이에 빛나고 있다. 삶의 영역은 아득히 멀리 있어서 마음의 주름만이 투명한 북극의 밤에 흘러내릴 뿐이다. 마치 영사기가 하늘에 마음의 주름을 비추어 주듯이 어느 마을의 가난한 풍경을 펼쳐 낸다. 사람의 마을 어디에는 세상사의 형편에 대해 고민하는 사람이 있기 마련이다. 그러나 그 고민의 내용을 우리는 알 수 없고 그 고민은 온전히 그 사람이 감당해야 할 몫이다. 북극의 동결된 세계는 아무 소리도 들을 수 없다는 점에서 '난청(難聽)'의 세계라 할 수 있다. 시인은 북극의 추위 속에 자신의 손을 입김으로 녹이며 난청의 세계 위에 "영혼을 덮고 있는 마지막 신체"의 단면을 천천히 재생해 놓으려 한다. 희고 투명한 북극의 밤에 영혼을 감싸고 있는 투명한 신체를 재생함으로써 가장 순수한 모습에 도달하려 한다. 그러나 그렇게 순수에의 지향을 도모해도 진정한 만남은 이루어지지 않는다. 「북극의 이름」의 희망에도 불구하고 희망은 그냥 희망으로 끝난다.

여태천은 희망의 가능성을 천진한 아이와의 만남에서 모색해 보았다. 자신과 아이 사이에 우러나는 친근감을 통해 이러한 상황의 극복 가능성을 조심스럽게 짚어 보려 했다.

하루 종일 보채던 아이가
한밤중에 품속으로 파고든다.
엄습하듯
생각의 먼 후대를 불러들이는 너

너를 안고 불 꺼진 오늘을 천천히 걸어 본다.
납작해진 너를 안으면 안을수록
내가 나를 안고 있다는 생각
그 생각 하면 할수록
나를 심각하게 생각하는 게
내가 아니라 너라는 생각

자고 나면 다시 오지 못할지도 모른다는
불안 때문에
너는 눈을 또렷이 뜨고
무거워진 밤을 자꾸만 흔들어 깨웠던 것이다.

밤은 깊고 또 깊어져
이 밤의 공기를 다시 만질 수 없는 때도 있어서
오늘이 백 년의 기억보다 더 깜깜하다.
그때마다 후대의 아주 먼 생각이

가만히 왔다가

가만히 가는 중이라고

나는 중얼거렸다.

—「어쩌면 오늘이」 전문

   이 작품이 보여 주는 상황은 비교적 명징하다. 품속에 파고드는 아이를 안아 주는 아버지가 있다. 둘의 밀착감은 뚜렷해서 "납작해진 너를 안으면 안을수록/내가 나를 안고 있다는 생각"이 들 정도다. 그러면 둘은 정말 하나가 되었는가? 나는 아이를 안고 "생각의 먼 후대를 불러들"인다. 하루 종일 보채다 아비의 품에서 안식을 취하는 아이를 보고 아버지는 먼 훗날의 어떤 상황을 떠올린다. 그 생각은 보통 아버지들이 하는 생각과 다르지 않을 것이다. 아이가 어떻게 성장할까, 커서 나를 어떻게 대할까, 무슨 일을 하면서 어떻게 살아갈까 등등. 그런데 그것이 이 아이와 무슨 관계에 있는가? 이 아이의 실존과 나의 실존이 연결되어 있는가? 이 아이는 나의 분신인가, 타자인가? 아버지는 자신의 관념 속에서 아이의 내일을 상상할 뿐 아이 자체를 정시(正視)하지 못한다.

   지금 이 순간 아이는 나를 어떻게 생각하는 것일까? 세상이 온통 공포의 대상인 이 아이에게 나는 잠시 안식의 평온함을 선사하고 있다. 그러나 그 평온함은 그야말로 잠시일 뿐이다. 눈을 뜨면 무서운 밤 때문에 다시 보챌 것이고 자기를 안아 주던 누군가가 없다는 사실 때문에 불안해 올 것이다. 한 치 앞을 내다볼 수 없는 인생의 검은 밤을 항해한다는 점은 아이나 어른이나 마찬가지다. 지난 세월을 살아온 기억의 도움으로 다가올 시간의 표정을 예측할 수는 있지만, 그것이 매우 불분명하다는 것은 아이나 어른이나 마찬가지다. 지금 이 순간의 상황에 무지하다는 것은 전적으로 동일하다. "오늘이 백 년의 기억보다 더 깜깜하다"는 말처럼 분명한 진실은 없다. 천 년의 기억이 있어도 오늘은 깜깜할 것이다. 그것이 생의 숙명이기에. 고독한 개체의 본질이기에. 이 무지의 고독 앞에 "후대의 아주 먼 생각이/가만히 왔다가/가만히" 갈 뿐이다. 우리는 그렇게 각자 혼자의 자리에서 기억과 몽상과 예측을 반복하면서 시간의 축을 유영해 간다.

4. 고독한 여정의 불안한 미래

이 글을 끝낼 즈음에 나온 그의 네 번째 시집 『감히 슬프지 않을 수 있겠습니까?』(민음사, 2020.11.)는 물음표가 선명한 슬픔의 제목을 달고 있다. 이 표제는 그의 시 「읽을/힐 수 없는」에 나오는 시구다. 내일의 세계를 예측할 수 없기에 슬프다는 뜻이다. 나는 오늘도 쓰고 내일도 계속 쓸 것이지만, 내가 쓴 것이 "잉크가 마르고/어딘가로 사라지는 것"이 세상의 운명이다. 그 미래의 불확실성을, 그리고 그것이 예고하는 덧없음을 우리는 견디기 힘들다. 그의 시는 앞에서 본 대로 여전히 유영의 도정에 있는데, 비애의 정감이 더 고조된 것이 특징이다.

기다리기 위해 올라가는 사람들. 기도하듯 발걸음을 옮기는 사람들 틈에 끼여 걸었다. 고통 없이 얻을 수 있는 건 아무것도 없단다, 라고 말하려는데 어떤 것도 고통스럽지 않은 것은 없다는 사실을 먼저 깨우친 아이는 왜 이 길을 걷는지 말해 줄 수 없겠느냐는 표정이다. 저기 사람들 보이지. 정상 가까이 줄을 서서 기다리는 저들은 이제 자연의 가장 아름다운 한 장면을 보게 될 거야. 우리에게도 행운이 올지 몰라. 아이는 산을 오르는 일보다 기다리기 위해 가는 길의 무용함에 짜

증을 냈다. 하루의 운명을 다한 태양이 장엄하게 사라지는 것을 사람들은 기다린단다. 아이를 보지 않은 채 지평선 쪽을 쳐다보며 말했다. 참으로 무용한 일을 사람들은 하루에도 몇 번씩 한단다. 내일도 모레도 사람들은 여길 찾고 또 기다릴 거야. 기다려야 한다고 누구도 말하지 않았지만 그렇게 기다린단다. 평생 기다리며 살지. 그것이 인생일지도 몰라. 너무 멀리 간 말을 주워 담으며 차례를 기다린다. 기다리는 것은 속내와 한계를 드러내는 일이다. 아직 오지 않는 것을 기다리는 것은 고통스럽다. 눈앞에 없는 것은 언제나 힘들다. 아빠는 뭘 기다리고 있어? 난생처음 질문을 받은 것처럼 놀라 아이의 눈을 쳐다보았다. 늦은 오후의 햇살이 피부를 간질이고 있었다. 아직 오지 않은 것을 기다릴 수 있어야 잘 기다릴 수 있다. 그래? 눈살을 찌푸리며 아이가 말했다. 언제까지 기다려 봤어? 글쎄 아빠도 이렇게 오래 기다린 건 처음이구나. 기다리는 일에 목매지 않을 수 있을까? 기다리는 것조차 잊을 수 있을까? 의심하는 사이 차례가 왔다. 통제선을 지나 계단을 오르며 본다. 정상에서 지는 해를 기다리는 사람들. 지는 해를 기다리다 내려가는 사람들. 지는 해를 기다리다 그냥 내려오는 사람들을 기다리는 사람들. 기다리고 또 기다린다. 손을 뿌리치고 두 계단 먼저 아이가 오르고 있다.

—「프놈 바켕의 일몰」 전문

"프놈 바켕"은 캄보디아 앙코르와트 지역에 있는 힌두 사원이다. 정상에 오르면 앙코르와트 일대의 유적들이 한눈에 들어오면서 멋진 풍경이 펼쳐진다. 특히 일몰 무렵에 주위를 보면 역사의 흥망과 시간의 무정한 흐름을 느낄 수 있어 여행 가이드들은 주로 해 질 녘에 사람들을 안내한다. 산에 오르는 것이 힘든 일이지만 그곳에는 늘 기도하듯 발걸음을 옮기는 사람들이 있다. 역사와 세월의 의미를 모르는 아이는 왜 이렇게 힘들게 언덕을 오르는지 의아한 표정이다. 산에 올라도 경관을 보려면 줄을 서서 순서를 기다려야 한다. 이 기다림도 아이에게는 지겨운 일이다. 그곳에서 역사의 흥망성쇠와 무상함을 느낀다고 해서 달라질 것이 무엇인가? 이것 또한 무용한 일이 아닐까? 여기 오르는 것을 의아해했던 아이의 천진한 태도가 옳은 것일지 모른다. 어쩌면 사람들은 기다림을 배우기 위해 여기 오는지 모른다. "평생 기다리며 살지. 그것이 인생일지도 몰라"라는 혼잣말이 이 시의 주제를 형성한다. "기다리는 것조차 잊을 수 있을까?"라는 질문은 생의 허망에 대한 아버지의 인식을 반영한다. 오래 기다려 저무는 해를 보고 역사의 허망함을 느끼며 우리는 또 아래로 내려간다. 이 도정 또한 고독한 개체의 허망한 유영이 아닐까?

다른 시 「끊임없이, 말」에서 시인은 인간에 대해 "슬픔의 왕국"에 사는 "비밀의 전사들"이라고 했다. 그의 슬픔은 삶의 허망함에 대한 깊은 각인에서 온다. 이번 시집에 자주 등장하는 '아이'는 삶의 허무를 체험하지 못한 순진한 배역의 담당자다. 「희망버스」에서 화자는 겨울비가 내리는 음산한 아침에 김현식의 노래에 나오는 "세상은 외롭고 쓸쓸해"라는 가사를 들으며 아이를 돌보고 있다. 아이에게 겉옷을 입히고 통학 버스를 기다리며 아이 옷의 단추를 채워 주면서도 그 가사의 가락이 사라지지 않는다. 아이는 절대 이해하지 못할 허망의 슬픔이 그의 내면을 휘감고 돈다. 이것은 그의 나이와 관련이 있어 보인다. 나이가 들수록 생의 의미를 터득하는 것이 아니라 세월 속에 지워져 가는 과거가 떠오르고 그것과 대비하여 삶의 비애가 가슴속에 스며든다. 기다림이 허망하다는 것을 심장으로 느끼는 그런 시점에 도달한 것일까?

누군가를 기다리기라도 한 것처럼
한밤중에 일어나 끝이 없는 통증에 대해 생각한다.

혼자 불 밝히고 있는 가로등
가지고 있던 모든 것들을 다 써 버렸다는 듯
잠시 거기 기대어 숨 돌리는 남자
자정이 넘은 골목길이 힘겨워한다.
그를 알아보지 못하는 늙은 개가 짖는다.
무엇을 더 잃어버릴 수 있을까?

남자는 어디서 오는 길일까?
그는 어디로 가는 것인가?
손끝에 위태롭게 매달려 있는 하얀 봉지에는
아이에게 줄 선물이 담겨 있을까?
바람이 그의 성긴 머리를 살짝 건드리나 보다.
그에게 아직 오지 않은 시간이 있다는 것일까?
생각은 자다 일어나서도 끝이 없이 이어진다.

아픈 몸을 타고 흐르는 신경처럼
외로움의 밤은 멈추지 않는다.
무음으로 켜 둔 텔레비전에서는
끊임없이 테러와 반격이 이어지고
그래도 이번 삶이 끝이 아니라는 듯이
손톱은 자라고 또 자라 생채기를 낼 것이다.

분명하지 않은 경계에서 만들어지는 통증들

끝없이 가까워지기 위해

끝없이 멀어지는 것들

무엇을 더 잃어야 하는 것일까?

—「혼자이거나 아무도 없거나」 전문

언어위생론자로서의 정갈한 조각술을 보여 주던 그가 시적인 장치들마저 포기한 채 "외로움의 밤은 멈추지 않는다"라는 독백을 가감 없이 토로할 수 있게 되었다. 인생의 끝없는 통증과 이어지는 삶의 고달픔과 신세의 외로움을 전면적으로 드러낸 작품인데, 이러한 전면적 노출의 작품은 수가 적지만, 그 표정의 단면은 어느 시에서도 만날 수 있다. "누군가를 기다리기라도 한 것처럼"이라는 첫 시행은 앞의 시에서도 본 기다림의 허망함, 미래에 대한 불안감을 나타낸다. 무언가를 기다려도 다가오는 것은 "끝이 없는 통증"이다. 화자의 분신인 듯 창밖에는 가로등에 기대어 숨을 돌리는 남자가 있다. 늙은 개가 짖는다고 하니 그 남자도 나이 들었을 것이다. 가로등이 혼자 불을 밝히고 있고 그 남자도 "가지고 있던 모든 것들을 다 써 버렸다는" 듯 허전한 상태다. 다 써 버렸으니 더 잃어버릴 것도 없을 것이다. 그에게, 혹은 우리에게 "아직 오지 않은 시간"이 있는 것일까? "오지 않은 시간"이 다가온다 해도 그 시간 역시 모래처럼 과거의 암흑으로 사라질 것이다. 그런 의미에서 우리는 모두 "어둡고 까만 구멍"(「암흑물질」) 앞에 놓여 있다. 이 구멍이 우리 삶의 아이콘이다. 세상은 여전히 폭력의 소용돌이 속에 있지만 맹목의 생명력은 아이들을 자라게 하고 우리의 덧없는 손톱을 자라게 한다. 그래도 달라지는 것은 없다. 손톱의 상처를 일으킬 뿐이다. 상처를 입어도 그 통증이 어디서 만들어지는지는 알지 못한다.

이 시에서 가장 시적인 부분은 "끝없이 가까워지기 위해/끝없이 멀어지는 것들"이라는 시구다. 이 시행에는 생의 예지가 담겨 있다. 생은 근접과 원격의 순환 속에 있다. 시인은 이 무의미한 반복이 생의 본질이라고 생각한다. 이것은 깊은 허무 의식이다. 그의 우울한 유영은 생의 허무라는 슬픈 골목에 도달했다. 이런 상황에서 "내일의 아침"(「읽을/힐 수 없는」)을 떠올리는 것은 당연히 슬픈 일이다. 내일의 아침을 떠올리거나 기록하는 일을 두고 "감히 슬프지 않을 수 있겠습니까?"라고 그는 묻는다. 이 물음의 답은 이 시집에 없다. 그 물음에 대해 우리가 답변할 수도 없다. 오늘의 삶을 충실히 견디어 가면서 슬픔의 감도를 측정하고 미래의 기후를 예측할 뿐이다. 그사이에 그의 다음 시집이 다가올 것이다.

상처 입은 여성이 꿈꾼 사랑의 확장

—안현미

1. 상처받은 여성의 당당함

1971년 강원도 태백에서 태어난 안현미는 2001년에 『문학동네』로 등단하고 2006년에 첫 시집 『곰곰』(랜덤하우스중앙, 2006.1.)을 냈다. 첫 시집 앞 페이지에 놓인 「시인의 말」에 시인의 진심이 담겨 있다. "품에 안고 동냥젖을 물려준 언어들과/나를 가여워하시는 모든 애인들께/오체투지!"라는 말 중 "동냥젖"과 "가여워하시는"에 눈길이 간다. 이 두 단어는 여성 시인 안현미가 아니면 쓰기 어려운 말이다. 특히 "동냥젖"은 오랜만에 듣는 말이다.

심청의 아버지 심학규가 일찍이 아내를 잃고 동냥젖을 먹여 심청을 키웠다는 얘기를 어릴 때 들었다. 안현미는 동냥젖을 물려준 것이 이웃의 인정 많은 아낙네들이 아니라 언어들이라 했다. 누군가의 도움으로 성장했음과 언어의 도움으로 시인이 되었음을 동시에 나타낸 것이다. "가여워하시는"이란 말은 그의 시의 뿌리가 '연민'에 닿아 있음을 은연중 드러냈다. 심청처럼 상실의 상처로 생을 시작했으나 누군가의 도움과 가여워하는 마음을 받아 성장했고 다행히 언어를 다루는 시인이 되었음을, 그 기쁨과 고마움의 심정을 간략히 언급한 것이다. 이 짧은 「시인의 말」에서 우리는 시인이 타자에게 빚지고 있다는 의식을 깊이 간직하고 있음을 간취할 수 있다. 주위의 모든 타자를 "애인"으로 보는 광폭의 사랑도 감지할 수 있다.

그가 『문학동네』 신인상에 투고하여 당선된 작품, 시집의 표제로 삼아 시집 맨 처음에 배치한 다음 시에 연민 어린 사랑의 여성성이 두텁게 깔려 있다.

주름진 동굴에서 백 일 동안 마늘만 먹었다지
여자가 되겠다고?

백 일 동안 아린 마늘만 먹을 때
여자를 꿈꾸며 행복하기는 했니?

그런데 넌 여자로 태어나 마늘 아닌 걸
먹어 본 적이 있기는 있니?

—「곰곰」 전문

21세기 벽두 참신한 문예지에 신인상으로 당선된 작품인데, 의외로 전통적 사유가 기둥을 이룬다. 단군신화의 문맥을 가져와 여성의 잘 견디는 속성과 "아린" 삶을 표현했다. 단군 이야기의 창시자 및 유포자는 당연히 남성이었을 것이다. 맵고 쓴 것을 참아야 사람이 된다는 것을 강조하기 위해 마늘과 쑥을 설정했을 것이다. 두 식물의 건강식품으로서의 효능을 내세우는 후세의 부연은 안현미에게 의미가 없다. 마늘을 다룬 경험이 풍부한 주부 안현미에게 마늘은 눈물을 쏙 뽑아내는 아린 물질일 뿐이다. 요리해 본 경험이 없는 쑥에는 관심이 없다. 그는 경험에 충실한 시인이다.

곰과 호랑이가 꿈꾼 것은 사실 여성이 아니라 사람이었다. 참을성이 없는 호랑이는 중간에 뛰쳐나갔고 우직한 곰은 꾹 참고 정해진 기일을 채워 사람이 되었다. 사람이 되기는 했는데 남자가 아니라 여자였다. 안현미가 쑥에 관심이 없고 마늘에만 관심을 두는 것은 눈물을 뽑아내는 마늘을 먹고 여자가 되었다는 사실 때문이다. 생명 탄생에 관심이 있는 안현미에게 동굴은 "주름진" 것으로 인식되었다. 주름진 동굴은 자궁의 형상이다. 열 달을 채워 사람이 되는 것인데 곰은 쑥과 마늘로 백 일을 채워 여자가 되었다.

안현미의 의식에서 여자와 행복은 연결되지 않는 이질적 형상이다. 여기에는 그의 개인사가 반영되어 있다. 굳이 개인사를 들추지 않더라도 한국 사회에서 여성의 삶을 행복과 연결 짓는 여성은 거의 없다. 대중가요에서 여자의 일생은 눈물의 쌍곡선과 늘 겹친다. 안현미에게 여성은 그의 개인적 체험 때문에 눈물과 아픔의 상징으로 강화되었다. 태어나기 전에도 매운 마늘을 먹고, 태어난 후에도 마늘만 먹는 그런 존재가 한국 사회의 여성이다. "곰곰"이라는 제목은 그렇게 미련하고 참을성 많은 곰이 여성의 상징이 된다는 말도 되고, 곰곰 생각할수록 그렇다는 뜻도 된다. 여러모로 생각해 보아도 여성의 삶은 아린 마늘을 눈물을 흘리며 미련하게 먹는 곰 같은 존재인 것이다.

이런 여성성의 확인과 그것의 표출은 그리 새로운 것이 아니다. 이 시의 새로움은 여성 화자의 자기 폭로적 화법에 있다. 세 개의 의문문으로 구성된 시행은 마치 모르는 것을 새롭게 물어보는 태도를 취하면서도 사실은 그 해답을 이미 다 알고 있다는 인상을 풍긴다. 아는 것을 새롭게 물어봄으로써 자신의 인식을 전폭적으로 드러내고 아는 것의 재확인을 통해 물어볼 필요도 없었던 세상의 실상을 전면적으로 인정케 하는 효과를 거둔다. 이것이 의문문으로 구성된 짧은 시 형식이 거둔 특출한 성과다. 그것을 통해 안현미는 다른 누구하고도 비교할 수 없는 「곰곰」의 시인 안현미가 되었다.

「거짓말을 제조하다」와 「거짓말을 타전하다」는 자매편 성격의 작품이다. 여상을 졸업하고 회사에 취직하여 아현동 산동네에 세 들어 더듬이가 긴 곤충과 더불어 지내면서 세상과 조우하고 시에 눈뜨게 되는 자전적 기록이다. 그녀가 겪은 가난과 외로움이 오줌 번진 책장, 불 꺼진 전기장판, 얼음장 위의 신문지, 아귀 같은 짐승, 불 꺼진 방 등의 도구로 표현된다. "고아는 아니었지만 고아 같았다"는 말이 반복되는 외로운 청춘의 독백은 자신을 곤충의 일원, 곤충의 가족으로 당당하게 비하한다. 벌레 같았던 꽃다운 청춘에 대한 당당한 폭로 및 디테일에 충실한 서사 역시 안현미의 시가 아니면 만나기 어려운 진풍경이다.

그를 이렇게 당당하게 만든 것은 문학이었다. "벌레가 된 사내를 아현동 헌책방에서 만난" 사건이 그를 문학에 입문케 했고 스스로 "꽃다운 청춘을 바쳐 벌레가 되"게 하였으며 그 결과 "거짓말 같은 시를" 타전하게 된 것이다. 만일 시라는 기이한 창조물을 만나지 않았다면 그는 불굴의 노력으로 아현동 산동네를 벗어나 벌레의 삶을 졸업했을지 모른다. 그러나 그렇게 되었다 하더라도 한때 벌레의 가족으로 살았다는 열등감을 벗어나지는 못했을 것이다. 고아는 아니었지만 고아와 다름없었던 그가 고아 의식에서 벗어나 단군신화의 웅녀로 설 수 있었던 것은 바로 시 때문이었다. 시에 모든 것을 걸었기에 거짓말 같은 삶 속에서 일어서고 살아갈 수 있는 힘을 얻은 것이다.

그는 시로 가는 환상의 양탄자를 다음처럼 낭만적으로 노래했다. 적어도 여기에는 자학이나 연민의 그림자는 없다.

그 세계에선 서류를 작성해야 되는 일들이나 인생을 망치는 일 따위는 일어나지 않고,
나는 호모 루덴스, 방황하는 자, 눈으로 만든 사람.
빗자루로 만든 두 팔을 들고 꿈꾸는 몽상가,

열려라 참깨!

비밀의 문은 열리고, 나는 백 년 전에 태어난 시인과 수은이 벗겨진 거울 속으로 여행을 가고, 세헤라자데가 되어 아내에게 배신당한 슬픈 왕을 위로하고, 알라딘의 램프의 요정 지니와 같이 사막을 아쿠아 마린 빛 바다로 만들고,

열려라 참깨!

나는 물병 속의 달콤한 물을 마시고 노래를 부르는 어린 당나귀, 당나귀의 노래를 꽃으로 만드는 마녀, 마녀의 고독을 시로 적어 주는 검은 고양이, 고양이에게 물방울을 선물하는 생쥐, 쥐구멍에도 햇빛을 선물하는 두 개의 태양, 사다리를 타고 태양을 청소하러 가는 청소부,

열려라 참깨!

나의 시는 굳게 닫힌 문 앞에서 물병 속의 물이 달콤해지기를 기원
하는 주문

열려라 시(詩)
얍!

——「열려라 참깨!」 부분

시인은 일상의 과업에서 벗어난 "호모 루덴스"의 시간을 몽상하
고 찬미한다. 그가 좋아하는 소월이나 백석 같은 시인들과 밝은 거
울 속으로 여행을 떠나고, 배신당해 슬픔에 잠긴 왕을 위로하고 사
막을 신비로운 푸른빛 바다로 바꾸는 환상의 요술을 경험한다. 이
세계는 비키니 옷장 속 더듬이 긴 곤충과 가족처럼 지내는 것과는
차원이 다른 영역이다. 상상으로 그려 낸 환상의 세계이기는 해도
그가 꿈꾸는 긍정의 영역이 있다는 믿음은 분명하다. 자신의 시는
"굳게 닫힌 문 앞에서 물병 속의 물이 달콤해지기를 기원하는 주문"
이라고 했다. 문이 굳게 닫혀 있다는 사실을 부정하지 않았지만 평
범한 물이 달콤해지기를 기원하는 일도 포기하지 않는다. 그의 시가
가족사의 아픔을 많이 다루면서도 고통의 나락으로 침강하지 않는
것은 그의 심장 한쪽에 이러한 밝은 기운이 담겨 있기 때문이다.
밝은 기운에 대한 신뢰는, 전농동에 신방을 마련하여 새로운 삶을
시작한 "가족이 생긴 고아처럼 따뜻했"던 그 시절 한 시인을 만난
회고의 작품 「목숨시 전농스트리트」에서도 우러난다. 같은 해에 등
단한 한 시인의 시에 대한 헌사의 형식을 취한 이 작품에는 분명 슬
픔의 꽃씨가 환한 목련꽃으로 피어나는 봄밤에 대한 긍정의 마음이

얽혀 있다. 마치 시구문(屍口門) 밖을 다녀온 사람의 낯빛을 한 그가 내 손을 잡았을 때 지친 내 손과 네 손이 닿았을 때 목숨의 더운 기류가 흘러 두 손이 따뜻해졌음을 회고한다. 숨 쉬기도 힘든 긴장과 충동의 기류를 감지하면서도 시의 숨결이 통하여 꽃을 피웠던 그 시간을 반드시 기억하고 싶다는 염원을 표현하였다.

그의 아픈 가족사와는 질적으로 다른, 따스한 편안함을 안겨 주는 다음 작품도 시를 쓰는 심장 한쪽에 밝은 기운이 있음을 선명히 드러낸다.

일요일, 시집갈 준비를 하러 간다

청량리역 500원짜리 입장권을 산다

무궁화호 기차에서 내린 시어머니의 산나물 배낭을 옮겨 진다

시계탑 위 햇빛이 수줍다

붉은 신호등 안에 갇힌 사내가 오늘은 저승사자 같다

백발 성성한 시어머니의 옆얼굴을 슬쩍 훔쳐본다

아이 같다 사슴 같은 눈망울로

윤년 윤달에 수의를 사면 오래 산다고

조심스레 말하던 끝에 그럼 내가 사 드릴게요, 했다

일요일, 시어머니 저세상으로 시집갈 때 입을

옷 한 벌 사러 간다

족두리, 장삼, 치마, 버선, 손 싸개, 손톱 담는 주머니……

옷태를 황천강에 비춰 볼 땐 시집오던 날 같으실라는지

"수의를 높은 곳에 두면 오래오래 산다니 낮은 곳에 두렴"

함께 간 외숙모님 삼베옷을 쓸어 보며 농을 건네신다

나는 그저 웃는다

박카스 한 병과 삶은 고구마를 손에 쥐여 주며

"고맙다. 우리 애기씨 옷도 사 주고. 니가 큰일했다" 하신다

시집와 겨우 옷 한 벌 사 드린 일밖에 한 게 없는데

겸연쩍어 박카스만 홀짝인다

집으로 돌아와 높은 곳에 수의를 올려놓는다

참기름 듬뿍 넣어 산나물을 무친다

생과 사를 무친다

시어머니 새색시 같다

―「시집가는 날」 전문

이 시는 언제 이 시인에게 고난의 가족사가 있었는가 싶도록 아름다운 화폭을 펼쳐 낸다. 허구의 화자를 설정한 것이라 하더라도 마음의 흐름이 순연하고 온화하다. 사건과 사건 사이를 생략하면서 적절히 감정의 흐름을 조율하는 솜씨가 매우 능란하여 오랜 숙련 과정을 거친 시인의 작품이라는 인상을 준다. 그만큼 안현미 시인은 감정 표현의 달인이 된 것인데 그렇게 된 것은 인생의 회로애락을 충실히 수용하고 넉넉히 견디었기 때문이다.

윤달에 수의를 사면 오래 산다는 말을 조심스럽게 꺼낸 사슴 같은 눈망울의 백발 성성한 시어머니, 그 말에 선선히 사 드리겠다고 응대한 며느리, 수의를 높은 곳에 두면 오래 산다니 낮은 곳에 두라고 농을 건넨 외숙모, 집으로 돌아와 높은 곳에 수의를 올려놓고 시어머니에게서 받은 산나물을 참기름 듬뿍 넣어 무치는 며느리, 기쁜 마음에 새색시처럼 환해진 시어머니 등 청량리역 무궁화호 열차를 시작으로 펼쳐진 이 시의 장면들은 마치 천국의 아이들 이야기 같다. 심장에 흐르는 천국의 기류가 있었기에 시구문 밖의 아픈 이야

기가 시로 승화할 수 있었을 것이다. 마늘만 먹은 곰이 여인으로 승화할 수 있었던 것처럼.

시집의 마지막을 장식한 다음 작품도 나는 혼자 읽기를 좋아한다. 이 시를 읽으면 진정한 시인이 어디서 탄생하는가를 알 수 있기 때문이다.

좌석이 없는 좌석버스를 타고 간다
삼표연탄 이름만 남아 있는 자리
백미러 같은 낮달 떠 있다
'이번 정류장은 수색극장 앞입니다 다음 정류장은 구름다리입니다'
콘크리트로 만들어진 구름다리 건너
검문소 앞에서 검문당하는 청춘(靑春)
이등병의 배지를 달고 있다
물빛처럼 푸른 군복
수색엔 온통 일렁이는 것들만 살고 있다
'…… 다음 정류장은 항공대학교입니다'
빨간 에나멜 구두를 신고
파란 종이비행기를 날려 보내던
삼표연탄보다 활활 타오르던 시절 어디에도 없다

좌석이 없는 생(生)을 타고 간다
꽃밭은 없고 이름만 남아 있는
화전(花田) 간다

—「화전 간다」 전문

수색(水色)과 화전(花田)은 지명이 아름답다. 수색을 지나 화전으로 가는 버스 노선이 있다. 지금은 버스보다 경의중앙선이 활성화되어 수색역 다음이 화전역이어서 철도를 이용하는 사람은 이 두 지명에 익숙하다. 이 시를 쓸 당시 수색과 화전은 이름만 남아서 퇴락해 가는 지역이었다. 좌석버스를 탔지만 사람이 많아 앉을 자리가 없고 수색극장도 없어지고 구름다리도 없어졌지만 정류장 이름은 그대로 남아 있다. 생은 이처럼 내용은 없고 허상만 존재하는 모순의 공간 같다. 수색(물빛)이라는 뜻에 어울리는 푸른 군복을 입은 청춘은 헌병에게 검문당하고, 꽃밭이라는 뜻과는 어울리지 않게 화전에는 항공대학교가 있다. 붉고 푸른 원색의 공간, 정열의 시절은 사라지고 지명만 남은 퇴락한 지역을 옛날의 추억을 떠올리며 가는 것이 우리의 인생이라는 메시지가 행간을 관통한다. 달리는 버스의 속절없는 흔들림 속에 아무것도 아닌 것에서 의미를 찾아내는 시인의 눈길은 섬세하다. 서로 다른 삶의 표층과 이면을 의미 있는 언어로 표현하였으니 시인이 창조한 허망한 생의 화폭에 실려 끄덕일 수밖에 없다.

2. 사랑의 환상과 실존의 위상

위의 분석에서 안현미의 시가 여성성을 강하게 드러내면서 여성의 슬픈 삶을 모성적 사랑으로 감싸 안으려는 경향을 보인다는 사실을 간파했을 것이다. 모성적 사랑이라고 하면 매우 상투적인 느낌이 드는데, 안현미의 시는 절대로 상투성을 드러내지 않고 오히려 자신만의 개성을 강하게 드러낸다. 이 점이 매우 특징적인데, 안현미는 자신만의 독특한 방법으로 모성적 사랑의 형질을 표현하는 재능을 보인다. 모성적 사랑의 주제는 두 번째 시집 『이별의 재구성』(창비, 2009.9.)에 더욱 뚜렷한 질감으로 모습을 드러낸다. 그의 첫 시집

「시인의 말」이 인상적이었듯, 이 시집의 「시인의 말」도 기억해 둘 만하다. 후반부의 고백만 옮겨 오면, "부러 그리한 것은 아니었으나/ 내 존재로 인해 고통받았던 여인들/무덤 속에 있는 엄마와 태백에 있는 엄마/내 삶과 죽음의 공양주 보살들에게/'감히' 이 시집을 바친다"로 되어 있다.

이 문장은 의미의 함축이 크다. 내가 알기로 안현미는 가정사의 파란 때문에 고통을 받았는데, 거꾸로 "내 존재로 인해 고통받았던 여인들"에게 시집을 바친다고 하며 그들을 "공양주 보살들"이라고 지칭했다. 자신의 존재 자체가 그들에게는 고통이었을 텐데 자신의 삶을 이렇게 존속게 했으니 그들이 자신의 삶과 죽음을 관장한 "공양주 보살"이라는 뜻이다. 여기저기서 수합한 정보에 의하면 "무덤 속에 있는 엄마"는 다섯 살 때부터 그녀를 키워 준 엄마이고 "태백에 있는 엄마"는 그녀를 낳아 준 엄마다. 그녀의 아버지가 태백에서 광부로 일할 때 동거한 여인에게서 아이를 낳았는데 나중에 본가의 본처에게 태백의 그 아이를 데려오라고 해서 본가에서 키웠다고 한다. 소설 한 편이 나올 만한 스토리인데 안현미는 그러한 곡절의 가족사를 일언이폐지하여 "내 존재로 인해 고통받았던"이라고 요약하고, 자신의 삶을 보존해 준 두 여인을 "공양주 보살"이라고 호칭한 것이다. 친엄마는 그의 성장에 크게 기여한 것이 없지만 아이를 낳고 젖 먹여 길러 다섯 살의 똘똘한 아이로 만들었으니 "공양주 보살"에 넣은 것이다. 무법자 아버지를 포함하여 그러한 기구한 가족사가 그를 시인으로 만든 동력이라고 생각한 것일까? 아니면 그 자신이 모든 인연을 선의로 바꾸어 응대하는 "공양주 보살"인 것인가? 여하튼 고난도 은혜로 받아들이는 보살의 마음을 받들려 하는 것은 틀림이 없다.

하루 종일 분홍 눈이 내렸다
세로도 가로도 없는 그 공간을 '방'이라고 부를 수는 없었기에
우리는 '우주'라는 말을 발견했다

그 후 우리는 '하나는 많고 둘은 부족한' 별에 착륙했고
중력은 희미했고 궤도를 이탈한 계절은 랜덤으로 찾아왔다
어제는 겨울 오늘은 여름 낮에는 가을 밤에는 봄

우리는 당황했지만 즐거웠고 우리는 은밀했다
이상했지만 세계는 완벽했고 중력은 충분히 희박했다
검색창 밖으로 하루 종일 푹푹 분홍 눈이 내렸고

하루 종일 우주선처럼 둥둥 떠다녔다
사랑과 합체한 사랑은, 그리고 또 우리는
그 후 '하나는 많고 둘은 부족한' 별의 거북무덤엔 이렇게 기록되었다

사랑을 체험한 뒤에는 전과 똑같은 인간일 수 없다!

—「합체」 전문

　아폴로 9호의 우주비행사였던 러셀 슈와이카트가 어떤 인물인지
는 알지 못해도 그가 했다는 이 말은 안현미의 시 때문에 유명해졌
다. 위와 아래를 구분할 수 없고 세로도 가로도 없는 무중력의 공간

을 유영한 우주인들은 공간에 대해 새로운 체험을 한 것이고 그런 의미에서 이전과 똑같은 인간일 수는 없다. 사랑하는 사람도 우주인처럼 새로운 시공을 체험한다. 세로도 가로도 없는 좁은 방이지만 사랑을 하는 사람에게 그 방은 커다란 우주가 될 수 있다. 매연에 얼룩진 눈도 사랑하는 사람의 시야에는 분홍색 눈으로 비칠 수 있다. 사랑은 모든 것을 변형시키고 모든 것을 미화한다. 사랑하는 사람의 합체를 "하나는 많고 둘은 부족한" 별로 표현한 것은 안현미 시인이 처음이다. 사랑을 나누는 상태를 희박한 중력 속에 공중에 떠다니는 기분으로 표현했으니 사랑은 계절도 순서에 관계없이 마음먹은 대로 바꿀 수 있다. 시간의 흐름과 계절의 변화가 주관에 의해 변화한다. 열정의 합체를 한 시간은 여름일 것이고 절정에서 벗어나 가쁜 숨이 가라앉은 시간은 가을일 것이다. 계절의 체험이 마음먹은 대로 가능해지니 일체유심조(一切唯心造)가 그대로 실현된다.

"사랑과 합체한 사랑"이라는 말은 "하나는 많고 둘은 부족한" 별이라는 말처럼 많은 것을 생각하게 한다. 너와 내가 합체되었을 뿐만 아니라 사랑과 사랑이 합체되다니 이것은 어떤 상태인가? 하나의 우주선이 다른 우주선과 합체하면 그 안에서 소통이 이루어질 것이다. 마찬가지로 사랑이 사랑과 합체하면 개체를 넘어선 내부의 교류가 확대될 것이다. 하나의 사랑만으로는 변화가 일어날 수 없고 나의 사랑과 너의 사랑이, 우리의 사랑과 너희의 사랑이 합체할 때 더 크고 넓은 변화가 일어난다. 사랑을 체험하기 전에는 나는 가여운 희생자였는데, 사랑을 체험하니 내 존재로 인해 타자가 고통받았음을 알게 된다. 그들이 고통을 감내하며 나라는 존재에게 보시와 공양을 베풀었기에 오늘의 내가 형성된 것이다. 이것이 인과응보의 의미이다. 이러한 인식이 인간의 마음에 화학변화를 일으키고 그 결과 안현미의 시에도 변화가 온 것이다. 그러한 인식의 변화, 사랑의 변화는「훼미리주스병 포도주」「어항골목」「견인」「식객」「흑백 삽화」 등의 시에 연속적으로 표현된다. "인간의 남자를 사랑하여 아낌없이 버렸던 모든 것들이 버블버블 다시 태어"(「어항골목」)나는 기적을 체험한다. 사랑의 체험이 안겨 준 변화다. "서로가 서로의 휴일이 되어 주는 게 유일한 사랑입니다"(「계절병」)라는 상식적인 사랑의 잠언도 사실은 대단히 중요한 것이다.

　그는 "부러 그러한 것은 아니었으나"(「시인의 말」) 자기도 모르게 타자에게 고통을 안겨 준 인과의 연계성에 대해 명상한다. 사랑을 넘어서서 존재자 간의 탐색이 그의 시의 주제가 된다. 「post-아현동」에서 오래전 월세 들어 살던 아현동 산동네를 돌아다니며 옛날의 추억을 탐사하고 "너는 왜 여기 서 있니"라고 질문하는 것은 자신의 정체성을 되찾으려는 시도다. "어떤 대가를 치르더라도 열정을 따라가는 사람들"을 좇아 자신의 삶을 이어 가려는 노력이다. 「곰을 찾아서」「안개사용법」「뢴트겐 사진—생활」「기타 둥둥」「불면의 뒤란」 등의 시를 통해 인간의 존재성, 시인으로서의 정체성을 지속적으로 점착력 있게 탐구해 간다. 그 과정에서 "시인이란 저주받은 자들이 아니라 저주를 기꺼이 선택하는 자들이다!"(「기타 둥둥」)라는 잠언, "연서 같은, 유서 같은 시를 쓰고 있는 여자"(「불면의 뒤란」)라는 자의식을 거친다. 다양한 과정을 거쳐 그가 도달한 일상적 존재의 표상은 뜻밖에 다음과 같은 도형으로 정착된다.

개미도

참새도

물고기도

사무원도

세상 속
개미로
참새로
물고기로
사무원으로
살아갈 뿐

일상을
올올이
견뎌 낼 뿐

다만
그뿐

—「뿐」 전문

  첫 시집에도 이 같은 도형의 시도가 몇 편 있었는데 이 작품의 형
태는 성공적이다. 완만히 굽이치는 원추형의 곡선은 세상의 틈을 뚫
고 부드럽게 빠져나갈 수 있는 '견뎌 냄'의 형태를 효율적으로 표상
한다. 개미와 참새와 물고기와 사무원이 등가적으로 나열되고 다시
반복되는 구조의 단순성은 "일상을/올올이/견뎌 낼 뿐"이라는 단일
한 주제와 시각적으로 호응한다. "다만/그뿐" 다른 선택지가 없다
는 단호한 종결은 일상을 견뎌 내는 것이 중요하다는 메시지를 전달
하면서 동시에 그 선택지 외에 다른 길은 없는가라는 중요한 질문을

제기한다. 산다는 것이 견뎌 내는 것이라면 그것 외에 다른 길은 없는가라는 질문이 도출될 수 있는 것이다. 이러한 인식과 질문을 이 시의 형태가 만들어 낸다. 일반적인 시 형태로 행이 배치되었다면 시적 의미는 현저히 감소했을 것이다. 안현미는 시의 의미에 맞는 형태를 발견하는 데 성공했다.

　이러한 발견은 여성으로서 자신의 존재성을 새롭게 성찰하는 데로 이끈다. 나라는 여성 존재는 어떠한 위상에 놓여 있는가? 「삶은 나」라는 시는 삶은 곧 나라는 주체적 메시지와 자신의 존재는 여러 가지 생의 요소에 삶아진 존재라는 메시지를 이중적으로 전달한다. 자신은 "소녀와 엄마와 창녀를 한 몸에 한 영혼에 가진 치명적인 여자"라는 상투적인 명명에서부터 나는 나의 발명가이자 채집가이자 조각가이자 방랑자이자 식자공이자 테러리스트라는 독창적인 발상에 이르기까지 자신의 위상을 다채롭게 펼쳐 놓는다. 그중 "스스로 엄마가 되어 나를 낳는 나의 자궁"이라는 구절이 가장 극적으로 다가온다. 안현미 시의 출발점이었던 사랑의 여성성이 이 구절에 가장 깊게 담겨 있기 때문이다. 엄마의 딸이요 딸의 엄마인 여성 시인 안현미는 아이를 생산하는 자궁을 가진 존재며 시 쓰는 자신을 새롭게 잉태하는 모성의 자궁이기도 하다. 시를 쓴다는 것이 단순히 "자음과 모음을 두드려 시를 만드는 식자공"이 아니라 언어로 새로운 생명을 잉태하고 보존하고 출산하는 모성의 활동이기 때문이다. 시를 쓴다는 것은 모성 자궁의 생명 잉태다. 그러한 그의 존재 인식은 결국 모계로 귀착된다.

　　당신이 내 절망의 이유이던 때가 있었다
　　당신이 내 희망의 전부이던 때가 있었다

그 이전 이전엔 당신이 내 아무것도 아니던 때가 있었다
그러나 그 이전 이전에도 당신은 당신이었을 것이다
그리고 그 이후 이후에도 당신은 당신일 것이다

시시해서 미치겠는 사랑!

멀리에선 수련꽃 피는 여름이 오고
덩굴식물의 눈[目]을 들여다본다
네 눈이 네 길을 가게 한다

소문도 없이 낳아 기른
아이가 묻는다
"내가 왜 엄마를 아빠라고 불렀지?"

　　　　　　　　　　　　　　　　　　　—「모계」 전문

　안현미에게는 두 명의 어머니가 있다고 했다. 한 명은 다섯 살 때까지 키웠으나 기억에 남은 것이 거의 없고, 또 한 명은 그 후 성인이 될 때까지 키웠으나 친엄마는 아니다. 그 둘을 엄마가 아니라고 할 수도 없고 동등한 엄마라고 하기도 어렵다. 사실은 그 존재 자체가 절망의 요인이 되기도 했을 것이다. 그러나 그것은 존재한다는 그 사실 때문에 희망이기도 했다. 절망이면서 희망인 이중적 존재가 그 두 명의 엄마다. 그들은 각각 독립된 개체지만 나와 관계를 맺음으로써 절망도 되고 희망도 된다. 어쩌면 그들과 맺은 사랑은 혈연으로 이어지거나 의무로 맺어진 것이어서 남녀의 사랑에 비하면 감정의 열도가 낮은 시시한 사랑일 수 있다.

여기서 시인은 덩굴식물의 눈을 본다. 덩굴식물에 작은 눈이 솟아나면 그것이 줄기가 되고 잎이 되어 또 다른 눈을 만든다. "네 눈이 네 길을 가게 한다"는 깨달음을 거기서 얻는다. 모계가 새로운 모계를 생산하는 것이다. 무성생식이건 유성생식이건 눈이 자라 싹이 나고 잎을 틔우는 것은 모계의 움직임이다. 그래서 "내가 왜 엄마를 아빠라고 불렀지?"라는 질문이 나온다. 사실 아빠는 의미가 없고 모계가 의미가 있다. 눈이 길을 만드는 것이라면 그 눈은 모계의 것이다. 여성의 삶이 "우는 아이보다 더 길게 울던 소리"(「여자비」)를 내는 울음의 삶이라 해도 그 울음의 눈이 생명을 자라게 하고 길을 열어 준다. 그러므로 엄마가 곧 아빠다.

둘째 시집을 마무리하는 대목에서 첫 시집의 끝에 「화전 간다」를 넣었던 것처럼 자신의 진로를 명시한 다음 작품으로 작은 매듭을 지었다.

한 사내가 절벽 밖으로 걸어갔다

한 여자가 그 사내를 따라갔다

시간 밖에서 시간을 읽던 때였다

수목한계선 무릎 꿇은 나무

오랜 여행을 하며 여러 국경을 넘어 마침내 그곳에 도착한 바람

한계 위에 서서 한계 너머를 바라본다

육탈을 한다

제 갈 길을 가라 누가 뭐라든

─「무릎 꿇은 나무」 전문

시를 쓴다는 것은 그리고 생을 살아간다는 것은 정해진 한계 속에서 시간을 보내는 게 아니다. 때로는 경계를 넘어 허공으로 발을 디뎌야 할 때가 있다. 삶의 한계선을 넘어 바람의 길을 따라야 할 때가 있다. 그때가 언제인지는 아무도 모른다. 그러나 살아 있는 정신을 가진 인간은 항상 "한계 위에 서서 한계 너머를 바라"볼 수 있어야 한다. 육탈을 하듯 마음이나 정신만으로 제 갈 길을 갈 때가 있어야 한다. 안현미는 그 육탈의 극점을 상상하며 한계선 위에 무릎 꿇은 한 사람의 모습을 제시했다. 마땅히 누군가는 제 길을 가야 한다. 그 길이 어떤 길이든 어디로 향하든 가야 할 길이라면 언젠가는 가야 하는 것이다. 이것이 안현미가 무릎 꿇고 얻은 명상의 내용이다.

3. 사랑의 확장에서 일상의 진실로

안현미의 세 번째 시집 『사랑은 어느 날 수리된다』(창비, 2014.5.)를 읽으면 마음의 여유가 느껴진다. 감추었던 유머를 풀어놓고 가벼운 농담을 건네기도 한다. 「백 퍼센트 호텔」과 「늪 카바레」는 의도적으로 유사한 형식과 화법을 사용하면서 시어를 교묘하게 변주하여 유머를 창출하고 풍자의 기능을 수행했다. 등단 10년이 지나면서 세상을 보는 눈이 깊어지고 시야가 확대된 것을 알 수 있다. 시집 첫머리에 배치된 「카이로」도 유사한 시어의 반복이 특징을 이룬다. 그중 중요한 의미를 담고 있는 대목은 인생이란 설명하고 싶어도 제대로 설명할 수 없다는 것, "인생이란 뭘 좀 몰라야 살맛 나는 법"이라는 명제다. 이 명제가 풍자의 의도를 지니고 있지만 침묵의 지혜를 강조하는 문장의 뜻은 시인도 어느 정도 수용한 것 같다. 생활의 영역을 넓혀 가다 보니 산다는 것을 말로 설명하기 어렵고 모르는 것에 대해서는 침묵을 지키며 살 수밖에 없다는 처세의 윤리도 터득한 것 같다.

그래서 일상의 진실을 시에 수용하는 태도가 형성되었다. "곤드레나물밥을 먹으며 지나가는 시간을 잠시 바라보는 것만으로도/우리는 잠시 사는 것"(「불혹, 블랙홀」)이라는 인식이 그것이다. 여기에도 일상의 삶을 전폭적으로 수용하지 못하는 일종의 망설임이 있다. 일상의 삶이 주는 나른한 쾌락에 넘어가서는 안 된다는 거대담론의 압력이 일상의 자아를 가만두지 않는다. 그러나 일상의 삶에 충실한 시인의 자아는 "곤드레나물밥을 먹는 일만으로도/나는 잠시 너를 사랑하는 것"이라고 말한다. 점심시간에 서둘러 밥을 먹고 낙산으로 산책 갔다가 서둘러 산책을 마치고 사무실로 돌아간다. 그 과정에서 보고 들은 일상의 모든 것들을 그는 "지문처럼 새"기고, 그 모든 과정을 그는 "시라고 생각한다"(「돌멩이가 외로워질 때까지」). 이것은 일상에 함몰하여 진실을 잊는다는 뜻이 아니다. 일상의 삶에서 진실을 찾아내고 그것을 사랑한다는 뜻이다. "욕망이여 입을 열어라 그 속에서/사랑을 발견하겠다"(「사랑의 변주곡」)라는 김수영의 문맥과 유사하다.

이러한 '사랑의 확장'은 "무작정의 눈물"(「사랑」)을 불러온다. 뜻하지 않은 대상에 대해서도 사랑을 느껴 공연히 무작정 눈물을 흘리는 것도 새로운 경험이다. 누군가가 가꾸어 놓은 파밭이 있다. 거기서 파를 거두어 무심으로 파를 다듬는다. 그사이에 햇살이 비치고 시간이 흐른다. 곤드레나물밥을 먹는 것이 사는 것이고 사랑하는 일이라면 파를 가꾸고 다듬는 것도 사랑일 수 있다. 그 파밭을 정성으로 가꾸었는지 무심으로 가꾸었는지 먹는 사람은 알 수 없다. 그렇게 생각하면 정성과 무심은 다른 것이 아니다. "누군가 정성으로 아니 무심으로 가꿔 놓은 파밭"(「구리」)이라는 구절은 그렇게 이해된다. 「어떤 삶의 가능성」에도 "경기장 밖 미루나무는 무심으로 푸르렀고 그 무심함을 향해 새 떼가 로켓처럼 솟아올랐다"라는 구절이 나온다. "스물두 살 때 머리를 깎겠다고" 절에 갔다가 포기하고 돌아왔던 시절의 회고다. 시인은 이제 그 모든 것을 무심으로 받아들일 수 있는 마음의 넓이를 갖게 된 것이다. 그리하여 "사랑은 어느 날 수리된다"(「이별수리센터」)는 것을 알게 되었고, "사랑의 부재 또한 사랑 아니겠는가"(「그도 그렇겠다」)라고 수용할 수 있게 되었다.

그의 기구한 가족사에 대해서도 관조할 수 있는 마음의 넓이가 생겼다. 「공기해장국」 「화란」 「여름 산」 「엄마 2호」 「내간체」 「기억의 재구성」 「아버지는 이발사였고, 어머니는 재봉사이자 미용사였다」 「흑국보고기」 등에 가족사의 단면이 크고 작게 변주된다. 이렇게 많은 작품에 가족사의 그림자가 드리워 있다는 사실은 그의 외상이 결코 작지 않았음을 알려 준다. 그러나 그것을 바라보는 그의 마음에는 그야말로 내간체 문장 같은 "국화 향이 가득"(「내간체」)하다. 두 번째 시집 발문에서 손택수가 간파한, "정갈한 매무새로 먹을 가는" "정한의 전통적 여성상"이 지닌 용서라는 마음의 넓이가 더욱 확대된 것을 감지할 수 있다. 일상을 사랑의 문법으로 수용함으로써 '얼얼한 삶'도 국화의 향으로 받아들일 수 있는 마음의 넓이를 획득한 것이다.

개심사를 제 속에 들어앉혀 놓고 연못은 고요하고 배롱나무는 꽃을 피우고 있습니다 최대한 허리를 펴 보다 높은 동쪽 가지를 꺾어 후다닥 도망치던 꼬부랑 할머니는 돌아가 와병 중인 할아버지의 약탕기에 그 배롱나무의 동쪽 가지를 넣고 치성으로 약을 달이겠지요 상왕산 절집 마당의 해가 떠오르는 쪽 가지를 탐한 이유는 묻지 않아도 알 수 있는 법 개심사를 제 속에 들어앉혀 놓고도 연못은 고요하고 후다닥 도망치던 꼬부랑 할머니 보살의 뒷모습 설법은 아직은 배롱나무꽃처럼 높고도 아득하여 내 마음은 그만 주저앉아 버리고 말았습니다

　　　　　　　　　　　　　　　　　　　　　　　—「배롱나무의 동쪽」 전문

　　마음을 고쳐먹을 요량으로 찾아갔던가, 개심사, 고쳐먹을 마음을 내 눈앞에 가져와 보라고 배롱나무는 일갈했던가, 개심사, 주저앉아 버린 마음을 끝끝내 주섬주섬 챙겨서 돌아와야 했던가, 하여 벌벌벌 떨면서도 돌아와 약탕기를 씻었던가, 위독은 위독일 뿐 죽음은 아니기에 배롱나무 가지를 달여 삶 쪽으로 기운을 뻗쳤던가, 개심사, 하여 삶은 조금 차도를 보였던가, 바야흐로 만화방창(萬化方暢)을 지나 천우사화(天雨四花)로 열리고 싶은 마음이여, 개심사, 얼어붙은 강을, 마음을 기어이 부여잡고 안쪽에서부터 부풀어 오르는 만삭의

　　　　　　　　　　　　　　　　　　　　　　　—「배롱나무의 안쪽」 전문

　　시집에 상당한 거리를 두고 배치된 이 두 작품은 제목으로 보나 제재로 보나 형태로 보나 자매편에 해당한다. 첫 시집에 나란히 배치된 「거짓말을 제조하다」, 「거짓말을 타전하다」와 성격이 같다. 두 편의 시가 다 이야기를 담고 있다.

　　「배롱나무의 동쪽」은 화자의 사연보다는 화자가 목격한 이야기가

중심을 이룬다. 개심사 연못가 배롱나무는 유명해서 많은 문인들이 소재로 삼았다. 늦은 봄부터 여름이 저물 때까지 정말 백일 동안 꽃을 달고 있다. 연못에 배롱나무 붉은 꽃이 비친 모습은 특히 아름답다. 그러나 이 시의 이야기는 배롱나무의 아름다움과는 관계가 없다. 어떤 할머니가 배롱나무 동쪽 가지를 꺾어 도망치듯 사라지더라는 것이다. 꽃이 핀 배롱나무 가지가 방광염이나 장염에 효험이 있다는 말이 있다. 시인은 상상력을 발동하여 그 할머니가 할아버지의 약탕기에 배롱나무 가지를 넣고 정성껏 약을 달이는 장면을 떠올린다. 일반적인 약은 효과가 없었기에 마지막으로 개심사 배롱나무의 신통한 효험을 빌려 보려고 무리를 해서 가지를 꺾어 간 것이다. 그것도 햇빛이 가장 먼저 드는 동쪽 가지를. 시인은 그 할머니를 "보살"이라고 지칭했다. 절집에서 여신도를 흔히 보살이라고 부르지만 여기서의 "보살"은 특별한 의미를 지닌다. 최후의 방편으로 남편을 위해 절도하듯 가지를 꺾은 할머니의 정성을 생각해서 "보살"이라고 호명한 것이다. 그래서 그 할머니의 거동을 다시 "설법"이라고 확대해서 해석했다. 이것저것 따지지 않고 남편만을 생각한 몰입의 절대 행동이 세속의 우리에게 깨우침을 준다고 생각한 것이다. 여기서도 일상의 국면에서 진실과 교훈을 얻는 태도를 발견할 수 있다.

「배롱나무의 안쪽」은 시인의 마음에 중점이 놓인다. "마음을 고쳐 먹을 요량으로 찾아갔"다고 처음부터 고백했다. 불안한 마음을 가져오라 하니 그 마음을 찾을 길이 없다고 답한 달마대사와 수도승 혜가의 문답을 떠올리며 시인은 어수선한 마음을 주섬주섬 챙겨 돌아와야 했다. 상한 마음이 개심사에 간다고 고쳐지겠는가. 그래도 시인은 배롱나무 가지가 약이 된다는 말을 떠올리며 마음의 약탕기를 달여 삶의 기운을 얻으려 했음을 고백했다. 마음을 열어 준다는 뜻의 개심사, 그곳의 영험한 배롱나무에 접촉했으니 마음의 문이 조금이라도 새로 열리는 변화가 있지 않을까? 시인은 개심사에서 촉발된 마음의 힘으로 온갖 생물이 흐드러지게 피어나고 사방에서 갖가지 꽃이 비처럼 내리는, 눈부신 변화를 꿈꾼다. 이것은 개심사의 힘이 아니라 시인의 의지에 의한 자력갱생이다. 시인은 그것을 나타내기 위해 "열리고 싶은 마음이여"라고 썼다. 마음의 힘에 의해, 본인의 자력의 의지에 의해 "안쪽에서부터 부풀어 오르는 만삭의" 생명력을 꿈꾸는 것이다. 그가 터득한 '사랑의 확장'이 고통을 극복하는 생명력으로 전환되는 장면을 표현했다.

개심사 배롱나무를 소재로 시상을 전개한 이 두 편의 시는 마음에 초점을 맞췄다는 공통점이 있다. 앞의 작품은 할머니의 마음에, 뒤의 작품은 시인 자신의 마음에. 두 편 다 마음의 작용과 힘을 신뢰하고 마음이 어디로 움직일 것인가를 주목했다. 마음의 작동에 주목한 이 세 번째 시집 발간 후 그의 작품 발표 편수는 현저히 감소한다. 나는 이것이 2014년 4월 16일에 발생한 세월호 참사가 시인에게 가한 충격 때문이 아닐까 짐작한다. 시집이 간행된 날짜가 2014년 5월 23일인데 사건이 발생한 날짜는 4월 16일이다. 시집 출간을 앞둔 시점에 끔찍한 대형 참사가 일어났으니 시집이 나와도 출판 기념행사를 할 처지가 못 되었고 시집을 냈다는 사실도 묻혀 버리고 말았을 것이다. 천성이 다감하고 예민한 시인은 어린 학생들이 희생된 참사에 마음의 길을 잃었을 것 같다.

그로부터 6년이 지나서 시 25편을 수록한 네 번째 시집 『깊은 일』(아시아, 2020.3.)이 어렵게 나왔다. 시집 뒤 「시인 노트」에 "오늘 우리는 겨우, 살아 있습니다"라는 말과 "아무래도 이번 생은 그 바다를 슬퍼하고 그 바다를 노래하는 시인으로 살다가 죽어야겠습니다"라는 말이 들어 있다. 이 말에 처절한 시간을 보낸 마음의 행로가 압축되어 있다.

　모성애적 본능을 간직한 시인인지라 시집의 시에는 분노나 저주의 언술은 없다. 「깊은 일」, 「둥근 밤」 등이 그 사건에 대한 애도와 슬픔을 표현한 작품인데 제목이 의미하는 바대로 깊고 둥근 시인의 마음이 웅숭깊게 담겨 있어 말로 나타내기 어려운 울림을 우리에게 전한다. "찬성할 수도 반대할 수도 있지만 침묵해서는 안 되는//그것은 깊은 일"(「깊은 일」)이라는 발성은 몇 만 겹의 통곡으로도 감싸기 힘든 깊은 균열을 새겨 넣는다. "4월의 바다와 뜻밖의 안녕이/몸을 섞는/삶도 죽음도/둥근 밤"(「둥근 밤」) 같은 시행도 죽음과 삶을 둥글게 포용하면서도 결국은 어두운 밤이 지속될 수밖에 없다는 참담한 마음이 중심을 이룬다. 슬픔을 속으로 삭이면서도 그것을 드러낼 수밖에 없는 묵시의 어법이 시상을 견인한다. 나는 이것이 모든 울음을 견딘 모성의 사랑에서 나온 것이라고 믿는다. 모성의 사랑은 다가올 희망의 아침도 조심스럽게 맞이한다.

　　초록색 마을버스가 지나갔고 꽃무늬 원피스를 입은 여자가 있었고 미래가 도착했지만 생각은 생각만큼 진흥되지 않았고 유정도 무정도 인간의 일이어서 다시 토요일이 돌아오면 우리는 광장으로 갔다 그러는 사이 재벌도 고위 공무원도 감옥에 갔다 사랑을, 인간을 잃어야 한다면 나는 나를 중단할 수도 있을 것만 같았다 그러는 사이 가난한 우리가 아름다운 우리로 확장되었고 마침내 그것이 인용되었고 박진감 넘치는 불꽃 축제가 광장의 어두운 밤하늘을 꽃무늬로 물들였다 유정도 무정도 인간의 일이어서 생활은 생각만큼 진흥되지 않았지만 생각보다 흰, 급진적 목련이 오고 있었다

이 시는 2016년 가을 이후 전개된 복잡한 상황을 압축적으로 서술했다. 불편한 상황이지만 어조는 차분하고 정서는 침착하다. 감정을 섞지 않은 냉정한 보고의 어법을 사용한 것이 이 시기 다른 시와 구별되는 특징이다. 미래의 희망을 암시하면서도 상황이 생각만큼 제대로 전개되지 않는 안타까움을 참을성 있게 바라보는 성숙한 거리감이 돋보인다. "유정도 무정도 인간의 일이어서"라는 구절은 감동적이다. 인간의 일은 다양할 수밖에 없고 그것을 바라보는 시선도 다양할 수밖에 없다는 인식인데 여기에는 인간의 다층성을 포괄적으로 수용하는 견인(堅忍)과 포용의 넓은 마음이 있다.

미래의 믿음을 가지고 광장으로 갔고 "사랑을, 인간을 잃어야 한다면 나는 나를 중단할 수도 있을 것" 같다는 신념은 매우 뚜렷하고 강경하다. 그러나 시인은 이것도 가볍게 지나가는 말처럼 스치듯 배치했다. "그러는 사이 가난한 우리가 아름다운 우리로 확장되었고"라는 말은 더 아름다운 표현이다. 당시 상황의 변화에 대해 사람들이 가졌던 마음을 이보다 더 잘 표현한 구절은 없을 것이다. 모든 것이 수용되어 사람들이 원하던 대로 일이 전개되었다. 그러나 백 퍼센트의 만족은 아니었다. 그것을 다시 시인은 "유정도 무정도 인간의 일이어서"라는 말로 표현했다. 인간의 일은 늘 그렇게 무언가 부족한 상태로 처리되는 법이다. 아린 세상의 맛을 온몸으로 체험한 시인이기에 인생의 진실을 그렇게 표현할 수 있었을 것이다.

시인은 우리의 앞날을 "생각보다 흰, 급진적 목련이 오고 있었다"라고 표현했다. 이 말은 한국 시사의 경구(警句)의 하나로 남을 것 같다. 목련은 흰 꽃을 피우니 "생각보다 흰"이라고 말하는 것이 이상하지 않다. 그러면서도 그것은 '붉은 꽃'이 갖는 선명성을 의도적으로 회피하고 저항이나 단죄보다는 포용과 순수의 온화함을 내포한다. 그러기에 그 표현은 아름답다. 우리의 생각만큼 생활이 개선되지는 않겠지만 그래도 생각보다 밝은 급진적 변화가 목련의 아름다움 같은 비폭력적인 방식으로 다가오리라는 전망을 나타낸다. 그로부터 3년의 세월이 또 지났는데 과연 우리는 "생각보다 흰, 급진적 목련"을 맞이하고 그것을 잘 누리고 있는지 분명히 파악하기는 힘들다. 그러나 시인이 말했듯이 "유정도 무정도 인간의 일"인 만큼 생각만큼 생활이 진전되지 않는다고 해서 슬퍼할 필요는 없다. 이미 "가난한 우리가 아름다운 우리로 확장"되었으니 '사랑의 확장'은 이룩한 셈이고 일상의 삶에서 진실을 발견하고 거기서 사랑을 실천한 일은 성취된 셈이다.

고독한 소년이 체감한 사랑의 온도
―이현승

1. 아이스크림과 늑대의 상징성

1973년 전라남도 광양에서 태어난 이현승은 2002년에 『문예중앙』으로 등단하고 2007년에 첫 시집 『아이스크림과 늑대』(랜덤하우스코리아, 2007.8.)를 냈다. 시집의 표제에 나온 "아이스크림"과 "늑대"는 존재와 삶의 단면을 압축하는 상이한 표상이다. 시인은 「시인의 말」에서 "우리는 그 무엇을 위해 살고 있고 그 무언가가 텅 비어 있다는 사실"이라는 구절을 의미 있게 이야기했다. 여기 사용된 "무엇"이라는 말은 삶의 목적과 공허감이 다양한 것에서 발원한다는 뜻도 되지만, 아직 그 "무엇"을 제대로 파악하지 못했다는 뜻도 된다. 그만큼 이 시집에는 생의 행로를 탐색하는 시인의 모호한 의식이 생경하게 드러나기도 한다. 그러나 그만큼 진솔하고 꾸밈없는 생각이 시적 윤색을 거치지 않고 솟아나는 것을 볼 수 있다. 그런 의미에서 이 시집은 뒤에 나온 두 권의 시집에 비해 문학에 첫발을 디딘 시인의 순정한 초심이 투명하게 반영된 작품집이라고 할 수 있다. 그것은 이 시집에 그의 진면목을 담백하게 형상화한 좋은 작품이 오히려 더 많다는 뜻이기도 하다. 시집 첫 장에 놓인 작품은 다음과 같다.

> 소년의 손에는 아이스크림이 들려 있고
> 아이스크림은 녹아내려 소년의 소매를 적시고 있다
>
> 우리는 거리에서 노래하고
> 거리에서 아이스크림과 맥주를 마시고
> 거리에서 사랑을 하고 잠을 자고
> 그리고 거리에서 죽는다
> 서로의 몸속을 보여 줄 만큼
> 거리는 이제 아주 사적인 공간이므로
> 투명인간들이 활보하는 거리에서
> 소년은 눈물을 훔친다
>
> 책상에 앉은 채 소변을 보았던,
> 그러고는 곧 학교를 떠났던 그 소년처럼
> 길에서 우는 아이
> 얼음 조각처럼
> 녹아내리고 있는 아이
> 이 길 위에서 사라질 아이
>
> ─「우는 아이」 전문

이 시의 "거리"와 "길"이 삶의 제유라는 것은 쉽게 알 수 있다. 그렇다면 "소년", "투명인간들"은 세상을 살아가는 인물들을 지칭할 것이다. 시인으로 처음 출발하는 단계이기 때문에 이현승은 자신의 의식을 지나치게 꾸미지 않고 비교적 솔직하게 노출시켰다. 그리고 제목은 시의 내용에 부합하는 어구로 설정했다. 두 번째 시집부터 이것은 상당한 변화를 겪게 된다. 제목이 시의 내용과 일대일 대응 관계를 이루지 않고 은유나 상징의 관계를 형성하고 시의 구성도 단면적 구성에서 벗어나 복합적 병치의 구성을 보이게 된다. 이것이 무엇을 의미하는가는 다음 시집을 검토할 때 자연스럽게 드러날 것이다. 여기서는 첫 시집의 작품들이 의식과 구성의 단순성을 보여주기 때문에 작품의 의미가 더 분명히 파악된다는 점만 이야기한다. 이것은 이 시집의 장점이자 단점이 된다.

아이스크림은 달콤하고 시원하고 쉽게 녹는다. 맥주는 시원하고 쌉쌀하고 거품이 난다. "거리에서 아이스크림과 맥주를 마시고"는 문법적으로 틀린 말이기도 하지만 이 두 식품이 동시에 손에 쥐어지는 일은 거의 없다. 아이스크림을 먹으며 맥주를 마시는 사람은 거의 없다는 뜻이다. 그럼에도 불구하고 이 둘이 연결된 것은 그 속성 때문이다. 시원한 맛을 내고 쉽게 사라진다는 공통점이 있어서 한 문장으로 연결된 것이다. 앞에 나온 녹아내리는 아이스크림의 모습은 세상에서 사라지는 존재자의 모습을 연상시킨다. 아이스크림이 녹아내려 소년의 소매를 적신다는 말은 "소년은 눈물을 훔친다"와 의미론적 대응을 이룬다. 요컨대 '녹아내림'은 '슬픔', '사라짐'과 호응 관계에 있으며, "투명인간들이 활보하는 거리"의 중요한 표상으로 자리 잡는다. 산문적으로 말하면, 무의미한 존재자들이 살아가는 삶의 공간에 슬픔, 사라짐, 죽음은 중요한 표지가 된다는 뜻이다.

자신이 속했던 공동체에서 소외된 소년이 "길에서 우는 아이"가 되고 그 아이가 "얼음 조각처럼/녹아내"려 "이 길 위에서 사라질"

것이라고 했는데, 그것이 이 소년에 국한된 이야기가 아니라 우리 모두의 상황임을 우리는 쉽게 알아차릴 수 있다. 그만큼 이현승의 첫 시집의 세계는 이해하기가 용이하다. 그러나 그 이해하기 쉬움이 작품의 가치를 떨어뜨리는 것은 아니다. 이현승이 창작을 지속하면서 시적 윤색과 표현의 묘미에 집중하여 초기 시의 순정함에서 이탈한 것은 진지하게 생각해 보아야 할 문제다. 여하튼 이 시에 설정된 중요한 개성적 장치인 "아이스크림"에 주목할 필요가 있다. 달콤하고 시원한 아이스크림을 눈물 흘리는 슬픔의 표상, 녹아내려 사라지는 죽음의 표상으로 병치시킨 데 독창성이 있다.

아이스크림에 비견되는 또 하나의 개성적 설정이 "늑대"다. 이현승의 개성적 늑대는 들판이나 숲속에 있지 않고 식탁에 가족과 함께 나타난다. 그의 시 「동물의 왕국」의 부제는 "가족"인데, 동물의 무리가 유사하게 보이듯이 가족도 결국은 개성을 잃어버리고 동물 집단처럼 되어 간다는 내용이다. 가족의 일원으로 산다는 것은 "동물의 왕국"에 속해 있다는 뜻이다. 그 가족들이 모여 식사를 하는 장면이 「늑대가 나타났다」에 펼쳐진다. 가족들은 게걸스럽게, 때로는 거칠게, 때로는 무례하게 음식을 먹어 치운다. 그런 점에서 굶주린 늑대 같다. "자신의 몸무게보다 무거운 식욕"을 갖고 있지만, "포만감으로 충만한 노래"는 들려준 적이 없다.

이 늑대의 이미지와 아이스크림이 동시에 등장한 시가 표제작인 「아이스크림과 늑대」다. 이 시는 앞의 시들보다 훨씬 시적인 언어로 착색되어 있어서 단번에 의미를 파악하기 어렵다. 다행히 종결부의 한 시행에 의미가 압축되어 있어 해석의 열쇠 역할을 한다. "혹은 아이스크림처럼, 또 늑대처럼 나는 사라지지"가 그것이다. 늑대와 아이스크림이 표상하는 바가 각기 다르지만 공통된 것은 둘 다 사라진다는 점이다. 소멸과 죽음이 세상에 존재하는 것들의 피할 수 없는 숙명이다. 늑대와 아이스크림은 그 점에서 동질적이다. 대부분의 시인들이 그런 것처럼 이현승도 세상을 부정적으로 본다. 세상은 비루하고 일면 잔혹하다는 인식을 갖는다. 비루하고 잔혹한 세상의 끝판에는 죽음이 도사리고 있다. 모든 존재자는 그것이 늑대처럼 탐욕스러운 것이든 아이스크림처럼 달콤한 것이든 결국은 녹고 사라지게 되어 있다. 이현승은 존재자의 소멸을 은유적으로 강조하기 위해 아이스크림과 늑대를 설정한 것이다. 이질적 사물의 접합을 통해 시적 긴장을 노린 것인데 그 전략은 평면적 진술 이상의 성공을 거두었다.

2. 내러티브와 생에 대한 성찰

첫 시집의 작품은 제목과 내용의 연관성이 비교적 뚜렷한데, 서사적 구성을 가진 스토리텔링의 작품이 많다는 것도 중요한 특징이다. 이 특징도 제목의 변화와 마찬가지로 뒤로 가면 점차 희석되어 스토리텔링 시는 아이스크림처럼 녹아서 사라지게 된다. 앞에서 제시한 시 「우는 아이」도 전형적인 스토리텔링은 아니지만 학교를 떠난 소년, 거리에서 우는 소년, 거리에서 활보하는 투명인간으로 이어지는 서사적 흐름의 틀은 지니고 있다.

「우는 아이」 다음에 수록된 「슈퍼맨 리턴즈」는 전형적인 스토리텔링의 작품이다. 이 작품에는 '장 씨'라는 주인공이 나온다. 그는 생활설계사이자 은하슈퍼 주인으로 오토바이를 타고 온 골목을 돌아다니는 행동파 인물이다. "러닝셔츠가 근무복"이고 "전형적인 외유내강형의 사내"라고 했다. 이현승 시의 우울한 표상들과는 달리 '장 씨'는 활발하고 역동적이다. "리턴, 리턴, 리턴, 그리하여 삶은 무한반복"이라고 제한을 가하기는 했지만 이 역동적인 표상 앞에서는 누구든 "갑작스레 날아오르고 싶"은 느낌을 가질 것이라고 했다.

「슈퍼맨 리턴즈」에 연결되는 작품이 「주름의 왕」이다. 이 작품의 주인공은 태양세탁소 주인으로 이 사람 역시 오토바이를 한 손으로 몰고 세탁물을 한쪽 어깨에 걸친 채 온 골목을 누비는 묘기를 부린다. 그 동작은 개선장군처럼 당당해서 사람들이 경탄하고 그의 아내도 그의 다림질하는 날렵한 모습을 존경스러운 낯빛으로 쳐다본다. 「중추 부근」은 양계장집 사내가 주인공이다. 대머리에 건장한 체격이지만 그의 아들이 스물넷의 나이로 아파트에서 뛰어내려 생을 마감한 아픈 사연이 있다. "키워서 죽이기 위해" 닭을 키우고 개를 키우는 사내의 겉모습은 밝은 듯 어둡다.

이 세 편의 작품과는 달리 이후의 시편은 삶의 어두운 단면을 서술한다. 「서사에 대한 모욕」은 차 안에서 칫솔을 파는 기구한 사내의 삶을 서술한 것이고, 「술 권하는 사회」는 알코올중독의 전기 노동자 '박 씨'의 특이한 삶을 보여 주었다. 「경험주의자와 함께」에는 시인으로 성장한 자신의 개인사가 노출되어 있다. 「밝은 방」은 더욱 구체적으로 아버지의 개인사를 서술했는데 스물여섯의 젊은 군인의 모습이 담긴 아버지의 사진을 풍크툼(punctum)으로 삼았다. 웃고 있는 젊은 군인의 모습을 보면서 "이 밝은 빛은 어디서 뿜어져 나오는 것인가"라고 선망하는 젊은 화자의 밝은 반응이 인상적이다.

서사의 계보에 속하는 작품 중 가장 개성적인 것은 「고양이」다. 이 작품은 고양이에 대한 단형 서사 구조와 "고양이"로 끝나는 형식 미학이 조화를 이루고 있다. 그의 조숙한 시인적 재능을 충분히 느끼게 하여 정성스럽게 음미할 만하다.

발소리를 내지 않는 고양이,

오후의 빈집을 노리는 면식범 고양이,

현관 앞 음식물 쓰레기봉투를 찢어발기고 달아난 고양이,

온 동네 쓰레기봉투에서 흘러나온 냄새 진동하던 여름

악취 때문에 이를 갈면서 기다리면 안 보이던 고양이,

기어이 다시 쓰레기봉투를 찢다가 신고 있던 슬리퍼 짝으로 내게 얻
어맞은 고양이,

맞은 쪽 볼기짝이 검은 얼룩무늬 고양이,

밤사이 현관에 오줌을 싸고 도망간, 집요한 고양이,

실은 쓰레기 악취보다 울음소리 때문에 더 미웠던 고양이,

내 얇은 잠귀 속으로 들어와 마구 발톱을 세우던 고양이,

잠들 만하면 냐옹냐옹 괘씸하게도 울어 대던 고양이,

나가 보면 감쪽같이 달아나고 없던 고양이,

미워할수록, 잡으려 할수록 묘연하기만 하던 고양이,

어느새 내 미움의 중심부까지 숨어든 고양이,

집 뒤안에서 몸을 풀고 핏덩이를 혀로 핥다 나와 눈이 마주친 고양이,

천한 것이라고 쉽게 돌 던질 수 없었던 고양이,

새끼 고양이들을 데리고 담장 위를 지나면서 한사코 나를 외면하던,

이사 오다 본 그게 마지막이었던 고양이,

내가 기르고 있었던 도둑고양이,

지금도 어디선가 몹시 배가 고플.

―「고양이」 전문

고양이를 대하는 상황의 변화에 의해 화자의 태도와 고양이의 반
응이 적절하게 교차되면서 화자의 감정이 심화되는 과정을 보여 주
었다. "지금도 어디선가 몹시 배가 고플"이라는 마지막 시행에서 이

고양이가 화자의 분신이라는 사실이 암시되고, 그래서 그 앞에 나오는 "내가 기르고 있었던 도둑고양이"라는 구절의 심층적 의미도 소급적으로 파악된다. 자신의 분신이었기에 고양이를 그렇게 깊이 관찰하고 애증의 시선으로 바라보았던 것이다. 고양이 소재 시의 대표적인 작품으로 천거할 만하다.

이러한 서사적 조망을 통해 시인이 보여 주고자 하는 것은 생에 대한 성찰이다. 앞의 아이스크림과 늑대 시편도 그렇고 서사적 구성의 작품도 그렇고 시인이 관심을 갖는 것은 삶과 죽음이다. 시인은 젊은 나이에 죽음에 많은 관심을 보이는데 그것은 눈앞의 현실만을 보지 않고 생의 전면을 포괄적으로 그리려는 그의 의욕 때문이다.

「공무도하가」는 "대로변에 앉아 소주를 마시는 사내"를 소재로 삼았다. 누가 보건 말건 "행려도 벗어 놓고 구걸도 벗어 놓고" "길 건너를 망연히 보고" 소주를 마시는 사내. 그 사내를 보고 시인은 옛 노래 「공무도하가」 배경 설화에 등장하는 술 취한 백수광부를 떠올린다. 술이 취해서 건너편을 망연히 바라보는 모습이 백수광부를 닮았다. 백수광부는 아내가 말리는데도 물에 뛰어들어 죽었는데, 이 사내도 "강심으로 걸어 들어가려는 사람처럼/가지런히 신발을 벗"어 놓았다. 요컨대 모든 것을 포기하고 죽음의 세계로 가려는 사람의 모습으로 비친 것이다. 그러고 보면 우리 모두가 죽음의 강을 앞에 두고 있는 것인지 모른다. 삶의 슬픔과 아픔을 거치다 보면 "울컥 물비린내가 나는" 보이지 않는 강을 마주할 때가 있지 않던가? 그 강이 지금 눈앞에 보이지 않지만 사실은 "지천으로 널린 것이 강"이다. 삶은 죽음과 맞닿아 있고 생동하는 생활의 현장에도 죽음의 그림자는 드리워 있다. 이렇게 이현승은 일상의 장면에서도 삶을 죽음과 함께 보는 독특한 시선을 처음부터 가지고 있었다. 이것은 앞에 말한 대로 생의 윤곽을 전체적으로 보려는 그의 의지 때문이다.

　이러한 특징은 「공무도하가」와 함께 『문예중앙』 신인상에 투고한 「그 집 앞 능소화」에서도 발견된다. 덩굴을 벋으며 화려한 꽃을 피우는 능소화는 향기도 강하다. 그 향기를 계속 맡으면 건강에 좋지 않다는 속설도 있다. 이현승도 "열매도 없는 화초의 지독한 향기"에 의심을 품고 "급소를 중심으로 썩어 가는 맹독성"을 의심한다. 이것은 능소화에 대한 과학적 사실에 바탕을 둔 것이 아니라 삶에는 늘 죽음의 그림자가 내포되어 있다는 그의 직관에 의한 것이다. "모든 향기의 끝에는 죽음이 도사리고 있다"는 마지막 시행은 그의 세계관을 단적으로 드러낸다.

　죽음과 삶을 함께 인식하려는 그의 관점은 「세렝게티의 물소리」에서 뚜렷한 빛을 발한다. 아프리카 세렝게티 지역에 건기가 오면 동물들은 물을 찾아 수십 킬로 길을 헤맨다. 누 떼가 늪에 이르면 늪속의 악어들은 사냥 태세를 갖춘다. 누는 살기 위해 물을 먹어야 하고 악어는 살기 위해 누를 사냥해야 한다. 악어가 어린 누의 얼굴을 물었을 때 누 떼는 잠시 뒤로 물러나 주춤하지만 다시 늪에 코를 박고 물을 먹는다. 누들이 물을 넘기는 소리가 늪 주변에 소란스레 울려 퍼질 때 먹이가 된 어린 누는 미동도 하지 않고 죽어 간다. 이것은 세렝게티 늪가의 한 장면이지만 사실은 우리 삶의 축도이기도 하다. "악어는 누우를, 누우는 물을/놓지 않는다, 놓을 수 없다"라는 구절은 인간 사회의 특징을 상징적으로 드러낸다. 생의 현장을 가만히 들여다보면 삶의 역동성은 누군가의 희생, 죽음에 빚지고 있다. 이현승은 젊은 나이에 이러한 생의 이중성을 선험적으로 인식한 것이다. 앞에서 이야기한 아이스크림과 늑대의 공존은 결국 삶과 죽음의 공존으로 환치될 수 있다. 이것이 생의 전면을 포괄적으로 포착하려고 노력한 결과 얻어진 창조의 결실이다. 이러한 시선과 자세는 첫 시집 전체에 관류하고 있다.

3. 죽음의 탐구, 삶의 치욕스러움

두 번째 시집 『친애하는 사물들』(문학동네, 2012.7.)의 시편이 첫 시집과 다른 뚜렷한 특징은 서사성의 감소, 제목과 내용의 이질성, 그리고 죽음에 대한 관심의 집중 등으로 요약될 수 있다. 첫 시집의 시편들이 삶을 통해 죽음의 그림자를 본 데 비해 두 번째 시집의 시편들은 죽음 그 자체를 관찰한다.

「눈물의 원료」 같은 시는 장례식을 중심으로 시상이 전개되니 삶보다는 죽음에 초점이 놓일 수밖에 없다. "눈물의 원료"라는 제목은 "사나운 곡소리와 눈물을 만드는 재료에 대해 생각한다"라는 시행에서 도출된 것인데 시의 문맥과는 직접적인 관련이 없다. 초기의 시 같았으면 누가 왜 죽었는지를 서술했을 텐데 이 작품은 서사적 맥락을 배제하고 갑작스런 부고 때문에 놀라고 분향소의 영정 때문에 두 번 놀란다는 말로 시작한다. "갑작스런 부고"라고 했으니 평소 건강하던 사람이 갑자기 세상을 떠난 것이고 "완강한 영정"이라 했으니 죽음과는 어울리지 않는 강인한 표정의 사진이 놓여 있음을 알 수 있다. 문상 간 사람들은 웃음과 울음이 반씩 섞인 듯한 얼굴 사진을 "망연하게 들여다볼 수밖에 없"다. 이 영정 모습과 빈소 풍경과 마지막 죽음의 장면을 조망하면서 시인은 죽음에 대해 이렇게 명상한다. 삶과 죽음은 "밥통을 열어젖힐 때의 훈김처럼 갑자기 나타났다가 사라지는 것"이라고. 삶이 훈김처럼 순간적인 것이라면 죽음도 그렇게 덧없을 것이라는 생각이다. 삶의 끝판에서 죽음의 그림자를 명상하는 단계에서 죽음과 삶이 둘이 아니라는 인식 쪽으로 이동하고 있음을 볼 수 있다.

　　편의점 가판대에서 스위티오 바나나가 익어 갑니다.
　　그 옆에서 수박도 함께 꼭지를 말리고 있습니다.

　　심지가 타들어 가 터지는 폭탄처럼
　　저렇게 입술이 바짝바짝 탑니다.

　　달콤해지다가 달콤해지다가 마침내는 치워질 것입니다.
　　달콤해질수록 값이 싸지는 가판대의 법칙입니다.

　　엉덩이가 바닥처럼 평평해졌습니다.
　　사지도 않을 사람이 머리통만 두드리고 가는 오후입니다.

　　바깥으로 내놓은 스피커에선 라디오 소리가 들립니다.
　　어린 부모가 탯줄을 달고 있는 아이를 피시방 화장실에 유기했습니다.

　　터질 듯한 여름입니다.
　　　　　　　　　　　　　　　　　　　　　　　　　　　—「라디오」전문

　　방관적인 어조로 기술된 이 시는 두 개의 죽음을 다루고 있다.
"라디오"라는 제목은 시의 내용과 직접적인 관계가 없고 시의 문맥
안에 "라디오 소리"가 들리는 것에서 차용했다. 일상의 맥락을 암시
하는 제목이다. 우리가 흔히 보는 편의점 가판대에 바나나가 놓여
있다. 아무 느낌 없이 보고 스치게 될 바나나를 시인은 면밀히 관찰

한다. 시간이 지나면 바나나는 익어 가고 더 지나면 물러져 주저앉는다. 옆에 놓인 수박의 운명도 마찬가지다. 결국은 "엉덩이가 바닥처럼 평평해"져서 가판대에서 사라진다. 그것이 죽음에 이르는 길이다. 시인은 이 과정을 "심지가 타들어 가 터지는 폭탄"의 길이라고 보고, 정밀하게 성찰했다. 사물의 죽음의 과정을 성찰한 것이다. 어떻게 사느냐보다는 어떻게 죽느냐, 어떻게 소멸하느냐를 명상한 것이다.

이렇게 사물의 죽음을 관찰한 시점은 "터질 듯한 여름"이다. 말하자면 생명의 충일감이 터질 듯한 상태에 이른 시간이다. 그 여름에 바나나는 물러져 치워지고 수박은 꼭지가 말라 치워졌다. 사물만 사망한 것이 아니다. 라디오 뉴스에서 "어린 부모가 탯줄을 달고 있는 아이를 피시방 화장실에 유기"했다는 말이 들린다. 같은 시간에 사람의 영역에도 죽음과 사라짐의 과정이 일어나는 것이다. 이렇게 죽음이 도처에 일어나는데도 사람들은 태연하고 무관심하다. 삶이 순간적이듯이 죽음도 그렇게 쉽게 다가온다는 생각이 우리를 장악하고 있는 것인지 모른다. 이현승은 조용한 음색으로 우리 삶에 근접해 있는 죽음을 이야기하고 그 죽음에 아무도 관심을 기울이지 않음을 냉정하게 보고했다.

「근원적 골짜기」에도 이와 유사한 상황이 제시된다. 사과나무에서 사과가 떨어지는 것은 중력 때문이다. 그것은 어떤 의지를 가지고 일부터 떨어지게 한 것이 아니다. 바람이 불고 구름이 이동하는 것도 마찬가지다. 이런 몇 가지 사항을 보여 준 다음 "자신의 아파트 난간으로 아이들을 떨어뜨렸던 여자가 있었다"라는 시행이 배치된다. 이 시행 앞뒤에는 아무런 해석이 없다. "골짜기에서 웅웅거리는 소리들이 바람에 날려 왔다"는 암시적인 구절만 이어져 있다. 사과가 떨어지는 것과 아이들을 난간으로 떨어뜨리는 것은 분명 다른 일이다. 그러나 삶의 공간에서 그것은 무의미하게 병치된다. 이것은 끔찍한 일이다. 이현승은 죽음의 일상화를 주시하면서 그 위험성을 경고하는 듯하다.

「따뜻한 비」도 일상에 도사리고 있는 죽음의 공포감을 감각적으로 환기한다. 도축업자인 삼촌이 갓 잡은 고기의 살점을 입에 넣어 주면 아직 남아 있는 짐승의 체온이 전달된다. 시인은 그것을 "입속에 혀를 하나 더 넣어 준 느낌"이라고 했는데 감각을 살린 적실한 표현이다. 이것을 다시 "더운 비를 맞고 있는 느낌", "바지 입고 오줌을 싼 것 같다"고 반복적으로 표현한 것은 참신함을 감소시킨다. 중요한 것은 일반인이 죽음으로 인식하지 못하는 데서 시인은 죽음을 인식하고 그 감도와 질감을 느낀다는 점이다. 삶의 공간에서 죽음의 온도를 갑자기 체감하게 되자 당혹감과 이질감을 느낀 것이다.

그런데 놀라운 것은 삶과 분명히 구분되는 죽음이 삶의 공간 도처에 편재해 있다는 사실이다. 이 끔찍한 사실을 일반인들이 거의 느끼지 못한다는 사실이 더욱 놀랍다. 이러한 사실의 확인은 시인에게 갓 잡은 고기의 살점을 입에 넣은 것 같은 공포감을 안겨 준다. 삶에 내재된 죽음의 문제를 예민하게 지각한 것은 시인의 의식이 날카롭고 삶의 세부를 보는 눈길이 치밀하기 때문이다. 날카롭고 치밀한 감각으로 자신의 목발 체험을 표현한 다음 시는 주제와 표현의 견고함이 응결되어 있다.

알루미늄으로 만든 목발을 보고 있으면
살을 벗기고 흰 뼈만 꺼내 놓은 듯 처참해진다.
퇴원하고 집에 들어서면서부터 우산꽂이에 처박힌,

저 목발 위에 나는 한 삼 분 매달려 있었나.

피부를 열고 살을 갈라 뼈에 구멍을 내고
끊어진 인대를 나사못으로 고정시키고
다시 살을 덮고 피부를 꿰매고 붕대로 감는 동안
나의 참담은 자고 있었다.

집도 부위 위로 자라는 머리카락처럼
낱낱이 파헤쳐졌을 애욕의 처소를 석고로 봉인하고
여름 내내 부끄러움인지 노기인지 알 수 없는 가려움을 견뎠는데
엉기어 말라붙은 핏자국, 칠자국, 칼자국들이 시끄럽고 가려웠는데

대충 묻고 싶은데 자꾸만 들고 나오는 싸움꾼처럼 집요한
몸이, 대충 넘어가는 법이 없는 몸이
가려워서 미칠 것만 같았는데
무심한 여름의 밤은 길고 덥고 다만 무겁게 출렁거리고
부끄러움도 분노도 가려움도 극에 달하면 참혹스럽다.

노골이란 뼈를 드러내는 것인데
우산꽂이에 처박힌 알루미늄 뼈,
고무 신발까지 신고 있는 저 뻣뻣한 다리를 보고 있으면
뼈에 사무친 것이 불쑥 살을 열고 나올 것 같다.

파헤쳐질수록 더 깊숙하게 숨는 치욕이
앙다문 이빨 사이로 걸러진 욕설처럼

앙다문 이빨 사이로 새어 나온 신음처럼.

―「뼈」 전문

이 시집에서는 드물게 내용과 제목의 일치를 보이는 이 시는 앞의 시 「고양이」에서 보았던 점착력 있는 묘사의 정신과 사유의 힘이 조화로운 균형을 이루어 성공한 작품이다. 사소한 실수로 부상을 입은 부끄러움, 수술 과정에서의 수치심과 굴욕감, 회복기의 지루함과 고통스러움, 치료를 끝낸 다음의 허탈감 등 다양한 감정이 다채롭게 펼쳐지면서 삶의 세부들을 솜씨 있게 엮어 내고 있다. 죽음에 대한 관념적인 명상보다 생명 현상의 속성과 양태를 세밀하게 묘파하여 삶과 죽음의 관계를 구체적으로 성찰하게 하는 표현의 힘이 있다. 퇴원 후 느낀 참담한 심정을 우산꽂이에 꽂힌 목발에 자신이 한 삼 분 매달려 있었다고 표현한 것이라든가, 깁스 후 병소 부위의 가려움을 다양한 감각으로 표현한 대목, "노골"이란 말의 뜻과 뼈골이 드러난 알루미늄 뼈의 상태를 병치시킨 표현 등을 통해 생존의 치욕스러움을 상징화한 점이 매혹적이다.

4. 사랑의 온도

세 번째 시집 『생활이라는 생각』(창비, 2015.9.)은 김수영이 일찍이 가슴 저리게 노래했던 생활인의 비애와 고통을 독특한 어법으로 재구성한 사유의 집적물이다. 앞의 시에 보이던 죽음에 대한 천착이 뒤로 물러나고 시집의 제목처럼 생활의 국면을 전면에 끌어들이려는 시도가 뚜렷이 부각된다. 「씽크홀」 같은 시는 퇴근길에 목격한 어둠을 불행의 아가리로 치환하여 죽음의 입구로 상상하는 내용이 있지만 그러한 성향의 시는 많지 않다. 「덩어리」는 정육점에 내걸린 선홍

빛 살점을 소재로 삼았는데, 이전 시집의 「따뜻한 비」에서 갓 잡은 고기의 살점에서 죽음의 이질감을 날카롭게 느낀 것과는 달리, 그 살점을 "아름다운 살빛"으로 수용하면서 흘러내리지 않으려고 매달려 있는 고드름의 형상으로 변용하고 있다. 죽음의 공포감이 공존의 친화감으로 이동해 있는 것이다. 「기념일들」에서도 결혼기념일과 아버지 기일을 연이어 지내면서 삶과 죽음을 생활의 동등한 과정으로 받아들이는 여유 있는 태도를 보여 준다. "밤새 고열과 오한을 오가면서" "우리는 사막을 건너가는 중"이라고 하면서도 눈 내리는 소리에서 "깃털처럼 가벼운 것들이 부딪는 소리"를 들으려 한다(「뜨거운 사람들」). 그것은 삶의 작은 기미를 긍정적으로 수용하려는 마음의 행로다.

이 시집에 담긴 「시인의 말」은 그의 어느 시 못지않게 사람에 대한 사랑의 온도를 진하게 드러낸다. 한 편의 시라고 해도 좋을 아름다움을 지니고 있다. 이 아름다운 「시인의 말」은 이현승 시의 주제 이동을 선명하게 드러낸다.

할머니는 문맹이었다. 그런데도 남다른 총기가 있어서 뭐든 잊는 법이 없었다. 아무개를 언제 어디서 만나기로 했는지, 누구에게 얼마를 빌려주었는지 소상히 기억했다. 글자를 모르는데 어떻게 그런 걸 다 기억하느냐는 물음에 할머니는 낯을 붉히며 답을 피하곤 했다.

할머니의 신통방통한 기억력을 두고 삼촌들은 틀림없이 할머니만의 글자가 있을 거라고 추측했다. 할머니가 돌아가신 뒤에 방 자리 밑과 서랍 속에서 잘게 부러진 성냥개비나 그걸 닮은 그림이 나왔다. 요령부득의 성냥개비 앞에서 우리는 그게 할머니식의 글자일 거라고 추측했다.

할머니는 문맹이었지만, 모든 것을 아는 분이었다. 숫자를 모르지만

수를 알고 셈했으며, 글자를 모르지만 말을 알았고 마음을 읽었다. 성냥개비의 말 앞에서는 할머니가 아니라 우리가 문맹이었다.

사람의 말 속에는 어쩔 수 없이 그 사람이 담긴다. 그 사람의 모든 것이 그 사람 안으로 담기고, 그 사람의 모든 것에는 그 사람이 담긴다. 그 사람의 모든 것이어서 캄캄한 저 부러진 성냥개비의 말들.

사람이 돌아가면 그곳은 땅속이고, 바람 속이라고 믿는다. 바람결에서, 땅에서 솟은 나무의 잎맥 속에서, 다시 화답하는 구름들의 몸짓에서, 아이들의 웃음 속에서, 그렇게 되풀이된다고 믿는다.

이현승의 시집 『생활이라는 생각』은 「시인의 말」만 아름다운 것이 아니다. 뒤표지에 실린 김민정의 단평도 시 못지않게 아름답다. 이현승 시의 정곡을 끌어올려 김민정만의 어법으로 표현했다. 우리 문학사에서 다시 보기 힘든 '표4'이기에 여기 또 전문 인용하여 기록으로 남긴다.

아이인데 아버지다. 소년인데 아버지다. 청년인데 아버지다. 오빠인데 아버지다. 선배인데 아버지다. 박사인데 아버지다. 남편인데 아버지다. 선생인데 아버지다. 참새들에게는 비호감인 허수아비인데 아버지다. 빗방울의 입장인데 아버지다. 에고이스트인데 아버지다. 개그맨인데 아버지다. 여행자인데 아버지다. 소진된 복서인데 아버지다. 아픈 사람인데 아버지다. 처형을 기다리는 자인데 아버지다. 전생을 믿는 심리학자인데 아버지다. 주검의 얼굴인데 아버지다. 술김에 불을 질렀던 방화범인데 아버지다. 아무도 안 아픈데 혼자 다 아픈 척 능력자인 아버지다. 눈을 감고야 그대를 보는 아버지다. 아무도 안 보는 시를 명을 줄여 가며 쓰는 아버지다. 만세 자세로 서 있는 아버지다. 역기를 들어 올리는 사람의 얼굴로 간신히, 알았지 아빠? 할 때 그 아버지다.

그렇게 같이 살자, 하는 이현승은 정말이지 아버지다.

이 시집의 시들은 독특한 억양을 지닌다. 이것이 이전의 시집과 구별되는 이 시집의 특징적 기류다. 가령 시 「이동」의 첫머리에 나오는 "제자리란 하나의 강박이다" 같은 시행은 추상으로 추상을 비유한다. 동원된 어휘는 명사다. "강박"이라는 추상명사를 사용해서 제자리만 맴도는 우리의 삶을 집약적으로 표현했다. 추상명사의 연결인데도 관념적이라는 느낌이 들지 않고 어떤 시각적 영상을 떠오르게 한다. 「빗방울의 입장에서 생각하기」라는 멋진 제목의 시에는 "간절함의 세목 또한 매번 불가능의 물목이다"라는 구절이 나온다. 위의 시행과 같은 형식이다. "간절함"이란 추상적 어휘가 "불가능"이란 관념어로 연결된다. 간절하게 기도해도 이루어지는 것은 없다는 뜻을 추상명사의 연결로 표현했다. 명사형 어구의 연결이 관념적이라는 느낌을 주지 않고, 오히려 낭독의 리듬감을 일으킨다. 그는 매우 독특한 어법을 구사하는 시인으로 스스로 진화했다. 그러나 "고독이 수면유도제밖에 안 되는 이 삶에서"(「생활이라는 생각」) 같은 구절은 어색하다. "고독"이라는 추상명사가 "수면유도제"라는 구체적 약물에 비유될 때 그 이질감은 오히려 또 하나의 낯선 관념성을 유도한다. 이런 부분을 잘 정리하면 그는 독특한 화법을 구사하는 가장 김수영다운 시인이 될 것이다.

제자리란 하나의 강박이다.

켜 놓고 온 가스 불을 떠올리는 사람의 동공처럼 컴컴하게 열린

저 구덩이 어디쯤에서 돌아온 자리를, 또 떠나온 자리를 보는 것.

불현듯 아내에게 필요한 사람은 아내였다는 생각.
컴컴하게 풀린 구덩이 앞에서
어디를 봐도 돌아보는 오르페우스의 아내여
소금 기둥이 된 아내여

수십 개의 고개를 돌아 열 겹의 문을 따고
결국 꺼진 가스 불 앞에 선 사람은 무너진 사람.
폐허에 도착한 사람이다. 폐허에 지져진 사람이다.

눈밭 위로 솟구친 용천수에서 나는 유황 냄새처럼
뚝 떨어진 자리에서 문득 탄내가 난다.
용천수 위로 떨어지는 눈 다발들의 표정이 갸웃하다.

우리는 계속 이동 중이다.

—「이동」 전문

　우리는 제자리에 있지 못한다. 제자리에 머무는 것은 퇴보라고 생각한다. 이동은 목숨 가진 존재의 숙명이다. 아프리카 동북부에서 기원한 호모 사피엔스는 10만 년 동안 지구 각처로 이동해 왔다. 그 이동의 역사가 DNA에 들어박혀 우리는 잠만 깨면 어디로 몸을 움직일까를 먼저 생각한다. 하루 종일 몸을 이동시키는데, 그것은 어떤 자리를 찾기 위해서가 아니라, 사실은 이동하기 위해 이동하는 것이다. 최후의 정착지는 죽음인데, 그때까지 우리의 움직임은 끝나지 않는다. 어디서 와서 어디로 가는지는 모르지만, 우리는 이동의 숙명을 지니고 호모 사피엔스로 살아간다. 평범해 보이는 이현승의 시 「이동」은 사실 존재의 본질을 건드리고 있는 대담한 작품이다. 그런 점에서 "제자리란 하나의 강박이다"라는 아포리즘은 굉장한 장력을 내장한 상징적 어구다.

강박관념의 대표적인 유형은 문단속과 불단속에 관한 것이다. 문이 잠겼는지 몇 번이나 돌아와 확인하는 사람이 있고, 집에서 멀어질수록 가스 불을 껐는지 걱정이 쌓이는 사람이 있다. 크건 작건 불안이라는 컴컴한 구멍이 우리를 붙들고 놓아주지 않는다. 이 컴컴한 구덩이를 김종삼 시인은 "결곡(欠谷)"이라는 시어로 표현하기도 했다. "깊어 가리 만치 깊어 가는 欠谷"(「제작」)의 "결곡"은 이지러진 계곡이라는 뜻이다. 이동이 우리의 숙명이듯 불안도 우리의 숙명이다. 죽음의 심연에 잠길 때까지 불안의 깊은 구멍은 우리를 놓아주지 않는다. 불안의 구덩이 주위를 돌아 우리는 끊임없이 이동한다.

우리는 어디에서 떠나서 어디에 이르렀다고 생각한다. 이동은 두 지점을 옮겨 가는 동작이기에 분명히 떠난 자리가 있고 도착한 자리가 있다. 그러나 도착한 자리를 가만히 따져 보면 그곳은 새로운 자리가 아니라 예전에 내가 머물렀던 자리임을 깨닫게 된다. 그러니 우리가 도착한 자리는 새로운 지점이 아니라 예전에 떠났던 지점으로 다시 돌아온 것이다. 나이가 들수록 그런 느낌과 인식이 더욱 뚜렷해진다. 그래서 이현승은 "돌아온 자리"라는 말을 썼다. 이제 막 사십을 넘긴 이현승이 그러한 기시감을 갖는 것을 보면 김민정의 말대로 "아버지"임에 틀림없다.

아버지인 이현승은 아내가 있다. 아이의 엄마이자 이현승과 같은 체급의 시인 아내를 두고 과감하게 "아내에게 필요한 사람은 아내였다는 생각"을 한다. 참으로 정곡을 꿰뚫는 말이다. 우리는 모두 상대방이 필요하다는 생각을 한다. 남편은 아내가 필요하고 아내는 남편이 필요하다. 아이에게는 아버지가 필요하고 어머니가 필요하다. 그러나 이 생각은 나라에는 대통령이 필요하고 국민에게는 국회의원이 필요하다는 생각만큼이나 허구적이다. 우리가 살아가는 것이 끝없는 이동이 아니라 정착지를 찾아가는 행위라는 생각만큼이나 허구적이다. 사람들은 모두 살기 위해 사는 것이고, 자기 자신을 위해 사는 것이다. 아내는 아내를 위해서, 아이들은 아이들을 위해서, 대통령은 대통령을 위해서, 김정은은 김정은을 위해서. 이현승에게 필요한 사람이 이현승이듯 아내에게 필요한 사람은 아내다. 이 발견만으로도 이현승은 김수영 이후 새로운 시인의 몫을 다했다.

목숨 가진 모든 존재는 불안의 검은 골짜기 앞을 배회하며 세상과 화합할 수 없는 고립의 이미지를 연출한다. 몇 줄 현악기에 의지하여 저승으로 아내를 구하러 간 오르페우스가 구사일생 아내를 데리고 탈출할 때, 돌아보지 말라는 금기를 어긴 아내는 저승의 어둠 속으로 견인되어 신기루처럼 사라진다. 소돔을 탈출한 롯의 아내 역시 금기를 어겨 소금 기둥이 되었다. 세상과의 소통, 타자와의 소통이 거의 불가능하다는 원초적 사유의 상징들이다. 한 이불에서 잠자고 두 사람의 분신인 아이를 낳은 아내지만, 그 아내도 실은 멀리 떨어진 소금 기둥이나 다름없다. 우리는 각자 고립의 성에 갇혀 있다. 저승의 뇌옥(牢獄), 들판의 소금 기둥이 어디 따로 있는 것이 아니라 우리가 바로 소금 기둥이고 뇌옥에 갇힌 에우리디케다.

이현승의 생에 대한 순환적 자의식은 폐허 의식으로 귀결된다. 구절양장, 우여곡절을 거쳐 시야에 포착된 이미지는 "폐허에 도착한 사람", "폐허에 지져진 사람"이다. 이 표현은 조금 과장되어 보인다. 불안의 실체를 확인하기 위해 "수십 개의 고개를 돌아 열 겹의 문을 따고" 고행의 역정을 펼친 사람은 상당히 많을 것이다. 이현승을 포함한 많은 예술가들이 그러한 행로에 앞장선 사람들이다. 고난의 행동이 남긴 궤적은 후대의 탐구자들에게 효율적인 이정표 구실은 못하지만 디오게네스의 등불 역할은 할 수 있다. 이현승에게는 아직 어떤 희미한 등불도 비추지 않은 듯하다. 그는 폐허의 어둠 속에 놓여 있다. 던져져 있고 심지어 지져져 있다. 불에 그슬린 아픈 상처가 아직 아물지 않은 듯하다. 그럼에도 불구하고 "폐허에 지져진 사람"이라는 표현은 여전히 낯설다. 폐허에 불의 기운이 없기 때문이다.

이현승은 이 점을 의식한 듯 다음 시행에 불의 이미지를 배치했다. "용천수"의 "유황 냄새", "탄내"가 그것이다. 폐허에서도 지져질 수 있다는 것을 보여 주려는 듯 그는 매우 독특한 정경을 배치했다. 차가운 눈밭 위에 뜨거운 물이 솟아오르는 장면을 설정했다. 이것은 세계 도처에 있는 간헐천 장면이다. 일정한 시간 간격으로 뜨거운 용천수나 수증기가 솟구치는 현상이다. 눈 덮인 벌판에 용천수가 솟아오르는 장면은 장관일 것이다. 그것은 폐허에 솟아오르는 비극적 존재의 몸부림 같다. 그러나 솟구친 용천수는 다시 지면으로 하강한다. "뚝 떨어진 자리"에 유황 냄새 나고 탄내도 나겠지만, 그것은 상승의 몸짓이 남긴 종말의 여진(餘塵)이다. 폐허 의식에 접촉하면서도 이현승은 허무에 주저앉지 않는다. 아직 젊은 아버지이기 때문이다. "용천수 위로 떨어지는 눈 다발들의 표정이 갸웃하다"라고 했다. 이 "갸웃하다"라는 말은 그의 시에 '휜다', '스민다', '포갠다', '혼곤하다' 등의 말로 변주된다. 이것은 절망 속에 전유된 희망의 씨앗이다. 그는 눈 다발들의 갸웃한 표정에서 폐허에 지져진 사람이 다시 솟아날 가능성의 기미를 감지한다.

이런 이유 때문에 우리는 절망과 기대 사이를 계속 이동 중이다.

세상에 어둠의 골짜기만 있고 솟아나는 용천수가 없다면 이동의 본능도 유지되지 못할 것이다. 아내에게 필요한 사람이 아내이듯 내게 필요한 사람은 나이기 때문에 욕망은 끝이 없고 꿈도 끝이 없으며 이동도 끝이 없다. 이현승의 시를 통해 내 생활도 끝없이 이어지리라는 생각을 하게 되었다. 이현승의 할머니도 성냥개비를 잘라 세상과 소통하며 그만의 이동 경로를 살아갔다. 그분의 고유한 생활을 누가 손댈 수 있겠는가? 그 고유한 성냥개비의 언어를 누가 가벼이 여길 수 있겠는가? 할머니는 성냥개비의 말을 구사하며 이 지점에서 저 지점으로 열심히 이동해 간 사람이다. 폐허의 눈밭에 용천수처럼 솟구치다가 바닥으로 뚝 떨어져 탄내를 남기던 우리 곁의 한 사람이다. 그 사람들을 지켜보는 시인의 갸웃한 눈매가 떠오른다. 사랑의 눈길이다.

이현승이 자각한 이동의 더 큰 의미는 다음 시에서 뚜렷이 발견된다.

죽은 몸이 손톱을 밀어내는 힘으로 풀들이 자란다.

고통보다, 통증보다 분명한 고독이 있을까
짙푸르게 자라나는 풀숲을 볼 때마다
털이 자라나는 집중된 느낌, 두렵다.

헝클어진 머리카락 같은 밤의 풀숲으로 세차게 빗방울이 든다.
기도 같고 통곡 같고 절규 같은 빗소리를 듣고 있으면
풀숲 어디, 누가 누워서 살을 녹이고 있을 것 같다.

영혼의 쌍둥이처럼 주검의 얼굴 위에
가만히 얼굴을 포개어 보는 것은 검은 빗방울.

나는 그대가 말하지 않은 것을 듣고
눈을 감고야 그대를 본다.

여름의 위대함이 곰팡이를 만들었다는 것을 기억하자.
살아 있는 몸이 짜낸 눈물이 지상으로 스미듯
우리는 소속과 가입을 통해서만 우리 자신을 이동시킨다.
　　　　　─「누가 이 구불구불한 생에 주석을 달 수 있단 말인가」 전문

　유별나게 긴 제목으로 볼 때 이 시는 시인이 기획한 야심작이 틀림없다. 그만큼 정성 들여 음미해 볼 필요가 있다. 땅에 머리를 내밀고 자라나는 풀을 보고 시인은 "죽은 몸이 손톱을 밀어내는 힘으로 풀들이 자란다"고 했다. 죽은 땅에서 라일락을 키우고 봄비로 죽은 뿌리를 흔든다는 「황무지」의 첫 구절을 떠오르게 하지만 문맥은 다르다. 이 구절은 풀을 피워 내는 작업의 힘겨움을 표현한 것이다. 「고통의 역사」에 나오는 "악을 쓰고 역기를 들어 올리는 사람의 얼굴로/꽃은 핀다"와 같은 의미다. 이것은 아기를 낳으려고 사투를 벌인 아내의 모습을 보고 얻어 낸 구절이다. 생명의 탄생은 기막힌 고통의 극점에서 온다는 것. 꽃이건 풀이건 사력을 다한 고통의 극점에서 생명의 기운으로 탄생한다는 뜻이다.

　고통의 극점은 고독에서 마련된다. 아이를 낳는 것이건 풀잎을 밀어내는 것이건 고독 속에 혼자 하는 것이다. 풀숲을 보면 이제는 예사롭지 않고 무수한 생명의 진통으로 탄생한 불굴의 신비감이 든다.

"누가 누워서 살을 녹이고 있을 것" 같은 느낌을 받는다. 생명의 숭엄함을 자각하게 된 것이다. 그러니 삶의 현장에서 죽음을 동시에 보는 자학의 태도 같은 것은 보이지 않는다. 주검의 얼굴 위에 얼굴을 포개어 보는 것은 검은 빗방울이고 생명의 얼굴 위에는 밝은 햇살이 비친다. 이것이 자연의 섭리다. 이현승은 네 명의 아이를 낳아 키우면서 이러한 사실을 깨달았다. 죽음의 명상은 그의 관념의 소산이고 삶의 인식은 경험의 산물이다. 이제 아무 말이나 기색이 없어도 그대의 진정한 모습을 보고 들을 수 있게 되었다. 삶의 진정한 면목을 바로 대할 수 있게 된 것이다.

 "여름의 위대함이 곰팡이를 만들었다는 것을 기억하자"라는 시행은 "터질 듯한 여름" 가판대의 바나나가 짓물러 사라지는 장면(「라디오」)과는 아주 다른 내용의 선언이다. 여름이 사물을 물러 터지게 하는 시간이 아니라 곰팡이를 만들어 내는 위대한 창조의 시간으로 전환되었다. "죽은 몸이 손톱을 밀어내는 힘"으로 곰팡이가 피어난 것이다. "살아 있는 몸이 짜낸 눈물이 지상으로 스미듯" 우리도 어딘가에 소속됨으로써 "우리 자신을 이동시킨다"고 했다. 우리 자신을 이동시키기 위해서는 다른 대상 속으로 스며들어야 한다. 객체로 존재하는 것에 우리 자신을 이동시키고 그 안으로 스며들어야 몸의 이동이 가능하다. 그렇게 존재의 위상이 이동될 때 죽은 땅에 풀이 자라나 숲을 이루는 생명의 변신이 가능하다. 이것이 생명 이해에 바탕을 둔 새로운 이동의 의미다. "견디는 것 외에 할 수 있는 것이 없는/견딤"(「고통의 역사」)으로 이동을 수행할 때 비로소 생명의 전위가 가능하다. 그것이 바로 사랑의 실현이다. 세 번째 시집에서 얻은 이현승의 진정한 수확은 바로 여기에 있다. 그리고 그것이 그의 다음 시집을 더욱 기다리게 하는 동인(動因)이 된다.

유랑의 정신과 슬픔의 육화
―신용목

1. 상처받은 유랑의 정신

　1974년 경상남도 거창에서 태어난 신용목은 2000년에 『작가세계』로 등단하고 2004년에 첫 시집 『그 바람을 다 걸어야 한다』(문학과지성사, 2004.7.)를 냈다. 그의 초기 시에는 바람, 그늘, 흉터, 비닐봉지, 휘어짐, 허리 꺾임 등 유랑과 굴절, 상처의 이미지가 빈번히 등장한다. 그는 상처받은 영혼임에 틀림없다. 그는 시집의 머리말에서 스승은 별자리처럼 흩어져 있고 벗들은 풀씨처럼 떠돌고 있다고 언급했다. 흩어짐과 떠돎은 그의 의식을 투영한 말이다. 분산과 유랑이라는 표류(漂流)의 의식이 그를 사로잡고 있다. 그러면서도 그는 '마음의 감옥'을 이야기하고, '욕망의 철창'을 이야기한다. 흩어져 떠돌면서도 감옥의 철창에 갇혀 있다는 의식을 함께 공유하고 있는 것이다. 유랑과 유폐가 그의 의식에 교차하고 있음을 알 수 있다.

　대부분의 젊은 시인들이 그렇듯이 그의 시의 출발은 소외된 타자에 대한 관심에서 출발한다. 특히 소외된 노인에 깊은 눈길을 보낸 작품이 많은데, 이것은 4남 1녀의 막내로 성장한 그의 가족사와도 연관이 있을 것 같다. 그의 출발점에 해당하는 등단작을 보면 그의 마음의 지향이 어떻게 움직이는지 파악할 수 있다.

등단작 「성내동 옷수선집 유리문 안쪽」은 길이가 긴 작품으로 점착력 있는 관찰이 돋보인다. 「삼립빵 봉지」가 거리에 날리는 삼립빵 봉지를 "알맹이를 삼킴으로써 스스로 껍질이 된 사람들"과 동일화하여 소외된 약자의 처지를 직접 드러낸 데 비해 이 작품은 침착한 관찰과 사색을 통해 정경의 외관 안쪽에 놓인 소외의 실상을 탁월하게 묘파했다. 스물여섯에 쓴 시인데 서정의 첫 장면은 오랜 경험을 축적한 사람처럼 원숙하고 노련한 특징을 보인다.

잉어의 등뼈처럼 휘어진

골목에선 햇살도 휜다 세월도 곱추가 되어

멀리 가기 어려웠기에

함석 담장 사이 낮은 유리

문을 단 바느질집이 앉아 있다

지구의 기울기가 햇살을 감고 떨어지는 저녁

간혹 아가씨들이 먼발치로

바라볼 때도 있었으나

유리 뒤의 어둠에 비쳐 하얀

얼굴을 인화했을 뿐 모두가

종잇장이 되어 오르는 골목에서는

누구도 유리문 안을 궁금해하지 않았다

　　　　　　　　　　—「성내동 옷수선집 유리문 안쪽」 부분

성내동 골목이 잉어의 등뼈처럼 휘어 있어서 그곳에선 햇살도 휜다는 이 시의 첫 구는 경탄스럽다. 낚시에 잡힌 무력한 잉어의 등뼈처럼 골목은 직선 같으면서도 휘어 있고 그것처럼 햇살도 휘어져 골목에 그늘을 드리우는 풍경을 절묘하게 묘사했다. 이 풍경은 소외된 사람들의 누추한 삶이 배치될 공간으로 적실하다. 뒤를 잇는 "세월도 곱추가 되어"라는 구절은 불구의 형상으로 가라앉을 수밖에 없는 약한 존재들의 형편을 가시적 영상으로 실감 나게 제시한다. 세월도 등이 휘어 빠른 걸음을 걸을 수 없어서 골목을 벗어나지 못한 자리에, 삭아 드는 함석 담장 사이 낮은 유리문을 단 초라한 바느질집이 하나 "앉아 있다". 이 "앉아 있다"는 표현은 또 얼마나 안쓰러운가. 어망 속의 잉어처럼, 보행이 어려운 곱추처럼 쪼그리고 앉아 있을 수밖에 없는 바느질집, 그 소외와 누락의 공간을 이야기할 준비가 된 것이다.

날은 저물고 골목을 지나는 아가씨들이 간혹 유리문 안을 먼발치로 바라보기는 하지만 낡은 옷을 수선하는 바느질집에 누구도 관심을 기울이지 않는다. 안을 다 비춰 주는 유리문이 내부의 초라한 경관을 드러내서 오히려 발걸음을 돌리게 하는 역작용을 일으킬지 모른다. "하얀/얼굴", "종잇장" 등의 시어는 이 골목을 지나는 사람들도 예외 없이 연약하고 누추한 존재들임을 나타낸다. 이 첫 장면을 통해 시인이 이야기하고자 하는 정서와 사유에 대해 우리는 매우 유효한 지식을 미리 습득하게 된다.

관찰과 보고는 이어져, 새로 산 바지에 바짓단을 만들기 위해 들르는 사람이 있다. 늙은 아내라도 있었으면 그나마 인사라도 했을 텐데 주인 사내는 아는 척도 하지 않고 실밥을 뱉어 내며 양서류 같은 눈을 들어 손님의 말을 들을 뿐이다. 대꾸도 없이 다시 재봉틀에 눈을 박고 박음질을 한다. 알았다는 뜻으로 받아들인 손님은 밖으로 나오고 유리문 안에는 다시 정적이 감도는데, 시인은 그 정적 속에서 하나의 '물결'을 본다. "부력을 가진 실밥이 떠다니고/실밥을 먹고 사는 잉어가 숨어 있다"라고 썼다. 시의 첫 행에 나온 잉어가 여기 다시 나올 줄은 아무도 몰랐다. 문이 열렸다 닫힌 실내에 실밥이 떠다닌 것인데 그 모습에서 부력으로 떠다니는 잉어의 유영이 연상된 것이다. 이 유리문 안으로 들어서기 위해서는 잉어의 부력에 동승하여 몸이 휘어진 약자가 되어야 한다. "물고기처럼 휘어져야" 이 세계와의 합류가 가능한 것이다.

바람이 불어도 그 문은 열리지 않는다. "자주 세월을 들이면/잉어의 비늘이 마를 것이므로"라고 했다. 그것은 이 유리문 안에 버티는 생명을 죽음으로 몰고 간다. "틀니를 꽉 다물고 버티는 유리"는 침묵의 사나이인 주인 사내의 환유다. 먼지의 세상에서 유영하는 잉어도 사내의 환유다. 시인은 "젖은 바지를 찾아오는 날에는/부레에 잠겨 있던 강물 소리가 들리기도 했다"고 썼다. 주인 사내의 침묵 안에 깃든 생명의 물기를 감지했다는 뜻으로 읽힌다. 지친 잉어가 사는 곳이기에 시인은 끝부분에서 그 바느질집을 아예 "어항"으로 호칭한다. 종이처럼 얇은 성내동 사람들은 그 앞을 지날 때 어항 속에 형광등이 휘어진 것처럼 어쩔 수 없이 걸음도 휘어진다고 했다. 소외된 사람들의 누추한 삶을 휘어진 골목, 휘어진 불빛, 실밥 속에 떠도는 잉어로 표현하여 긴 작품의 균형을 취했다. 제목을 "성내동 옷수선집"으로 하지 않고 뒤에 "유리문 안쪽"을 붙인 것도 시인의 의도가 작용한 창조의 결과다. 그는 정경의 외관을 보여 주는 데 머물지 않고 그 안에 있는 삶의 형세를 표현하는 데 역점을 둔 것이다. 그 의도는 충분히 실현되었다.

무너진 그늘이 건너가는 염부 너머 바람이 부리는 노복들이 있다
언젠가는 소금이 설산(雪山)처럼 일어서던 들

누추를 입고 저무는 갈대가 있다

어느 가을 빈 둑을 걷다 나는 그들이 통증처럼 뱉어 내는 새 떼를
보았다 먼 허공에 부러진 촉 끝처럼 박혀 있었다

휘어진 몸에다 화살을 걸고 싶은 날은 갔다 모든 모의(謀議)가 한
잎 석양빛을 거느렸으니

바람에도 지층이 있다면 그들의 화석에는 저녁만이 남을 것이다

내 각오는 세월의 추를 끄는 흔들림이 아니었다 초승의 낮달이 그리
는 흉터처럼
바람의 목청으로 울다 허리 꺾인 가장(家長)

아버지의 뼈 속에는 바람이 있다 나는 그 바람을 다 걸어야 한다
—「갈대 등본」 전문

『디지털 시흥 문화 대전』이라는 안내서의 설명에 의하면 이 시는
경기도 시흥시 월곶에 있는 폐염전을 소재로 쓴 작품이라고 한다.
"월곶에 있는 폐염전과 갈대를 통해 삶에 지친 아버지에 대한 애틋
한 심정을 노래한 시"라는 설명이 나와 있다. 앞의 시 「성내동 옷수
선집 유리문 안쪽」처럼 단순히 정경의 외곽을 묘사하는 데 그치지

않고 자신의 마음에 담겨 있는 아버지의 모습과 삶의 자취를 갈대의 형상으로 표현하고자 했다. "갈대 등본"이라는 제목에 착상의 독창성이 있다. 주민등록등본처럼 가족사의 연맥을 갈대로 전환하여 갈대가 곧 호적등본 역할을 한다고 생각한 것이다.

첫 행의 "무너진 그늘", "염부 너머", "노복" 등의 말은 시인이 처한 공간이 문 닫은 염전임을 나타낸다. "언젠가는 소금이 설산처럼 일어서던 들"이라는 구절은 예전에 대단히 번성한 염전이 있었음을 암시한다. 한때 크게 흥성하던 염전이 이제 폐허가 된 것이다. 이제는 "누추를 입고 저무는 갈대"가 이곳의 주인이 되었다. 시인은 빈 둑의 새 떼와 저무는 석양빛과 무성한 갈대의 몸체를 보며 세월의 허망을 느끼며 아버지에 대한 아픈 기억을 떠올린다. "초승의 낮달이 그리는 흉터처럼/바람의 목청으로 울다 허리 꺾인 가장"을 떠올린 것이다. "초승의 낮달이 그리는 흉터"란 표현이 매혹적이다.

초승달은 저녁에 서쪽 하늘에 보이는데 그 모습이 희미하지만 날카롭다. 김기림의 「바다와 나비」에도 "새파란 초승달이 시리다"라는 구절이 나온다. 하늘의 흉터처럼 보이는 초승달의 모습에서 시인의 가슴에 상처로 남아 있는 아버지의 모습이 떠오른 것이다. 아버지는 삶의 무게를 이기지 못하고 허리가 꺾여 인생의 흉터로 남았다. "바람의 목청으로 울다"라는 구절은 아버지의 삶을 나타내기에는 감상적인 면이 있지만 폐염전의 황량함과 연결 짓는 데에는 유효한 설정이다. 화자는 아버지 뼈 속의 바람을 생각하며 "나는 그 바람을 다 걸어야 한다"고 말한다. 이 표현에는 아버지의 삶을 이해해 보겠다는 시인의 의지가 깃들어 있다. 젊은 시인이라면 아버지에 대한 무의식적 거부감이 드러나는 것이 일반적인데, 이 시인은 뜻밖에 아버지의 아픔을 다 알고 싶다는 동행의 의지를 표명했다. 이것은 그의 내면에 온화한 인간미가 있다는 사실을 알려 준다. 온화한 인간미는 다음 작품에서도 공감의 축으로 작용한다.

시흥에서 소사 가는 길, 잠시
신호에 걸려 버스가 멈췄을 때

건너 다방 유리에 내 얼굴이 비쳤다

내 얼굴 속에서 손톱을 다듬는, 앳된 여자
머리 위엔 기원이 있고 그 위엔

한 줄 비행기 지나간 흔적

햇살이 비듬처럼 내리는 오후,
차창에도 다방 풍경이 비쳤을 터이니

나도 그녀의 얼굴 속에 앉아
마른 표정을 다듬고 있었을 것이다

그렇게 당신과 나는, 겹쳐져 있었다

머리 위로 바둑돌이 놓여지고 그 위로
비행기가 지나가는 줄도 모르고

—「소사 가는 길, 잠시」 전문

이 시를 읽으면 평범한 정경과 진술 속에서 삶을 깊게 들여다보는 눈과 인간적 관계를 긍정하는 따스한 마음을 감지할 수 있다. 버스가 신호로 멈춘 잠깐의 시간 동안 시인은 건너편 다방 유리창에 비친 자신의 모습을 본다. 자신의 얼굴이 비친 유리창 안쪽에는 앳된 여자가 손톱을 다듬고 있다. 버스에서 보면 내 얼굴 속에 그녀가 있는 것으로 보인다. 버스 차창에도 다방 풍경이 비쳤다면 내 모습이 그녀의 얼굴 안에 앉아 있는 것으로 보였을 것이다. 그녀와 나는 서로 다른 공간에 놓여 있지만 버스 차창과 다방 유리창을 통해 "겹쳐져 있었다"고 시인은 생각한다. 서로 거리를 두고 무관한 상태에 있지만 두 사람은 얼마든지 겹쳐질 수 있는 인간적 관계를 유지하고 있는 것이다.

다방 위는 기원이라 그 여자 머리 위에 기원의 풍경이 펼쳐진다. 그리고 그 위에는 다시 비행기가 지나간 한 줄 항적이 있다. 두 사람은 이러한 사실을 모르고 잠깐의 신기루 같은 접촉 속에 영상 속의 만남을 이룰 뿐이다. 잠깐의 시간이 지나면 유리창 속의 나도 그녀도 사라지고 말 것이다. 그렇다면 그 두 사람은 만난 것인가, 만나지 않은 것인가. 실제의 접촉이 없었으니 현상적으로 두 사람은 만난 적이 없다. 그러나 시인은 "당신과 나는, 겹쳐져 있었다"라고 생각한다. 이 생각은 매우 중요하다. 자신과 무관한 타자의 삶에 관심을 갖고 그 둘이 관계를 맺고 있다고 생각하는 것이 인간적 유대감, 공동체 의식의 출발이다. 이 단순한 생각에서 삶의 진실과 인생의 윤리가 시작된다. 소외된 타자에 대한 그의 관심은 여기서 시작된 것이다. 이러한 특징이 초기 시에 뚜렷한 윤곽으로 형성되어 있는 것을 볼 때 이 관심이 그의 시작을 지속적으로 추동할 것이라는 예단이 가능하다. 소외된 타자에 대한 관심은 공동체 의식으로 진화할 것이다.

2. 표현과 묘사의 열정

신용목의 두 번째 시집 『바람의 백만 번째 어금니』(창비, 2007.8.)는 첫 시집을 낸 지 3년 만에 나왔다. 3년은 긴 시간이 아니어서 첫 시집의 높은 문단적 호응이 두 번째 시집의 빠른 출간을 유도했을 것이다. 그런데 이 시집은 첫 번째 시집의 인간중심적 서정에 비해 훨씬 읽기 어렵다. 첫 시집이 마음에서 우러나는 시로 묶였다면 두 번째 시집은 시인으로서 새로운 시를 쓰겠다는 의식이 작용한 작품들이 모였다고 하겠다. 그만큼 돋보이는 개성적 표현들이 여러 곳에서 빛을 발한다. 유랑과 유폐의 의식은 더 깊어졌는지 「시인의 말」에 마음의 병든 고통과 깊은 슬픔을 고백했다. "거울 속에서도 얼굴을 찾지 못"한 자아의 낭패감도 토로했다.

소외된 타자에 대한 관심은 여전히 뚜렷한 채도로 모습을 드러낸다. 「허봉수 서울 표류기」는 바다를 표류하는 서사 양식을 활용하여 지방에서 도시의 가판 노동자로 살아가는 인물의 행적을 치밀하게 묘사했다. 「붉은 얼굴로 국수를 말다」는 이주민 노동자들이 고통스럽게 국수를 먹는 장면을 복합적 영상으로 드러냈고, 「유쾌한 노선」은 어떤 이유로 허공에 몸을 던진 사내의 비극을 반어적으로 표현했다. 「우우우우」는 노동자를 내세우지는 않았지만 "헐벗은 발목", "꺾인 무릎", "깡마른 허리춤에서 피 묻은 속옷을 벗어던진다"라는 구절을 통해 노동자의 고통을 표현한 시로 읽힌다. 병든 아버지와 가난한 어머니에 대한 연민이 시집 전편을 감싸고 있다. 그럼에도 불구하고 이 시집이 마음의 우러남보다 작품의 세공에 더 힘을 기울였다는 판단을 하게 되는 것은 다음과 같은 작품의 구성 때문이다.

새의 둥지에는 지붕이 없다

죽지에 부리를 묻고

폭우를 받아 내는 고독, 젖었다 마르는 깃털의 고요가 날개를 키웠
으리라 그리고

순간은 운명을 업고 온다

도심 복판,

느닷없이 솟구쳐 오르는 검은 봉지를

꽉 물고 놓지 않는

바람의 위턱과 아래턱,

풍치의 자국으로 박힌

공중의 검은 과녁, 중심은 어디에나 열려 있다

둥지를 휘감아 도는 회오리

고독이 뿔처럼 여물었으니

히늘을 향한 단 한 번의 일격을 노리는 것

새들이 급소를 찾아 빙빙 돈다

환한 공중의, 캄캄한 숨통을 보여 다오! 바람의 어금니를 지나

그곳을 가격할 수 있다면

일생을 사지 잘린 뿔처럼

나아가는 데 바쳐도 좋아라,

그러니 죽음이여

운명을 방생하라

하늘에 등을 대고 잠드는 짐승, 고독은 하늘이 무덤이다, 느닷없는
검은 봉지가 공중에 묘혈을 파듯
그곳에 가기 위하여

새는 지붕을 이지 않는다

—「새들의 페루」 전문

로맹 가리의 단편 「새들은 페루에 가서 죽는다」에서 착상되었을
것 같은 이 시는 고독과 죽음을 소재로 삼고 있다. 소설의 내용은 이
렇다. 페루 인접한 해안가에 온갖 새들이 날아와 죽어 새들의 시체
가 즐비하다. 남자들은 새들의 유해 속에서 춤을 추며 향락한다. 거
기 자살을 기도하는 한 여인이 있다. 이 장면을 지켜보던 카페 주인
이 그녀를 구한다. 그녀에게 희망의 빛을 순간적으로 느끼며 사내는
여인과 사랑을 나눈다. 그러나 다시 허망을 느끼고 그녀는 남편에게
이끌려 사라진다. 해안에는 다시 공허가 찾아온다. 이 소설은 모호
한 상징성을 가지고 있어서 여러 가지 해석이 가능한데, 고독과 죽
음과 허무를 주제로 삼고 있음은 분명하다. 시인은 이 소설의 뉘앙
스를 시로 재현해 보고자 한 것 같다. 그것이 바로 마음의 우러남보
다 작품의 제작에 힘을 기울였다는 판단의 근거가 된다.

「새들의 페루」에서 페루는 죽음을 의미한다. 제목에만 페루가 나
올 뿐 시의 본문에는 페루와 관련된 것은 없다. "새의 둥지에는 지붕
이 없다"는 것은 신용목의 관찰에서 얻은 독창적인 성과다. 지붕이
없으므로 새들은 폭우를 그대로 머리로 받아 낼 수밖에 없다. 시인

은 새의 깃털이 비에 젖고 마르는 과정을 통해 강인한 날개가 형성되었을 것이라고 상상한다. 2연에 나오는 "검은 봉지"는 그의 첫 시집에 나온 "비닐봉지", "삼립빵 봉지"의 변형으로 허망한 죽음의 표상으로 다가온다. 바람은 어금니로 검은 봉지를 꽉 물고 놓지 않는다. 여기서 "바람의 어금니"라는 신생의 이미지가 탄생한다.

폭우는 더욱 거세져 회오리를 일으켜 둥지를 휘감는다. 새들은 고독의 힘으로 시련을 견딜 뿐이다. 그 견딤의 힘을 "고독이 뿔처럼 여물었으니"라고 표현했는데, 신용목만의 경이로운 독창적 표현이다. 새들은 시련을 가해 오는 "검은 과녁"을 향해 최후의 일격을 가하려고 급소를 찾아 순간의 기회를 노린다. 고독이 뿔처럼 여물어 "사지 잘린 뿔처럼" 돌진하면 "검은 과녁"이 파열하여 사물의 운명을 자유롭게 풀어놓는 날이 올 수 있다. 그 순간 새는 죽음을 맞을지 모른다. "하늘에 등을 대고 잠드는 짐승, 고독은 하늘이 무덤이다"라는 구절은 죽음을 불사하는 새들의 극한적 투지를 암시한다. 요컨대 이 시는 새를 비유의 매개로 하여 죽음의 운명을 두려워하지 않고 "바람의 어금니"를 지나 과녁의 중심을 뚫으려는 의지를 표현한 것이다. 시행의 연결에 많은 변주와 비약이 개입한 것은 함축성이 강한 독특한 시를 제작하려는 시인의 열망 때문이다.

여기서 주목을 끈 "바람의 어금니" 이미지를 더 발전시킨 작품이 시집의 표제작 「바람의 백만 번째 어금니」다. "바람의 어금니"를 "바람의 백만 번째 어금니"로 발전시켜서 상상의 영역은 확대되었으나 시상의 논리적 전개는 희생될 수밖에 없었다. 그래서 모호한 표현과 돌출적 시어가 부속품처럼 결합되었다. 시인은 문법에 얽매이지 않고 과감하게 자유로운 구성을 시도했다. 첫 행의 "나는 천년을 묵었다"라는 구절의 화자 '나'는 누구인가? 이 '나'는 시의 끝 행 "나는 바람의 백만 번째 어금니에 물려 있다 천년의 꼬리로 휘어지고 천년의 날개로 무너진다"에 다시 등장한다. 처음에 "천년"이라는 과장된 어사로 출발했기에 "백만 번째"라는 어사와 만나 "천년의 꼬리"와 "천년의 날개"로 이어진 것이다. 천년 묵은 여우가 되어도 "바람의 어금니"에 물려 벗어나지 못한다는 뜻 같다. 천년의 세월이 설정되었으니 "백만 번째 어금니"가 동원된 것이다. 그러나「새들의 페루」에 보이던 강인한 의지의 표상은 없다.「새들의 페루」가 격정의 언어를 조정할 수 있었던 것은 죽음을 넘어서겠다는 불사의 의지가 강렬했기 때문이다. 그 의지를 새라는 대상에 투영해서 과장의 억압을 피해 갈 수 있었다. 그러나 논리의 궤도에서 이탈하여 거시적인 담론과 잠언으로 시상을 이어 가게 되면 과장의 기미가 드러나게 된다.

이 시집의 시편은 마음의 우러남보다 작품의 세공에 더 힘을 기울였다는 말을 했는데 그런 전념의 결과 형식과 표현의 개발에 성공한 사례들이 여러 편 있다. 다음 시도 그런 성취의 대표적인 예로 제시할 수 있다.

몇 낱,
먼지가 반짝이네

첩첩 덕유 산중 모리재(某里齊)
사백 년 전 동계 정온이 묵었다는
옛 민도리집에 올라
쩌럭, 정지문 밀고 들어서면

무쇠솥도 도망간 빈 아궁이는,

어둠의 곳간

천장엔 부서진 기와
구멍 난 틈으로, 떨어져 내리는
한 줄 빛이여

도적이 지주의 배에 꿰어 놓은 대창처럼
일순, 나락 가마를 찍고 가는 조선낫처럼

그 서늘한
꽂힘 중에,

단단한 알 설움이 어룽거리는 것처럼
흩어진 숨의 낱알이 반짝이는 것처럼

어딜 가나 정처 없는
모처(某處) 모리에
하필 먼지여, 여기서 들켜
아픈 봄을 건너나

잊은 먼 곳,
캄캄한 몸속에서
애달프게 꺼내 놓은
배고픈, 아이의
눈빛

시인은 이런 유형의 작품을 통해 새로운 형식을 모색했음이 틀림없다. 이 시의 이미지와 표현은 다른 어느 작품보다 독창적이고 뛰어나다. 처음에 직핍의 필체로 "몇 날" 반짝이는 먼지를 제시하고, 그 먼지의 실체가 무엇인가를 정성을 들여 서술했다. 덕유산 모리재는 병자호란 때의 척화파 정온(鄭蘊)이 은거했던 고택이다. 은거한 선비의 재실답게 익공(翼工) 같은 장식물을 뺀 민도리집으로 건축되었다. 사백 년의 세월이 흘렀으니 어두운 부엌에 솥도 걸리지 않은 빈 아궁이가 쓸쓸하고 천장엔 부서진 기와가 흩어져 뚫린 구멍으로 햇살이 떨어져 내린다. 그 빛살이 비치는 사이로 먼지가 떠다녔을 것이다. 한 줄기 빛이 내리꽂히는 장면을 "도적이 지주의 배에 꿰어 놓은 대창"이나 "나락 가마를 찍고 가는 조선낫"의 형상으로 비유했다. 이러한 비유는 사건을 일으킨 사람들의 서러운 사연과 목숨을 잃은 사람들의 안타까운 희생을 연상시킨다. 모든 것이 인간의 애환에서 촉발된 것이니 역사는 유구하나 인간사는 속절없다. 이 집에 얽힌 아픈 사연도 근원을 따져 보면 다 먹고사는 일에서 연루된 것이다. 그래서 시인은 먼지 사이에서 배고픈 아이의 애달픈 눈빛을 떠올린다. "캄캄한 몸속에서/애달프게 꺼내 놓은/배고픈, 아이의/눈빛"이라는 변형된 시행은 기억의 지층에서 퍼 올린 명구다. '배고픈 아이'라고 하지 않고 '배고픈 눈빛'으로 변형하고 그 눈빛을 몸속에서 애달프게 꺼내 놓은 것으로 표현했다. 시간과 공간의 폭을 넓히며 여러 가지 각도에서 새로운 표현과 형식을 모색하는 시인의 탐구 정신을 확인케 한다.

이후 신용목은 다양한 실험적 탐색을 지속적으로 전개했고 그 성과가 세 번째 시집 『아무 날의 도시』(문학과지성사, 2012.9.)로 집약되었다. 이 시집에 수록된 「적국(敵國)의 가을」은 두 번째 시집 출간 얼마 후에 발표된 것인데 세 번째 시집의 성격을 대표하는 작품이 되었다. 분석력이 뛰어난 신형철의 해설 제목은 「적국에서 보낸 한 철」인데 이 시집의 중심 정동을 '포로 의식'으로 파악한 근거 중의 하나가 이 작품이다. 이 시는 처연한 정서를 격렬하게 토로하여 저항 의식을 드러내고 있는데, 그 저항은 목표를 향해 직선으로 돌진하는 1980년대식 저항이 아니다. 신용목은 이 시집의 「시인의 말」에서 '소외'의 의식을 강조했다. 그는 자신을 극렬하게 소외시킴으로써 현실에 저항하는 독특한 방식을 수행했다.

나무마다 붉은 심장이 내걸린다, 저 맹세들
어떤 역모가 해마다 반란의 풍속을 되살리는가 허공을 파지로 구기며 진격하는 북국의 나팔 소리

바람의 오랜 섭정에 나는 부역의 무리가 되어 버렸다 도망하라 화를 피해 그러나
살갗을 벗기며 저무는 황혼의 저녁

붕대로 풀어지는 해진 구름과 벌겋게 나뒹구는 태양의 해골바가지

모든 문자가 추억처럼 타올랐으므로 한 장 한 장 시절이 실연을 흔들며 투항하는 시간의 유적지에서
연기의 문장으로 원군을 청하는 늦은 후회여

계절의 부장품은 기다림이다 반란의 나팔 소리가 허공을 디디며 번
져 가는 파지의 밤
구겨진 산과 구겨진 강과 구겨진 채

날이 밝으면 빈 나뭇가지에 낮달이 반지처럼 끼워져 있을 것이다 도
망하라 화를 피해 그러나

나무마다 붉은 심장이 뛰고 있다, 저 맹세에
내 눈물도 역모의 증거임을 안다 돌아가지 못할 길에서 진압당할 마
음이 돌멩이처럼 떨어져 내릴 것을

—「적국의 가을」 전문

나무에 내걸린 붉은 심장은 단풍을 의미할 것이다. 붉은 심장을
곧바로 "맹세들"이라는 말로 환치했다. 시상의 변환은 신속하다. 맹
세는 반란을 불러오고 반란은 부역을, 부역은 도망을, 도망은 투항
을, 투항은 진압으로 이어진다. "허공을 파지로 구기며 진격하는 북
국의 나팔 소리"는 "살갗을 벗기며 저무는 황혼의 저녁"이라는 쓰라
리게 처절하면서도 가슴 뭉클하게 아름다운 화법으로 이어진다. 시
어와 이미지의 연쇄는 눈부시게 현란한데 그 안에 담긴 감정의 색조
는 무척 침통하다. 허공이 파지처럼 구겨지고 산과 강마저 구겨진 채
화를 피해 도망할 수밖에 없는 운명이지만 "돌아가지 못할 길"에 갇
혀 있으므로 결국은 "진압당할 마음이 돌멩이처럼 떨어져 내릴 것"
을 예감한다. 어디에도 나아갈 길이 없고 역모의 맹세가 붉은 심장처
럼 걸려 있을 뿐이다. 붉은 심장의 맹세는 결국 살갗이 벗겨지는 고
통을 받으며 역모의 죗값을 치르게 될 것이다. "붕대로 풀어지는 해

진 구름과 벌겋게 나뒹구는 태양의 해골"도 불길한 종말의 도래를 암시한다. 이 시인이 대하는 가을은 결코 우호적이지 않고 "적국의 가을"이라는 제목처럼 가혹한 고통을 안겨 주는 계절로 제시된다.

시 중간에 나오는 "연기의 문장"은 그의 작품에 자주 등장하는 시어인데, 연기처럼 힘없이 사라지게 될 무력한 문장이라는 뜻이다. 궁지에 몰려 원군을 요청하는 문서를 보냈으나 아무 소용없는 무력한 글이 되고 말았다는 뜻이다. 모든 문자가 추억처럼 타오르고 과거의 사연은 실연의 감정만 남기고 투항하여 시간의 유적 뒤로 사라지는 판에 원군도 오지 않으니 뒤늦은 후회만 남게 되었다. "실연", "추억", "유적", "기다림" 등의 시어로 볼 때 청춘의 열병이 시인을 여전히 강하게 사로잡고 있음을 알 수 있다.

그와 함께 기존의 규범에서 벗어나 자신의 스타일을 창조하려는 열망이 여전히 시인을 붙들고 있음도 알아차리게 된다. 그것은 초현실주의적 자유 연상의 기법을 사용하면서도 시어의 교묘한 배치에 의해 시적 의도를 배가하는 방법에서 확인된다. 가령, "구겨진 산과 구겨진 강과 구겨진 채" 다음에 의도적으로 연을 바꾸고 다음 첫 행을 "날이 밝으면 빈 나뭇가지에 낮달이 반지처럼 끼워져 있을 것이다"로 시작하는 대목에서 시인의 의도적 변환 기법을 엿볼 수 있다. 그는 시어와 형식의 조작을 통해 새로운 스타일을 창조하는 데 힘을 기울인다.

이 시집의 성격을 가장 잘 드러내는 것은 「격발된 봄」이다. 이 시는 "격발"이라는 시어에 중심이 놓인다. "격발", "폭발", "표적", "허방"으로 이어지는 시어의 연계적 접속을 살펴보면 이 시가 앞에서 분석한 「새들의 페루」와 주제가 연결되어 있음을 파악할 수 있다.

나는 격발되지 않았다 어느 것도 나의 관자놀이를 때리지 않았으므
로
　　나는 폭발하지 않았다

　　꽁무니에 바람구멍을 달고
　　달아나는 풍선

　　나의 방향엔 전방이 없다 끝없이 멀어지는 후방이 있을 뿐

　　아무 구석에 쓰러져 한때 몸이었던 것들을 바라본다
　　한때 화약이었던 것들을 바라본다

　　봄의 전방엔 방향이 없다 끝없이 다가오는 허방이 있을 뿐

　　어느 것도 봄의 관자놀이를 때리지 않았으므로 봄이 볕의 풍선을 뒤
집어쓰고 달려가고 있다

　　살찐 표적들이 웃고 있다

　　　　　　　　　　　　　　　　　　　　―「격발된 봄」 전문

「새들의 페루」에는 환한 공중의 캄캄한 숨통을 찾아 급소를 단 한
번에 가격하는 새들의 동작이 묘사되었다. 이 시의 화자도 격발을
통해 표적을 가격하고자 한 것인데 격발되지 않았으므로 뜻을 이루
지 못했다. 나의 관자놀이를 때려 정신이 번쩍 들게 점화가 일어나
야 폭발이 발생하는 것인데 그러지 못했다. 그래서 시인은 자신이

세상과 삶으로부터 소외되었다고 생각한다. "달아나는 풍선"의 이미지는 그의 시에 자주 등장하는 '봉지'의 이미지와 통한다. 「목련꽃 날리는 골목」에도 "빵 봉지 날리는 골목"이 나오고 자신의 몸이 빵 봉지가 된다는 구절이 나온다. 다음 시집의 「송별회」에도 밤을 "끝을 오므린 검은 봉지"로 보고 「검은 고양이」에서는 "검은 봉지에 갇혀 검은 봉지를 검은 봉지로 만드는 밤"이라는 구절이 나온다.

봉지의 변형인 이 풍선은 자신이 처한 상황의 환유다. 격발이 제대로 이루어져 표적을 향해 돌진했어야 하는데 그러지 못했으니 "꽁무니에 바람구멍을 달고/달아나는 풍선" 꼴이 된 것이다. 풍선은 앞으로 돌진하는 것이 아니라 뒤에서 나오는 바람의 압력으로 앞으로 나갈 뿐이다. 바람이 다 빠지면 풍선은 주저앉고 만다. 그러니 풍선은 나아갈 앞길이 없고 "멀어지는 후방이 있을 뿐"이다. 폭발의 힘을 잃은 몸은 무기력하게 구석에 쓰러진다. "한때 화약이었던", 그래서 정열로 타오를 준비를 했던 몸을 바라보는 감회는 씁쓸하다. 자신이 패배하고 소외되었기에 나아갈 방향을 잃은 몸은 "끝없이 다가오는 허방"으로 가라앉는다. 격발의 순간을 놓친 몸은 이렇듯 무력하다.

「빼앗긴 들에도 봄은 오는가」라는 이상화의 시처럼 내가 격발되지 않았으므로 봄도 격발되지 않았다. "격발된 봄"이라는 제목은 가상의 상태를 설정한 것이다. "어느 것도 봄의 관자놀이를 때리지 않았으므로", 즉 봄이 제대로 격발되지 않았기 때문에 봄다운 봄이 오지 못한 것이다. "봄이 볕의 풍선을 뒤집어쓰고 달려가고 있다"고 했다. 풍선은 봉지의 이미지고 자유가 차단된 폐쇄의 이미지다. "꽁무니에 바람구멍을 달고" 앞으로 나아가는 것이 풍선의 속성이다. 봄이 볕의 풍선을 뒤집어썼다는 것은 제대로 된 봄의 모습이 아니라는 뜻이다. 위장된 평화처럼 위장된 봄 풍경이다. 정곡을 뚫어 폭파해야 할

표적을 가격하지 못했으니 "살찐 표적들이 웃고 있다"고 했다. 기다리는 것은 "새들의 페루", 자아의 죽음이다. 격발이 미수에 그쳤다는 자책감이 자아를 유폐된 포로로 만들고 신형철이 지적한 '소외, 폐허, 슬픔'의 회로를 맴돌게 한다. 이 정서의 색조는 매우 우울하고 불길하다. 자멸과 자학의 이미지가 전면에 돌출된다.

「만약의 생」에서 시인은 "신은 지옥에서 가장 잘 보인다//지옥의 거울이 가장 맑다"라고 썼다. 이것을 구원을 기대하는 자세로 보는 것은 너무 성급한 판단이다. 자신이 처한 현재의 장소가 지옥이 아니라면 신이 보이지 않을 것이기 때문이다. 지옥까지 가야 맑은 거울이 열려 신이 보인다는 뜻이다. 그전까지는 검은 봉지에 갇혀 허공을 떠도는 유랑의 삶, 어느 사구에 이름 없이 박히는 자멸의 삶을 살아야 한다. 그러나 신을 보기 위해 지옥까지 갈 수는 없다. 지옥 이전에 자신을 격발시켜 무엇인가를 해야 한다. 표적을 맞추는 일은 못 해도 격발했다는 자위의 합리화라도 해야 한다. 그런 의미에서 시인에게 하나의 전환이 필요하다. 자신을 새롭게 격발시킬 시선과 의식의 전환이.

3. 익명의 슬픔, 사랑의 발견

네 번째 시집 『누군가가 누군가를 부르면 내가 돌아보았다』(창비, 2017.7.)는 유폐의 포로 의식에서는 어느 정도 벗어났다. 그러나 이 시집에는 슬픔의 기류가 가득하다. 세 번째 시집과 네 번째 시집의 중간 시점인 2014년 4월 16일 세월호 참사가 발생했기 때문이다. 소외된 타자에 대한 관심으로 시의 출발을 삼은 시인에게 이 참사는 큰 충격을 주었을 것이다. 공교롭게도 이 비극은 시인의 눈을 자기 자신에게서 죽은 타자에게로 돌리게 하는 중요한 역할을 했다. 그는 유폐된 뇌옥에서 걸어 나와 비극의 현장을 답사하고 희생된 사람들의 고통을 자신의 고통으로 받아들이는 정서적 유대의 심각한 체험을 했다. 그 결과 지옥으로 향하던 그의 행로가 진행을 멈추었다. 이 시집으로 받은 백석문학상 수상 소감에서 그는 겸손한 태도로 "어떤 당위"가 아니라 "어떤 '불편'과 '불안'이 시인을 쓰게 한다"라고 말했다. 그의 시에 관한 핵심적 요소를 고백한 것이다. 그는 현실과 타자에 대한 자신의 불편하고 불안한 심사를 시로 표현했다. "불편"과 "불안"의 정서는 신용목의 시집을 다시 한 번 슬픔과 아픔의 이미지로 가득 차게 했다. 시집 어디에서건 강한 터치로 덧칠된 슬픔의 색조를 만날 수 있다.

잤던 잠을 또 잤다.

모래처럼 하얗게 쏟아지는 잠이었다.

누구의 이름이든
부르면,
그가 나타날 것 같은 모래밭이었다. 잠은 어떻게 그 많은 모래를 다 옮겨 왔을까?

멀리서부터 모래를 털며 걸어오는 사람을 보았다.
모래로 부서지는 이름을 보았다.
가까워지면,

누가 누군지 알 수 없었다.

누군가의 해변이 끝없이 펼쳐져 있었다.

잤던 잠을 또 잤다.

꿨던 꿈을 또 꾸며 파도 소리를 듣고 있었다. 파도는 언제부터 내 몸
의 모래를 다 가져갔을까?

누군가가 누군가를 부르면,

내가 돌아보았다.

누군가가 누군가를 부르지 않아도
나는 돌아보았다.

—「모래시계」 전문

이 시에는 화자의 불안한 내면이 짙게 투사되어 있다. "잤던 잠을
또 잤다"는 말은 계속 잠을 잤다는 뜻이지만, 그렇게 잠에 빠져들게
했던 현실의 암울함을 역으로 드러낸다. 그것은 또 한편으로 현실의
불안 때문에 아무런 잠도 이루지 못했다는 말로도 들린다. 그래서
"모래처럼 하얗게 쏟아지는 잠"도 밤을 하얗게 새웠다는 말처럼 들
린다. "모래처럼 하얗게 쏟아지는 잠" 속에서 화자가 누구의 이름을
부르면 그가 누구이든 눈앞에 나타날 것 같은 착각을 갖는다. 이 착
각은 어디서 온 것일까? 그것은 심사평의 언급처럼 타자에 대한 관
심에서 온 것일 수 있다. 타자에 대한 사유가 있기에 누구의 이름을
부르면 그가 나타날 것 같은 예감을 갖는 것이다. 그런데 그 대상은

잠이 옮겨 오는 모래처럼 모래로 부서지는 이름이고, 가까워지면 누가 누군지 알 수 없고, 모래가 실어 오는 잠처럼 파도 소리 따라 흩어지고 명멸한다. 끝없는 잠 속에서 끝없는 꿈을 꾼 화자는 "파도는 언제부터 내 몸의 모래를 다 가져갔을까?"라는 의문을 갖는다. 이 느닷없는 질문의 의미는 무엇일까? 모래처럼 하얗게 잠이 쏟아졌는데 잠이 모래를 다 옮겨 왔고, 끝없이 펼쳐진 해변에 잠과 꿈이 반복되었는데, 파도가 언제부터 내 몸의 모래를 다 가져갔는가를 묻는다면, 잠과 꿈과 모래와 내 몸은 도대체 어떠한 관계로 연결되는 것일까? 잠과 꿈과 모래와 내 몸을 잇는 연결선은 어디에 있는 것일까? 깊은 슬픔이 시인의 정신을 몽롱한 추상의 상태로 몰아간 것이다.

슬픔과 아픔은 확정되지 않는 추상적 관념어를 시로 끌어들인다. 수많은 익명의 존재들이 그의 시에 달려들어 다양한 형상을 만들어 낸다. 정서적 공감에서 온 비탄이 그를 불명료한 방황의 미로로 안내한다. "아무도 모르는 곳으로 흘러가고 싶었지"(「목소리가 사라진 노래를 부르고 싶었지」), "백미러 속에서 누군가 달려오고 있었다"(「우리 모두의 마술」), "태어났던 것들이 태어나고 죽었던 것들이 죽는 것을 보곤 합니다"(「지나가다, 지나가지 않는」), "어딘지 모를 오늘을 날아가다 그만, 사랑이 무엇인지 잊어버리고"(「노랑에서 빨강」) 등이 그것이다. 자신의 의식이 슬픔으로 팽만하기에 앞길을 찾을 수 없는 불명료한 내면을 이렇게 표현했다. 그러나 이 불명료함이 명료함으로 바뀔 때 더 깊은 감동과 가슴 저린 공감을 얻는 것이 사실이다. 그것이 실현될 때까지 시숙(時熟, Zeitigung)의 과정이 필요하다. 그것은 구체성을 위한 탐구와 성찰의 시간이다. 엘리엇의 말대로 천 번 파괴하고 천 번 창조할 시간이 필요한 것이다.

이 시에서 중요한 것은, 누군가의 실체를 확인할 수는 없지만 "누군가가 누군가를 부르면" 내가 돌아보았고, "누군가가 누군가를 부르지 않아도" 내가 돌아보았다는 사실이다. 이것을 타자에 대한 관심과 사유의 표현이라고 할 수 있겠지만, 그 누군가가 누구인지 끝내 밝히지 않았고 모래와 잠과 꿈과 파도의 관계도 뚜렷이 드러나지 않았으니, 이것은 관념적인 상상이다. 그럼에도 불구하고 누군가가 누군가를 부르지 않았는데도 스스로 돌아보았다는 것은 자발적인 사랑의 격발로 그의 의식이 이동되었음을 알려 준다. 그는 사랑의 연대감으로 죽은 자들의 얼굴을 대할 수 있게 되었다. 그래서 그는 지옥까지 가지 않고도 신의 얼굴을 볼 수 있게 된 것이다.

「공동체」라는 긴 시는 타자에 대한 관심을 다양한 각도에서 성찰한 중요한 작품이다. 이 시에서 그는 처음에 터득한 사랑의 의미를 더욱 구체화하려는 노력을 벌인다. 차분한 어조로 자신을 성찰하며 사랑의 기원과 발생에 대해 탐문한다. 처음에 화자는 "내가 죽은 자의 이름을 써도 되겠습니까? 그가 죽었으니/내가 그의 이름을 가져도 되겠습니까?"라고 묻는다. 천국과 지옥을 오가는 죽음의 행로에서 화자는 자신이 죽은 자의 삶을 계승해도 좋을지 묻는다. 세월이 흐르면 모두의 이름이 기억에서 지워지고 묘비에서도 지워질 텐데 이름을 갖고 부르는 것이 의미를 지닐 수 있을까? 지금은 당장 그리운 마음에 울음이 솟아나고 보고 싶다는 말을 반복하지만 죽음 자체를 바꾸는 일은 신도 하지 못한다. 죽은 그대에게 무엇을 해 주고 싶지만 해 줄 수 있는 것이 없고 오히려 죽은 그대가 나에게 무엇을 요청할까 봐 두렵다. 이 세상에 없는 사람에게 무엇을 해 줄 수 있을 것인가?

오랜 명상과 기도와 독백 끝에 최종적인 고별사를 전한다. "부르는 순간에 비가 그치고 무지개가 뜨는" 기억의 실현을 꿈꾸면서 "인생이 가능하다면" 그리고 "사랑이 가능하다면" 죽은 자에게 나의 이름을 주고, 죽은 그를 내 이름으로 불러도 되겠느냐고 묻는다. 이것은 시의 서두에서 했던 "내가 죽은 자의 이름을 써도 되겠습니까? 그가 죽었으니/내가 그의 이름을 가져도 되겠습니까?"라는 질문의 대답이다. 결국 나는 죽은 자의 이름을 쓰고 죽은 자는 내 이름을 써도 괜찮다는 뜻이다. 다시 말하면 죽은 자와 내가 대등한 존재로서 생사의 단절 없이 관계를 지속하는 것이 진정한 삶의 길이고 사랑의 실천이라는 뜻이다. 이러한 사랑의 발견과 자각으로 그는 지옥의 유폐에서 벗어날 수 있는 길을 열고 슬픔을 실존적 정립의 기틀로 전유(專有)하게 된다.

　그는 여러 편의 시에서 타자의 추상적인 고통을 자신의 고통으로 치환하려는 노력을 벌였다. 추상에서 벗어나 현실의 삶을 실현하려는 노력이요 자신을 정립하려는 노력이다. 「절반만 말해진 거짓」은 삶의 아픔을 우화적으로 표현하면서 나무가 아픔을 견디고 버티는 것을 자신의 체험과 결의로 치환하고 있다. 「귀가사(歸家辭)」「내가 계속 나일 때」「노랑에서 빨강」 등의 시에서도 세상의 고통을 '나의 실존적 고뇌'로 집약하려는 과정을 보여 준다. 특히 「노랑에서 빨강」에서 "아플 때, 비로소 알게 됩니다. 내 속에도 신이 있구나"라는 발견에 이른 것은 「만약의 생」에서 "신은 지옥에서 가장 잘 보인다"라는 인식보다 훨씬 진전된 것이다. 지옥의 추상성에서 나의 구체성으로 전환했기 때문이다. 그리하여 그 시의 끝에 "구름의 평온과 거름의 해방처럼 새들의 안식과 지렁이의 자유처럼, 언젠가 오늘을 건너갈 수 있다면"이라고 말함으로써 신형철의 말한 '구원의 가능성'을 시사한 것은 분명 커다란 발전이다. 신용목의 시가 우리의 기대에 맞게 계속 진화하고 있음을 알려 주는 유쾌한 사례다.

굴욕의 서사에서 화해의 무드까지

—박상수

1. 불안한 기억 속의 밝은 동감

1974년 서울에서 태어난 박상수는 2000년에 『동서문학』으로 등단하고 2006년에 첫 시집 『후르츠 캔디 버스』(천년의시작, 2006.2.)를 냈다. 그는 지금까지 세 권의 시집을 냈는데, 그 시집들은 연대기적 차별성을 지니고 있다. 시집의 화자는 대부분 여성인데 첫 시집은 사춘기의 청소년이, 두 번째는 대학생이나 그 또래의 숙녀가, 세 번째 시집에는 대학을 졸업한 직장인이나 사회인이 화자로 등장한다. 말하자면 사춘기로부터 직장인에 이르는 성장 과정에 따라 화자가 바라본 생활의 단면들, 화자가 겪은 이야기들이 펼쳐져 있다. 이런 유형의 시 말고도 여러 편의 작품을 지면에 발표했는데, 시집을 묶을 때에는 다수의 시편을 과감히 배제하고 시집의 흐름에 맞는 작품만을 수록하는 편집의 결단을 보였다. 이런 점에서 보면 박상수는 청소년기로부터 대학생을 거쳐 사회인에 이르는 여성의 성장 과정과 생활사를 시집으로 묶어 보려는 기획 의도를 가졌던 것 같다.

그의 시의 서사적 성격은 초기부터 두드러지게 나타나는데, 서술자를 설정한 명확한 서사가 아니라 서정적 독백의 형식에 포함된 암시적 서사가 주를 이룬다.

「매일매일 Birthday!」를 보면 스무 번째 생일에서 열일곱 번째, 열두 번째, 여덟 번째 생일에 관련된 삽화가 역순으로 소개된다. 청년에서 사춘기를 거쳐 소년기로 역행하는 회상의 경로는 불길하고 어두운 내용으로 이어진다. 스무 번째 생일에 클럽에 가서 "밴드의 펑크록을 들으며 머리를 흔들었"는데, "축하할 일도 축하받을 일도 없는 자들이 거꾸로 매달린 십자가를 걸고 모여들었다"고 했다. 열일곱 살 생일 때에는 "물안경을 쓰고 옥수수 통조림을 먹었"는데 "어항 속에서 허밍코러스를 연주하거나 물갈퀴가 달린 손을 보여 주었다"고 했다. 이해하기 곤란한 상황과 함께 물안경과 물갈퀴를 등장시키고 있어 현실과 거리를 둔 사춘기의 상념을 연상시킨다. 열두 번째 생일에는 "사루비아꽃을 따다가 방 안 가득 뿌려 놓았"지만, "귀국 날짜가 지나도록 사람도 카드도 오지 않았"으며, "다친 사루비아"에서 "밤새 피워 올린 짓무른 냄새"가 났다고 했다. 상황으로 보면 열두 살 때가 가장 부정적으로 보인다. 여덟 번째 생일이 그래도 밝은데, "생일 모자를 쓰고 웃고 있었"고, "아이들과 둘러앉아 미래를 보여 주는 선물 상자를 열어 보았다"고 했다. 그러나 마지막 시행이 "몽상가의 혈관 속으로 나쁜 호르몬이 흘러 다녔다"고 되어 있어 작품 전체를 불길한 색상으로 채색한다. "매일매일 Birthday"를 맞는다고 해도 행복한 생일은 맞지 못할 것이라는 예감이 뚜렷하다.

「첫사랑」은 첫사랑을 어렴풋이 느끼는 사춘기의 충동적 감정과 불안감을 동시에 표현했다. 성징(性徵)이 나타나 몸이 변하는 데서 오는 육체적 이질감과 비동화감을 "도마뱀", "찢어진 우산", "부러진

백묵", "얼룩무늬 거미", "포유류" 등으로 표현했다. 이러한 불안감은 「날 수 있어, 룩셈부르크를 찾아가」에서 "룩셈부르크병"이라는 불치의 병에 걸렸다고 생각하는 화자를 통해 타자로부터 격리된 소외감과 가상의 불안감으로 이어진다. 화자는 자신이 이상한 병에 걸렸다는 생각에 사랑의 고백도 하지 못하고 다른 사람들이 모두 자신을 미워한다는 환각에 사로잡혀 병원 대기실에 마스크를 쓰고 앉아 고립의 시간을 보낸다.

시인이 이러한 사춘기의 우울한 서사를 반복하는 것은 미성년의 몽롱한 시간에 그의 문학의 뿌리가 담겨 있기 때문이다. 대부분의 사람들이 사춘기의 설렘과 망설임 속에 문학과 예술에 관심을 갖는 것처럼 박상수 시인도 열두 살 무렵 막연한 불안감과 기대감 속에 문학의 첫발을 디뎠을 것이다. 다음 작품은 이 시집에 담긴 그의 시의 성격을 비교적 뚜렷이 드러내고 있어 음미할 만하다.

문득 시간을 잊고
낮은 고요히 정지해 있네

건물은 부드럽게 탄성을 잃어 가네
나는 미성년의 얼굴로
과거로부터 길어 올리는 물기 없는 기억을
낯설게 매만져 보네
상념이 피워 올리는 무용한 잎사귀들
언제나 혼자서 텅 빈 열차를 타네
완전한 명상이 철로를 따라 이어질수록
인간의 얼굴이 떠올랐다 사라지네

인간이 인간을 넘어서지 못하고
모래바람이 불어와 부서진 석상 위를 덮어 갈 때

나는 낯선 역에 내리네
의지 없는 몽환
몽환이 둥글게 빚어 버리는 모서리를
비로소 인간의 형상을,
떠난 사람들이 동물의 형상으로
백사장 위에 굳어 갈 때
무릎을 꿇고
모래를 씹으며 바람을 거스를 때

낮은 고요히 정지해 있네

나는 온통 하얀 낮달의 정령에 휩싸여
침묵이 피워 올리는 여름 나무 밑에 앉아 있네
이름 모를 열매에서 즙은 새어 나오며
눈먼 자의 시간이 대기로 번져 가네.

—「정지한 낮」 전문

　"정지한 낮"이 창작을 추동하는 근원의 시간이다. 시간이 고요히
정지해 있을 때 과거로의 여행과 미래의 몽상이 가능하다. 박상수
시인은 깊은 밤이 아니라 한낮의 고요 속에 시간의 정지를 감지한
다. 시간이 정지되어 있으므로 "미성년의 얼굴로/과거로부터 길어

올리는 물기 없는 기억을/낯설게 매만져 보"는 일이 가능하다. 성년인 시인이 시간의 정지에 힘입어 미성년의 얼굴을 갖는다는 사실이 중요하고, 과거의 물기 없는 기억을 낯설게 매만져 본다 하더라도 그 접촉을 통해 "인간의 얼굴이 떠올랐다 사라"진다는 사실이 중요하다. 과거의 상념이 "무용한 잎사귀"에 불과하고 "의지 없는 몽환"에 해당한다 하더라도 시인은 과거의 회상을 통해 자신의 실체를 점검하고 인간의 자취를 확인하고자 한다. 지금의 삶을 가능하게 한, 지금의 문학적 탐구를 싹트게 한 미성년의 의식에서 "비로소 인간의 형상을" 발견할 때 몽환과 같은 현재의 삶이 새로운 철로를 찾아 이어질 수 있기 때문이다.

그의 과거 탐색이 인간의 실체를 찾기 위한 모험임을 아주 조심스럽고 세심한 어조로 펼쳐 낸 것이 다음 작품이다. 오랜 상념과 묵상 속에서 시인이 발견한 미성년의 얼굴은 말할 것 없이 순정하고 우울하고 나약한데, 그래도 그 얼굴이 시인으로 자신을 성장시킨 정신의 뿌리이기에 시인은 제목을 "비밀"이라고 했다. 아름다운 비유와 신비로운 이미지로 충만한 완벽한 구조의 작품이다.

겨울 스웨터 먼지처럼 잔잔히 부서지던 햇빛, 백엽상 주위엔 한 뼘도 못 자란 풀들이 뿌리 뽑힌 채 말라 가고 있었다 얼굴이 하얀 아이들 쫓아다니가 일기장을 찢어 풍금 바람통 속에 넣어 두었다 돌미끄럼틀 주위를 뛰어다니다 보면 자주 멍이 들었고 동물의 허파를 삶아 잘라 놓은 듯 멍 자국이 둘레를 키워 가는 동안 난 고개를 숙인 채 아무 말도 하지 않았다 한참을 빨아야 흘러나왔던 수돗물에 입술을 적실 땐 갑작스런 코피처럼 내내 떠나지 않았던 녹 비린내, 곧 여행의 끝이 오리란 걸 알았지만 끝내 아무 말도 하지 않았다 파라도 시솔레 음계

를 외며 어린 소녀가 철골 비계를 올라갔다 텅 빈 멜로디를 따라 바람
통이 종이 쪼가리들을 날려 보냈다 온실 유리를 깨뜨렸고 복도 끝에선
오래, 호루라기 소리가 그치지 않았다 낡은 풍금들이 트럭에 실려 떠
나가는 꿈, 깨진 유리 밑엔 난초가 만개한 꽃을 걸어 놓고 부드럽게 썩
어 가고 있었다.

─「비밀」 전문

잔잔히 부서지는 햇빛을 "겨울 스웨터 먼지"에 비유한 섬세한 감
각의 전이에 대해 먼저 언급해야 할 것 같다. 겨울이 주는 스산함,
어린 시절 입던 조악한 스웨터에서 날리던 솜털과 먼지의 어지러움,
햇빛을 먼지에 비유함으로써 햇빛조차 먼지처럼 가라앉고 말 것이
라는 허무감 등이 도입부의 짧은 시행 한 구절에서 환기된다. "백엽
상"은 예전에 쓰던 단어인데 용하게 이 단어를 복원하여 지금은 돌
아갈 수 없는 과거 어린 시절의 일을 회상했다. 운동장과 놀이터를
뛰어다니던 아이들이지만 과거의 회상이기에 얼굴은 창백한 유령의
모습으로 떠오른다. 놀다가 생긴 멍 자국도 "동물의 허파를 삶아 잘
라 놓은" 불길한 형상으로 비유했다. 이런 시각적 형상만이 아니라
수돗물에서 느껴지던 "녹 비린내" 냄새도 과거에 대한 부정적인 인
상을 전달한다. 이러한 감각의 대상들이 부정적으로 다가오는 것은
시간이 지나면서 대상이 사라졌다는 인식이 종말의 느낌을 환기하
기 때문이다.

"여행의 끝"이란 단어는 어린 날의 놀이와 장난이 오래가지 못하
고 종말을 고할 것이라는 불안한 예감을 전달한다. "파라도 시솔레
음계를 외며 어린 소녀가 철골 비계를 올라갔다"는 시행은 "음계"
와 "비계"의 음성적 연계로 이어져 어린 소녀의 천진한 음송(吟誦)도

"철골 비계"의 위태로움 속에 사라지는 것이 아닌가 하는 불길한 느낌을 불러온다. 예감이 현실로 실현되는 것은 온실 유리의 깨어짐, 경고를 알리는 호루라기 소리, 트럭에 실려 가는 낡은 풍금 등의 이미지로 전경화되고 결국은 깨진 유리 밑에 부드럽게 썩어 가는 난초의 이미지로 귀결된다. 소멸과 상실이 예정되어 있는 과거의 시간이지만 거기에는 그래도 우리가 간직해야 할 삶의 원형이 담겨 있다. 찢기고 사라지기 이전의 햇빛, 풀, 일기장, 수돗물, 음계, 온실, 풍금, 유리, 난초 등 때 묻지 않은 순수의 표상들이 어지럽게 흩어져 있는 것이다. 순수한 표상의 과거형의 아름다움과 그것들이 찢기고 깨어져 소멸과 상실에 이르는 현재형의 아픔을 동시에 형상화한 것이 이 시다. 부정적 형상이 표면에 노출되어 있지만, 그 이면에는 찢기고 깨어지기 이전의 순수의 형상들이 백엽상처럼, 돌미끄럼틀처럼 과거의 상징으로 버티고 있다. 이 과거의 상징물은 화학의 가역 반응처럼 순수에 대한 시인의 동경과 지향을 역으로 드러낸다.

부정적 채도로 회상되는 과거의 단면들 가운데 뜻밖에 마주한 따스한 인간적 공감의 장면을 포착한 시가 있다.

센베를 먹다가 살아 있는 짐승 대하듯 숨을 죽인 적이 있는가 홀로 방에 앉아 어스름 내려앉는 창밖을 바라보았을 때 나는 그만 그 애가 어떻게 나를 찾아왔던가 희미한 흉터에 손이 갔던 것인데 아직도 기억 나는 사진 하나가 그 애 세 든 방 올라가는 가파른 계단에 앉아 있던 것이다 새로 산 운동화를 낯선 형들에게 빼앗기고 칭얼거리던 내 발에 그 애가 신겨 주었던 끈 떨어진 샌들 두 짝, 치마 주머니에서 간밤에 먹다 넣어 두었는지 눅눅해진 센베 쪼가리를 주었다 녹는구나 녹아, 녹아 사라져 버렸어, 말도 없이 둘이서 센베를 녹이고 발을 까닥이며 아랫동네 버스 다니던 길까지 내려다보았던 것인데, 고만 새 짝을 찾아 등을 돌려 버린 나를 찾아와 눈이 마주쳤을 땐 내가 먼저 고개를 돌리고 말았던 것이다 (중략) 그래 하필이면 센베 가게 양과자점도 사라지고 트럭에서 누가 사다 놓은 센베 봉지에 손을 넣을 때부터 내 이미 알고 있었다 잘도 부서진, 오래 사라지지 않을 까만 눈빛과 꼭 다문 입술, 깨물려 금이 가 버린 센베 조각.

—「적란운 피어오르는 계절」부분

"적란운"은 수직 방향으로 산이나 탑처럼 높게 발달한 구름을 말한다. 대부분 소나기를 몰고 오지만 모양만으로는 멋진 느낌을 주어 바라보기에 좋다. 불안한 소년기에 모처럼 느낀 따스한 인간미의 기억이기에 이런 제목을 붙인 것 같다. 새로 산 운동화를 낯선 형들에게 빼앗기고 가파른 계단에 앉아 칭얼댈 때 계단 위에 세 들어 사는 애가 다가와 내 발에 끈 떨어진 샌들 두 짝을 신겨 주었다. 그리고 치마 주머니에서 눅눅해진 센베 쪼가리를 꺼내 주었다. 철없는 어린 시절이라 고마움도 모르고 금방 새 짝을 찾아 등을 돌려 버렸고 그 애는 서운한 마음에 몽당연필로 내 얼굴에 상처를 내기도 했지만, 모든 것이 변한 시간의 흐름 속에서도 "오래 사라지지 않을 까만 눈빛과 꼭 다문 입술"을 기억하고 있다. 이 눈빛과 입술은 앞의 시에 나온 백엽상과 돌미끄럼틀의 변형된 형상이다. 시인은 과거의 시간 여행을 통해 찢기고 부서진 순수 형상에 대한 그리움을 여러 겹의 기억 지층에 은밀히 쌓아 놓았다. 이것은 마음에서 저절로 우러나는 인간적 공감과 연민의 확인이다. 그것이 과거의 회상이 아니라 현재의 상황으로 전개될 때 다음과 같은 아름다운 시가 탄생한다.

당신과 버스에 오른다

텅 빈 버스의 출렁임을 따라 창은 열리고

3월의 벌써 익은 햇빛이 전해 오던

구름의 모양, 바람의 온도

당신은 말없이 창밖을 내다보던 타인이어서

낯선 정류장의 문이 열릴 때마다 눈빛을 건네 보지만

가로수와 가로수의 배웅 사이 내가 남기고 가는 건

닿지 않는 속삭임들뿐

하여 보았을까 한참 버스를 쫓아오다

공기 속으로 스며드는

하얀 꽃가루, 다음엔 오후 두 시의 햇빛,

그사이에 잠깐 당신

한 번도 그리워해 본 적 없는 당신

내 입술 밖으로 잠시 불러 보는데

그때마다 버스는 자꾸만 흔들려 들썩이고

투둑투둑 아직 얼어 있던 땅속이

바퀴에 눌리고 이리저리 터져 물러지는 소리

무슨 힘일까

당신은 홀린 듯 닫힌 가방을 열고

오래 감추어 둔 둥글고 단단한 캔디 상자를 꺼내네

내 손바닥 위에 캔디를 올려놓을 때

떠오르던 의문과 돌아봄, 망설임까지

어느덧 그것들이 단맛에 녹아 버스 안을 채워 나갈 때

오래전에 알았던 당신과 나, 단단한 세상은 여전하지만
시작도 끝도 없고 윤곽마저 불투명하던 당신에게
아주 잠깐, 속해 있을지도 모른다는 생각이 든

이 순간.

— 「후르츠 캔디 버스」 전문

「적란운 피어오르는 계절」에 나온, 가파른 계단 위에 세 들어 살던 그 애가 환생한 듯 버스에 같이 탄 당신이 내게 캔디를 건넨 것이다. 함께 버스에 타기는 했으나 당신은 "말없이 창밖을 내다보던 타인"과 같아서 서먹서먹한 사이다. 화자 자신도 "한 번도 그리워해 본 적 없는 당신"이라고 했으니 막연히 알고는 지냈지만 특별한 정감을 느낀 사이는 아니다. 버스는 달리면서 삼월의 햇빛을 따라 봄기운이 퍼진 새로운 구름과 바람을 창 안으로 불어넣는다. 봄바람에 움직이는 마음처럼 버스도 "흔들려 들썩이고" "얼어 있던 땅속이" 바퀴에 눌려 터지고 물러지는 소리가 난다. 모든 것이 녹고 물러져 들썩이는 봄기운의 힘에 이끌려서인지 당신이 "홀린 듯 닫힌 가방을 열고" "오래 감추어 둔 둥글고 단단한 캔디 상자를 꺼내" "내 손바닥 위에 캔디를 올려놓"은 것이다.

봄바람에 홀린 듯 가방을 열어서 오래 감추어 온 비장의 캔디 상자를 꺼내어 사랑의 캔디를 내 손바닥 위에 올려놓았다. 봄바람에 동화된 것인지, 비밀의 사랑이 저절로 솟아난 것인지, 의문과 망설임은 서로에게 함께 일어났지만, 그것이 계기가 되어 "윤곽마저 불투명하던" 낯선 당신에게 내가 속해 있고 당신 또한 내게 속해 있는 동질적 공감의 순간을 체험한 것은 사실이다. 이것은 어릴 적 체험했던 눅눅한 센베 조각의 성인형 버전이다. 세상은 아무도 미래의 색깔과 무늬를 예견하지 못하지만 이러한 동감의 순간에 의해 삶의 힘을 얻고 위안을 얻는다. 그윽한 삼월의 훈풍을 배경으로 아름다운 선율과 전아한 영상미와 아늑한 정감을 표현한 이 시는 우리에게 공감의 위안을 준다. 박상수는 그의 시편 중 가장 밝고 긍정적인 이 작품을 시집의 표제로 삼았다. 그가 사람과 세상을 긍정하는 밝은 시인임을 알려 주는 증표다.

2. 혐오와 굴욕과 분노

박상수의 두 번째 시집 『숙녀의 기분』(문학동네, 2013.5.)은 첫 시집보다 서사성이 더 강하다. 제목이 가볍고 "샤라랑"이라는 가벼운 의성어도 시의 본문과 「시인의 말」에 배치되어 있지만 내용은 그렇게 가볍지 않고, 희화적인 화법을 구사하지만 대학생이 체험한 삶의 애환이 날것 그대로의 양식으로 노출되어 있다. 젊은 대학생이 대면하는 사회적 폭력과 인간으로서의 굴욕감, 일상의 상처들이 현장의 감각으로 제시된다.

이 시집의 성격에 대해서는 시집의 해설을 쓴 함돈균이 정확하고 세밀한 서술을 했다. "첫 시집 『후르츠 캔디 버스』에서 쓸쓸한 캔디를 빨던 박상수의 그 아이들은 어언 7년 만에 '숙녀'가 되었으나 그들은 여전히 '굴욕'의 런웨이(runway)를 걷고 있다"라는 그의 진단은 아주 정확하다. 함돈균 해설의 핵심적인 부분을 인용하면 박상수의 시를 읽는 것 이상으로 그 시 세계를 이해하는 데 도움이 된다.

이 시집의 "숙녀"는 "어두운 학원 교실과 24시간 열람실, 혼자 가지고 노는 공깃돌, 냄새나는 기숙사 이불, 비 맞은 길고양이 털 냄새와 한 줄 김밥, 쓰레기통에서 주운 물수건 같은" 사물들과 "고3 교실의 구원자처럼 보이는 교생과 취업재수생 남친, 연구실이 없는 교양 수업 강사, 월급날을 알람 맞추듯 알고 문자하는 후배, 편입생을 왕따시키는 아이들" 같은 인간 군상에 둘러싸여 있다. 이러한 소재 분석을 통해 함돈균은 시인의 굴욕 담화가 "우리 시대의 삶의 실체를 암시하는 어떤 그림자"라고 규정한다. 이것은 매우 중요한 통찰이다. 그리고 이 "굴욕 플레이"가 우리 사회의 욕망의 사회학을 반영하며 삶의 폭력과도 관련을 맺는다고 본다. 시인의 회화화된 언어가 사회 구성원의 "폐쇄성과 공격성, 좌절감과 적대감 양산의 구조"를 반영한다고 분석했다. 말하자면 그의 시는 B급 언어와 정서로 우리 시대의 "쌩얼"을 드러냈다고 날카롭게 지적했다.

가령 한 여성 화자의 독백으로 보이는 다음과 같은 짧은 작품은 우리 시대 평범한 여성의 꾸미지 않은 육성인데, 이 육성을 통해 우리 사회 전체의 부박한 실상이, 함돈균의 말대로 "쌩얼" 그대로 드러난다.

함께 놀아요. 보리수꽃차 나눠 마시고 어리광 피우기 놀이해요 나만의 부티크를 갖고 싶고, 여섯 배는 느리게 움직이지만 자꾸 멍이 들죠. 난 유일의 목소리를 가졌고 비밀이 많아! 외쳐 보지만 행복해지진 않아요, 걸스카우트 매듭을 배웠는데 제대로 묶는 게 하나도 없죠 어리광 좋아해요 사랑 얘기만 하고 세상을 몰라요

—「닌나난나」 전문

"닌나난나"는 이태리어로 자장가라는 뜻인데, 외국 유래의 뜻보다는 어감이 "함께 놀아요"라는 이 시의 권유와 어울려서 선택된 것 같다. 보리수꽃차는 흔하지 않지만 꽃 모양이 예쁘고 향이 좋아서

아는 사람만 즐기는 기호품이다. 화자의 고급 취향을 암시한다. 나만의 부티크를 갖고 싶다는 말에도 고급 취향이 드러난다. 어느 정도 여유 있고 자신의 주변을 예쁘게 꾸미는 사람이다. 세상에 대한 걱정은 별로 없고 그렇다고 행복하다고 생각하지도 않는, 놀기를 즐기는 사람이다. 어리광 부리며 놀기 좋아하지만 세상일에 맹탕이고 재능이 없고 쉽게 상처를 받는다. 그래도 사랑의 꿈을 좇으며 사랑 얘기를 즐긴다. 정도의 차이와 빈부의 차이는 있지만 시집에 나오는 화자는 대체로 이러한 유형의 여성이다. 여성에 비해 남자들은 더 찌질한데 우리가 보통 갑남을녀라고 하는 것보다 낮은 수준의 인물이 등장한다.

예컨대 「기숙사 커플」의 남자는 여성 기숙사 친구 방에 들이닥쳐 냄새나는 몸으로 침대에서 진상을 부린다. 시험에 네 번째 떨어졌다고 여자 머리카락에 코를 박고 훌쩍인다. 여자 친구는 달래기 위해 임시방편으로 딱 1분간만 키스해 주고 떨어진다. 여자도 이 남자가 좋아서 만나는 것은 아니다. "스쿨버스에 캐리어 올려 줄 사람이 없어서" 실용적인 용도로 만난 것이다. 방학이 끝나면 헤어질 생각을 하고 있다. 「기대」의 남자 친구는 심각한 표정으로 담배를 피우며 "뭐 할까 이제?", "그럼 그냥 거기 갈까?"를 반복하는 눈치 없는 녀석이다. 여자의 감정은 생각하지 못하고 성교만 생각하는 속물이다. 「낙관주의적 학풍」의 교수는 연구실 조교에게 난해한 문서의 정서를 맡기고 파티션 너머에서 담배만 피우다가 조교가 제때 일을 끝내지 못하자 모욕적인 호통을 친다. 이처럼 등장인물 대부분이 B급 유형에 속한다.

「파트타임」과 「학생식당」의 서사는 단절이 심해서 명확하지 않은데 이러한 생략과 비약의 화법은 화자의 모호한 내면을 드러내려는 시인의 전략이다. 이 시의 여성 화자들도 무언가 정상적이 아닌 저질의 남자들을 만나고 있다. 성교 때 자신을 껴안고 욕을 하는 변태적 행위를 하거나, 좋은 물품으로 유인한 다음에 문제가 생기면 "나는 더 이상 나에게 책임을 묻지 않겠어"라는 무책임한 말을 한다. 이러한 무책임하고 성 착취적인 단면은 학원의 총무 오빠. 학교의 선배, 대학의 교수에 이르기까지 확대된다.

여성 화자들도 찌질한 사회적 억압자들에 둘러싸인 찌질한 약자인 것은 마찬가지다. 그들은 폐쇄적인 상태에서 서로 시기하고 대적하고 공격하며 좌절하고 자조한다. 「합격 수기」의 인물은 합격자 축하 모임에 가서 합격한 애를 축하하면서도 열패감과 모멸감을 느끼고 미묘한 시기심에 행동이 분열된다. "오늘을 기억하자 절대로!"라는 말은 축하의 언어가 아니라 경쟁자들끼리의 저주의 독백으로 들린다. 같은 스터디 그룹에서 공부하던 애가 울음을 터뜨리자 합격자가 안아 주었지만 그 애는 단체 사진을 자기 폰에 "최악"이라고 저장한다. 「편입생」에는 남자를 두고 유치한 감정싸움을 벌이는 여학생들이 등장한다. 편입생 처지에 다른 아이가 만나던 남자를 사귀었더니 보복이 왔다. 이미 버린 애를 네가 주워 먹은 거라는 모욕이. "가져, 너 다 가져! ㅋ"라는 보복이. "이 과에서 나만 몰랐다는" 편입생의 소외감과 허탈감을 새삼 느끼게 된다.

이러한 화법에 의해 환기되는 마이너 캐릭터들을 시인이 풍자하는 것 같지만, 함돈균의 지적처럼 풍자는 아니다. 시인은 일상의 희화화를 통해 현실을 풍자하는 것이 아니라 삶의 단면을 그냥 보여줄 뿐이다. 슬라보예 지젝은 자기나 타인에 대한 단순한 냉소는 현상을 바꾸는 데 별로 도움이 되지 않으며 현실의 고정된 이데올로기를 그대로 방치하는 도착된 부정에 해당한다고 이야기했다. 예민한 철학자 스피노자는 낙담, 분개, 질투, 경멸, 비난 등의 감정을 정밀하게 구분하기도 했다. 박상수 시에 다양한 감정의 파동이 담겨 있기는 하지만 그것이 단순한 냉소에 기울지는 않는다. 그는 현상의 변화를 향해 마음을 밀고 가지는 않지만 현상을 있는 그대로 보여 주려는 의지는 뚜렷하다. 그릇된 현실을 그대로 보여 준다는 것은 그 현실을 그대로 두어서는 안 된다는 반성적 자의식을 담아낸다는 뜻이다.

그런 점에서 박상수의 시는 단순한 거리 두기가 아니다. 그의 시에는 상황에 대한 연민의 감정과 공감의 애틋함이 공존한다. 상황을 수용하면서도 계속 이렇게 살 수 없다는 자책감과 그것을 수정하기 어렵다는 무력의 낭패감이 교차한다. 이러한 서사를 통해 우리의 젊은 세대에게 순수한 진심의 만남을 기대하기 어렵다는 사실을 아프게 드러낸다. 그는 매우 불편한 진실을 우리에게 전하고 있다. 그러면서 이 시편들은 야릇한 쾌감도 안겨 준다. 젊은 세대들의 세태를 새롭게 알아 가는 재미라든가 생략되고 압축된 여백을 상상하며 서사를 복원해 가는 즐거움을 우리에게 선사한다. 굴욕의 서사는 아니지만 다음 시편은 그의 화법의 묘미를 충분히 감지케 하는 고혹적인 작품이다.

캐시미어 스웨터 속에서 익혀 나온 귓속말로
눈먼 얼룩말에게 각설탕을 녹여 주듯이

꼭 다시 만납시다

밤에 출발해서 아침에 닿았어요

말들은 죽어 가고
잠긴 반지가
생각만으로도 퉁퉁 붓는 호숫가에

(마지막 선물 상자를 풀다 끝내 등을 보이는 당신)

오늘 젖은 빵을 나누어 먹으면 우린 정말 가족이 될 것 같아, 비로드
안감에 담겨서, 손을 잡고 화장실에 들렀다가 영원히 집에 가는 걸 잊
어버릴 것 같아, 다시마튀각처럼 부서지며 책상에 얼굴을 파묻을 때

가지 마세요 우릴 구해 주세요

만국기가 펄럭이는 계주에서 흰색 바통을 놓쳐 버린 것처럼
진한 당밀차가 캐러멜색으로 마룻바닥 위를 흠뻑 적셔 나갈 때

운동장 스무 바퀴를 뛴 다음의
사향 냄새 감도는
가슴을 두 개나 가지고서.

—「교생, 실습」전문

    여학생들에게 선생도 대학생 오빠도 아닌 교생은 매력적인 존재
다. 교생이 실습을 끝내고 떠날 때 교실은 울음바다가 된다. 여학생
의 순정이 마음 놓고 발산되는 순간이다. 다른 시에서 전혀 들어보
지 못한 이 시의 첫 행은 교생 선생님의 다시 만나자는 말처럼 감미
롭고 신비롭다. 캐시미어 스웨터는 얼마나 따스하고 포근한가. 그

안에 가만히 녹였다가 익혀 나온 귓속말이라면 참으로 따스하고 보들보들할 것이다. 앞이 보이지 않는 눈먼 얼룩말이니 입에 넣어 주는 것은 무조건 꿀떡 삼킬 것이다. 부드러운 귓속말로 녹인 각설탕이 들어오니 온몸이 녹을 것이다. "꼭 다시 만납시다"라는 말이 허황되다는 것을 잘 알면서도 그 순간에는 누구도 영원히 시들지 않을 감정의 노예가 된다.

셋째 연은 모호하다. 무엇을 말한 것일까? 불면의 밤을 보냈다는 뜻? 정성이 지극하다는 뜻? 약속이 슬픔으로 희석된다는 뜻? 언약은 사라지고 결별만이 남는다는 가련한 생각? 착잡한 생각이 밀려드니 떠나는 선생님도 끝내 등을 보이고 울음을 삼킨다. 오늘 이렇게 울음을 나누며 이별의 의식에 참여했으니 우리는 헤어지지 않고 언제든 또 만날 수 있을 것 같다. 그래도 이별은 슬픈 것. 몸과 마음이 부서지며 책상에 얼굴을 파묻는다. "가지 마세요 우릴 구해 주세요"라는 외침이 터져 나온다. 그러나 누가 누구를 구한단 말인가? 저 교생 선생도 학교로 돌아가면 선후배에게 시달리고 교수에게 아부해야 하는 한낱 갑남을녀인 것을. 그의 시에 나오는, 여자 친구 앞에서 찔찔 짜는 찌질이 남자 친구인 것을. 세상은 냉엄한 것이다.

그래도 철없는 여학생들은 순간의 감정에 도취되어 슬픔이 위안이 된다는 듯 허전함에 몸부림친다. 흰색 바통을 놓친 주자처럼, 당밀차를 마룻바닥에 쏟은 아이처럼. 그들은 누구인가? 사실은 약이 오른 두 개의 가슴을 캐시미어 스웨터 안에 감춘, 그것도 그 안의 비로드 안감에 보드랍게 감춘 청운의 여학생들이다. 운동장 스무 바퀴를 돌면 그들의 우윳빛 가슴에 땀방울이 맺히고 사향 냄새 감돌 텐데 그런 육체의 비밀을 감추고 그들은 찌질한 대학생들과의 이별에 세상이 다 끝난 듯 서러운 울음을 보이고 있다.

대체로 이러한 서사로 풀이될 내용을 시인은 위와 같은 압축의 어구로 표현했다. 관능적인 감각 이미지가 배치되면서도 그것을 외설스럽지 않게 격조 있게 변용시킨 시인의 수법이 놀랍다. 이러한 독특한 화법으로 B급 인물들의 B급 상황을 서술했기에 시가 품격을 잃지 않고 기품을 유지하여 A급 자리에 오르게 되었다. 그야말로 "큐티 큐티 큐트//샤라랑!" 하는 "숙녀의 기분"을 유지한 것이다.

3. 상처 입은 여성 화자들

박상수의 세 번째 시집 『오늘 같이 있어』(문학동네, 2018.9.)는 연작 시집이라고 해도 좋을 만큼 유사한 화자와 화법, 주제로 이어지는 작품들이 모여 있다. 서사가 있는 작품의 경우 발화의 주체는 대부분 약세에 몰린 비정규직 여성이고, 일인칭 독백 형식 작품의 화자도 상처 입은 여성이다. 이 시들은 우리의 일상에 도사리고 있는 사회적 억압, 불평등의 모순, 성적 차별 등을 드러내고 있는데, 여성의 발성을 선택해서 그런지 거칠지 않고 친화감이 있으며 웃음으로 슬픔을 안아 주는 화해의 무드가 있다. 아픔과 슬픔의 연쇄 속에서도 손을 잡고 밤을 함께 지내려는 연대의 몸짓이 감지된다. "힘차게/정말 살 마음이 생긴 것처럼"(「살 마음」) 마음을 바꾸는 긍정의 움직임도 드러난다. 그런 의미에서 박상수의 시집 중 가장 따뜻한 시집이고, 첫 시집에 들어 있었던 「후르츠 캔디 버스」의 기운이 전편에 퍼진 작품집이라 할 수 있다.

앞의 시집에서 대학 생활을 하던 화자가 대학을 졸업하고 사회에 나가 직장 생활을 할 때 겪을 만한 이야기들이 시집에 펼쳐진다. 이전 시집의 서사가 생략과 비약이 있어서 서사의 여백을 복원하며 읽는 재미가 있었는데, 이 시집의 서사는 그보다는 평면적인 유형이 많아서 시 읽는 재미보다 서사의 의미에 비중을 두게 된다. 시의 유형은 크게 둘로 나뉜다. 행갈이가 된 서사적 구성의 작품과 하나의 단락으로 이루어진 일인칭 독백 형식의 작품으로 나뉜다. 꼭 그런 것은 아니지만, 일인칭 독백 형식의 작품은 바로 앞의 서사 작품에서 곤욕을 치른 화자가 자신의 심경을 우회적으로 토로하는 느낌을 준다. 시인은 이러한 연계성을 염두에 두고 작품의 배치에 상당히 신경을 쓴 것 같다. 맨 앞에 배치된 「외동딸」은 이후에 펼쳐질 여성 수난 서사물의 주인공이 될 여성이 천진한 상태에서 자신의 상상과 꿈을 독백하는 내용처럼 보인다.

마음, 그건 어디 있는 건가요 흔들리던 속눈썹이 나를 떠나면 가득한 처녀자리 은하단이 곁에 내려와요, 낭만적인 테이블은 달그락달그락 안부를 묻는군요 문이 열리고 거대한 문어군과 악수하죠 당신도 닫힌 성운에서 치료받는 중이군요? 함께 앉으면 어디 있는 건가요, 내 마음, 모노레일에 실려 서랍에 닿았다가 거두어지는 소리, 파산한 장난감 공장에 종일 비 내리는 소리, 별들의 연주가 리본 테이프처럼 날 감싸고 흘러요 내 마음속 오래 감추었던 광물 샘플들, 앤티크 브로치를 보여 주죠, 우주의 시간과 지구의 시간은 다르다네 랄랄라, 문어군 사라지는 노래를 들으면 멈춰 있던 케이블카가 다시 움직여요 밤의 궁전에 불이 들어와요 오늘은 여기도 별 같군요 난 왜 세계를 이렇게 떠도는 걸까요, 낮엔 햇빛을 흡수하고 밤엔 땅을 덥혀 주는 내가 되고 싶었죠.

—「외동딸」 전문

젊은 여성의 마음이 흔들리고 움직일 때 방향과 정처를 확정할 수 없다. 무시로 표류하고 떠도는 마음을 어떻게 포착할 수 있겠는가.

맑은 밤하늘에 처녀자리 은하단을 발견하면 그 신비로움에 놀란다. 여성의 상상도 그 못지않게 신비롭다. 흔들리던 속눈썹은 하늘로 오르고 은하단이 내려와 낭만적인 테이블을 펼친다. 닫힌 성운에서 치료받는 거대한 문어군과도 악수한다. 이런저런 상상의 음향과 함께 별들의 연주가 리본 테이프처럼 나를 감싸고 흐른다. 나는 마음속에 오래 감추었던 장식물을 보여 준다. 그러나 우주의 시간과 지구의 시간이 다르기 때문에 작별은 필연적이다. 우주의 상상은 막을 내리고 밤의 궁전에 불을 켜니 지구도 별처럼 빛난다. 이렇게 신비의 유영을 반복하는 이유는 무엇일까? "낮엔 햇빛을 흡수하고 밤엔 땅을 덥혀 주는 내가 되고 싶었죠"라는 말은 화자의 천진한 꿈을 대변한다. 환하고 밝고 따뜻한 존재가 되고 싶었던 것이다. 이것이 귀여운 "외동딸"로 대변되는 젊은 여성들의 꿈이다. 그러나 이 소박한 꿈은 남성 중심의 사회에서 대부분 잔인하게 짓밟힌다.

　명함 없는 미취업자로 전전긍긍하다가 간신히 학습지 교사로 취직했더니 공부하는 아이가 반항하고, 그나마 회사가 망해서 월급도 못 받고 환불금 때문에 학부모에게 시달린다. 취업 컨설팅을 들어도 자기소개서 작성에 실패한다. 간신히 취직했더니 성추행을 일삼는 과장과 부장에게 시달린다. 직장 성희롱으로 제소했더니 부장, 과장, 믿었던 선배까지 한통속이 되어 압력을 가한다. "모두가 네 눈치만 보고 있어 제발 그만하자" 이것이 선배가 "내추럴하면서도 죄책감이 담긴 목소리로" 건넨 말이다. 그래도 수긍을 안 하자 "아, 요즘 애들/정말 힘들다" 하고 종이컵에 가래침을 뱉고 가 버린다. 그다음에 배치된 일인칭 독백 시 「극야(極夜)」는 "믿어지니? 아무도 미워하지 않고 하루가 지나갔다는 것"으로 시작해서 긴 사색 끝에 "나라는 집으로 드나들던 모든 나쁜 영혼이 다 떠나 버리기를" 소망한다. 다시 천진한 여성성을 회복하여 테이블 위에 "막 사 온 카레빵과 병 우유 하나" 올려놓는 장면을 생각한다. 그의 명상은 "텅텅 라디에이터에 따뜻한 김이 차고 있어"로 마무리된다. 밝고 따뜻한 내일에 대한 희망을 포기하지 않는 것이다.

그러나 현실은 야박해서 한 친구는 애인에게 얻어맞고 갈비뼈에 금이 갔다. 응급실에 가니 가해자 애인이 울면서 잘못했다고 영원히 기다리겠다고 난리를 친다. 징징대는 그 오빠가 안 돼 보여서 어깨를 토닥였더니 녀석은 눈빛을 바꾸더니 슬쩍 이 여자의 손을 잡는다. 이런 저질의 인간 군상들에 둘러싸여 웨딩 촬영하는 언니도 정성껏 도와주고, "땜빵 어시"(「호러 2」)가 되어 연회식 사모님 사진 찍는 일도 전심을 다해 도와주고, 그러다가 간신히 취직했더니 직장의 대리가 접근해서 남산의 뷰포인트로 인도한다. 으슥한 곳에 이르자 대리는 "니가 나를, 남자로 만들어"(「오작동」)하며 손을 여자의 허벅지에 올린다. 이런 환멸의 체험 다음에 다시 다음과 같이 우울하면서도 아름다운 일인칭 독백의 시가 배치된다.

화관을 장식했던 꽃이 머리칼을 떠나고 나는 몇 방울 물방울이 될 때까지 웅크려 보기로 했다 엄마는 영 입맛이 돌아오지 않는 밥상, 홀로 상보를 덮었다 들었다 하겠지만 나는 낯선 역을 지날 때마다 기나긴 저녁이 되어 갔다 독서 등을 켜고 책장 여백에 글자들을 적고 있으면 쌓인 나뭇단 사이에서 미처 빠져나오지 못한 새의 지저귐, 열차가 바오바브나무의 거리를 가로질러 가는 동안 말 없는 눈동자 가득 뿌리내린 뱀풀들이 흔들려 손을 흔들어 주었다 나는 잠결인 듯 뒤채는 소리를 내었다 모종삽으로 잘 파묻어 주세요, 무지갯빛 엽서를 꺼내 손바닥 도장을 찍었다.

—「소풍」 전문

아름다운 상상에서 벗어나 지극히 작은 존재로 가라앉는 것을 수락한 연약한 자아의 독백이다. 입맛을 잃은 지 오래되었고 엄마는 나의 눈치를 살핀다. 낯선 역을 배회하는 꿈을 꾸고 허망한 영상들이 무의미한 손짓을 보낸다. 그러한 상실의 유랑 속에서도 화자는 모종삽으로 떨어진 꽃을 잘 파묻어 달라는 따뜻한 당부를 잊지 않는다. "무지갯빛 엽서를 꺼내 손바닥 도장을 찍"는 순정한 여성의 손길을 잃지 않는 것이다. 이 순정과 천진을 훼손하는 현실을 비판하거나 풍자하지는 않지만, 타락한 현실의 반대편에 순정한 마음을 놓음으로써 우리가 지켜야 할 것이 무엇인가를 독자 스스로 깨닫게 한다. 배반과 질투로 얼룩진 세상에서 "반성 없는 세상을 반성"(「깊은 반성」)하게 하는 자정(自淨)의 힘을 그의 시는 내장하고 있다. 이 시집의 거의 마지막을 장식하는 다음 시에 시인 박상수의 세계관이 담겨 있다.

너 고기 좋아해?

오늘 하루 두 번이나 만났는데, 그냥 헤어질 수 없었지, 이젠 내가 먼저 가겠다는 말도 못 하고…… 아메리칸 레스토랑 스타일인 줄 알았는데, 네가 갑자기 물었어 고기, 고기라……

회식하고 집에 가다 버스에서 잠든 적이 있지 깨 보니 주변엔 아무도 없고, 기사 아저씨도 없는데, 어디서 고기 냄새가 나는 거야 침샘이 폭발했지 내 옷에서 나는 냄새였어

우리는 먹었지 목살이랑, 삼겹살이랑, 계속 가져다 먹었어 먹자골목
에서 네가 찍은 집, 구두 벗고 들어가기 싫다니까 깔깔깔 네가 하이파
이브를 해 줬지

신을 벗으면 고기랑 너무 멀어지잖아

불판을 여섯 번이나 갈면서, 말도 없이 먹었다 양파, 고기, 마늘, 고
기, 쌈장, 고기…… 올릴 수 있는 건 다 올려서 씹었어

들려?
응?
우리 살찌는 소리

정말이네, 털보 언니가 미소 지으며 다운 패딩 입혀 주는 느낌, 그
래, 난 좀비 언니들이 떼로 와서 기모 레깅스랑 펠트 워머를 같이 입혀
주나 봐, 무서워, 우리 얼른 먹어서 이 무서운 것들을 다 없애 버리자

둘이서 칠 인분을 먹었나 봐, 된장국에 공깃밥까지 먹으려다 그건
못했지 너는 젓가락을 덜덜 떨며 말했다 못살아, 왜 이것밖에 못 먹는
거야…… 맘대로 되는 게 하나도 없구나…… 그니까, 먹은 것보다 못
먹은 게 무한이라서 무한 리필인 건가, 나도 같이 울었어

모공들이 다 열려 버려서, 우린 기름종이를 나누어 가졌지 립밤도
다시 발랐어 그래도 한 정거장쯤은 걸을까? 미안해 얘들아, 천국에 못

간 돼지들, 걔네들이 아직도 붙어 있나 봐, 밤거리를 걸었지만 숨이 차서, 반 정거장도 못 걸었지, 포기하자 다 포기하고, 택시를 잡아타자

불빛 찬란한 밤거리
이렇게 달릴 때가 제일 빛나지
다들 걸어가는데 우리만 달려가니까
우리만 앞으로 나가는 것 같으니까

연두부처럼 맘이 풀려서는 내가 물었어

무슨 생각해?
음, 구역질 나게 배부르고, ……멍해서, 좋다는 생각

멍한 것 뒤에는 더 멍한 게 있을까 아님 아무것도 없는 걸까, 뭐가 더 좋은 걸까? 우리는 계속 달렸지 입을 벌리고 차창 바람을 먹으며, 에코처럼, 네가 물었어

넌 무슨 생각 하는데?
아까 남긴 고기 생각

내릴 때가 되니까 네가 붙어 앉았지, 길게, 한숨을 내쉬고는 뭐라고 속삭였어 분홍색 면봉이 귓바퀴를 들락날락, 근데 무슨 말인지 안 들리잖아, 내 손을 잡고, 빤히 보면서, 네 입술이 움직였지

가지 마

오늘

같이 있자.

—「무한 리필」전문

　가난한 연인들이다. 그러나 순진하고 다정한 연인들이다. 서사의 단절도 없고 비약도 없고 생략도 없다. 순진한 연인들의 대화와 동작만 있다. 말투를 보아서는 동성(同性)의 연인 같기도 하다. 하루 두 번 만날 정도로 열이 달았는데, 만난 지는 얼마 되지 않은 것 같다. 아메리칸 레스토랑 스타일인 줄 알았는데 뜻밖에 무한 리필 고깃집을 정하다니. 보기와 달리 소탈한 면이 있는 것이다. 주머니가 넉넉하지 않으니 돼지고기 리필 집으로 갔다. 먹기 시작하니 먹성이건 식성이건 궁합이 맞는다. 신나게 달리는 택시를 타고 앞으로 빛나게 달리니 모든 것이 만족스럽다. 식후의 포만감에 둘이 함께 있다는 안온함까지 두 사람의 마음을 부드럽게 녹인다. "에코처럼, 네가 물었어"라는 것은 에코처럼 두 사람의 마음이 반향을 일으키기를 바라는 뜻이 담겨 있다. 그러나 무슨 생각을 하느냐는 벗의 물음에 엉뚱하게 "아까 남긴 고기 생각"을 한다고 대답하니 이렇게 맹탕인 사람이 있는가? 어쩔 수 없이 상대방이 붙어 앉으며 결심한 듯 한숨을 내쉬고 속삭인다. 그러나 너무 작아 들리지 않는다. 다시 "손을 잡고, 빤히 보면서" 입술을 움직인다. 오늘 같이 있자고. 포만의 식사로 동질감을 얻은 연인은 용기를 내어 사랑의 프러포즈를 한 것이다. 하루 두 번 아니라 그 이상을 만났어도 이심동체가 된 포만의 식사가 없었다면 이러한 사랑의 고백은 나올 수 없었을 것이다.

　순진한 연인의 수줍은 고백의 장면은 웃음과 믿음을 한꺼번에 준다. 이런 사람들이 있으면 우리의 앞날이 환하고 따뜻할 것 같다는 신뢰의 전망을 제공한다. 이 시집에 가득 담긴 여성 수난의 서사는 바로 이런 신뢰의 인간학이 우리 사회의 토대가 되어야 한다는 믿음을 전제로 한 것이다. 수난의 여성 서사에도 끝까지 잃지 않는 유머가 그 믿음의 징표다. 직위를 이용하여 어두운 곳에서 허벅지에 손을 올려놓는 대리에게 "날 얼만큼 사랑하는데요?"라고 묻자 "뭐라도/생각해야 할 것이 있는 것처럼"(「오작동」) 얼굴이 움찔해지는 장면에 담긴 유머가 인간에 대한 신뢰를 우러나게 한다. 박상수는 그런 믿음과 각성을 심어 주는 시인이다.

사물의 무관성과 모순의 삶
—하재연

1. 사물의 무관성

1975년 서울에서 태어난 하재연은 2002년에 『문학과 사회』로 등단하고 2006년에 첫 시집 『라디오 데이즈』(문학과지성사, 2006.12.)를 냈다. 비슷한 시기에 시집을 낸 이근화의 시처럼 그의 시도 냉담의 어법을 취하는데, 인간사의 희로애락에 관심 없는 듯한 태도를 취하는 것이 이근화와 다르다. 첫 시집의 해설을 쓴 이광호는 "초연성(超然性)의 시 쓰기"라는 제목으로 하재연 시의 특징을 설명했다. '상관없이', '무관하게'라는 단절과 해체의 표현이 "하재연 시의 구성 원리를 함축적으로 드러낸다"라고 정리했다. 하재연 시가, "사물과 사물들의 무관성, 순간과 순간들의 무관성"에 주목하고 있음을 지적한 것이다. 이광호는 이것을 서정시의 습성에서 벗어나 현대성을 실현하려는 시인의 작법으로 보았다. 이러한 특성과 작법은 시집 권두에 놓인 다음 시에 뚜렷이 나타난다.

그림자들이 여러 개의 색깔로 물든다
자전거와 은빛 바퀴들이 어둠 속으로 굴러간다

엄마가 아이의 이름을 길게 부른다
누가 벤치 옆에
작은 인형을 두고 갔다

시계탑 위로 후드득 날아오르는 비둘기
공기가
짧게 흔들린다

벤치, 공원, 저녁과는 상관없이

—「휘파람」 전문

　　김종삼의 짧은 시 한 편을 읽는 느낌을 주는 이 시가 김종삼과 구별되는 것은 풍경의 배면에 비애의 음영이 보이지 않는다는 점 때문이다. 물론 이 텅 빈 풍경의 그늘에서 아픔이나 슬픔을 읽는 예민한 독자도 있을 것이다. 슬픔의 기미는 움직이는 형상 뒤에 남아 있는 정지의 형상에서 발생한다. 이것은 일견 김종삼의 시와 유사해 보인다. 그러나 김종삼의 시에는 밝음의 형상 다음에 아픔이나 슬픔을 유인하는 부정적 어사가 등장하는 경우가 많다. "그 아이는/얼마 못 가서 죽을 아이라고"(「그리운 안니·로·리」), "이곳도 전쟁이 스치어 갔으리라"(「서시」), "장난감 같은/뾰죽집 언덕에//자줏빛 그늘이 와/앉았다"(「뾰죽집」) 같은 예가 그것이다. 하재연은 그러한 감정의 빌미를 거의 드러내지 않고 냉담의 어조를 유지한다.

김종삼의 시처럼 이 시도 명암(明暗)의 교차와 동정(動靜)의 교차가 중요한 역할을 한다. "그림자"와 "색깔", "은빛 바퀴"와 "어둠", '아이의 이름을 길게 부르는 소리'와 '두고 간 작은 인형', "날아오르는 비둘기"와 '흔들리다 멈춘 공기' 등은 명암이나 동정의 대조를 보인다. 각각의 형상들이 움직임을 보이지만 종국에는 정지로 귀결된다. 그것은 하루가 저무는 저녁의 속성이자 세상 모든 움직임의 운명이기도 하다. 모든 움직임은 언젠가 끝나게 되어 있다. 그러나 시인은 이 짧은 저녁의 시간 동안 움직임이 지속되는 것처럼 서술했다. 이것이야말로 하재연의 전략이다. "누가 벤치 옆에/작은 인형을 두고 갔다"라는 시행은 언젠가는 누군가가 와서 그 인형을 주워 갈 것임을 암시하는 듯하다. 움직이는 것은 언젠가 멈추지만 멈춤에도 불구하고 다시 움직임이 일어나고 또 다른 움직임이 연속될 것이라는 점을 암시하는 듯하다. 마지막 시행 "벤치, 공원, 저녁과는 상관없이"는 앞에 제시한 세 유형의 움직임이 공간이나 시간과 무관하게 전개되고 있음을 의미한다. 그야말로 "사물과 사물들의 무관성, 순간과 순간들의 무관성"을 제시한 것 같다. 그러나 좀 더 깊이 생각하면 이런 시공간의 제약과는 무관하게 우주의 현상들이 그들의 작동 원리에 따라 계속해서 동작해 갈 것이라는 점을 언급한 것 같기도 하다. 그렇게 되면 이 시는 서로 다른 감각의 형상들이 서로 다른 구성 원리에 의해 작동하는 우주의 속성을 명상한 시로도 읽힌다. 그만큼 해석과 연상의 진폭이 크다.

그 어떤 경우로 읽든 시를 끝맺는 자리에 "벤치, 공원, 저녁과는 상관없이"라는 단정적 수식어를 배치한 것은 상상의 자유를 억제한다. 순간의 명멸과 무의미한 소실을 암시하는 "휘파람"이라는 함축적 어구를 제목으로 배치한 것은 상찬할 일이지만 마치 시의 문맥을 요약하듯이 단정적 어사를 설정한 것은 시상의 상상적 확대를 제한한다. 이 한 편의 시에 하재연 시의 가능성과 문제점이 모두 담겨 있다고 할 수 있다. 다음과 같은 대목은 그의 상상력과 화법이 어떤 유형화의 과정을 밟고 있다는 느낌을 준다.

　　내 투명해진 눈동자를 넘어 그를 본다 나는 아마도 조금 전의 그를
　보고 있었던 것이다 조금 후에도 그는 사라지지 않는다 그러므로 나는
　확실한 그를 보고 있었던 것일까?

―「거품」 부분

존재의 확실성에 대해 자문하는 내용의 시를 끝맺는 대목인데 관찰 대상인 '그'의 다면적인 양상을 자신의 명상에 토대를 두고 정리했다. 존재 탐구의 진지성을 부각하기는 하지만 서정의 감도는 그리 높지 않다. 「나비 효과」 같은 경우도 장마철에 폭우에 휩쓸려 지붕 위에 올라간 돼지들과 호랑나비가 나는 장면을 병치하다가 다음과 같은 시행으로 끝난다.

　돼지의 여름과 무관하게
　호랑나비의 여름과 무관하게

　새가 아파트 103동과 105동 사이로
　조용히 날아간다
　하늘에는 새의 곡선이 남아 있지 않다

―「나비 효과」 부분

앞의 두 시행은 「휘파람」의 마지막 시행과 유사한 발상이다. 마지막 세 행은 존재의 무관함을 보강하는 역할을 한다. 구체적인 사실을 끌어와서 존재의 무관함이 일상의 차원에서도 충분히 감지될 수 있음을 보여 주려 했다. 그런데 그 가시적인 형상은 앞에 나온 "무관하게"라는 말 때문에 유사한 내용의 반복이라는 느낌을 준다. 하재연은 이런 관념적인 주제보다 일정한 상황 속에 전개되는 인간의 동작을 점묘하는 데 뛰어난 재능을 보인다. 인간사의 회로애락에 무연한 태도를 보이지만 감정의 세부를 정밀하게 들여다보고 감정에 얽매이지 않으면서 생의 단면을 묘파하는 데 그의 장기가 발휘되고 있음을 확인할 수 있다.

모자를 벗고
지팡이를 세우면
작은 키에 하얀 얼굴이 나오네.

딱 한 번 했던 사랑 고백 때,
소녀는 웃어 버렸지.
열기구를 탄 것같이,
지면이 점점 멀어져서
속으로 엄마를 불렀어.

코끼리들이 자꾸 부스럼이 나면
마음이 좋지가 않다.
머리를 땋아 돌돌 말아 올리며
거울은 동그란 거울이 좋아,

라고 속삭여 보지.

그물 위에서 바라본
무지개색 천장은 어디서나 멀다.
가시 달린 덩굴장미 래그타임이 울리면
불꽃에 새빨갛게 단도를 달구자.

세계지도를 한 장 두 장 모아
나를 데리러 오라고
편지를 쓰네.
금요일의 뒷면은 상파울루야.

브이 자를 하고 사진을 찍는다.
한 방울의 눈물은 빨리 마르고
빨랫줄의 타이즈도 금방 마르지.
사바나의 선인장처럼 날씨가 좋지.

—「서커스」 전문

두 번째 시집에도 같은 제목의 시가 두 편이나 있음을 볼 때 그는
서커스라는 제재에 관심이 많은 것 같다. 세계를 살아가는 것이 서
커스 같고 혼란스러운 삶을 살아가는 사람들이 곡예사 같다는 생각
을 했을 것이다. 곡예사와 자신과의 동일감이 없었다면 위와 같은
시가 나오기 힘들었을 것이다. 그만큼 이 시는 평범한 진술이나 관
념의 노출을 자제하고 함축적인 화법으로 대상의 점묘에 집중했다.
"모자를 벗고/지팡이를 세우면/작은 키에 하얀 얼굴이 나오네"라고

시작하여 관찰의 대상인 화자가 곡마단의 곡예사임을 나타냈다. 그리고 화자가 남성임을 다음 연에서 암시했다. 사랑의 고백을 외면한 소녀에 대한 부끄러움으로 얼굴이 붉어지고 정신이 혼미해진 것을 "열기구를 탄 것같이,/지면이 점점 멀어져서"라고 표현해서 서커스의 상황과 연결 지은 점이 적실하다. 그리고 자신이 없거나 난처할 때 엄마를 부르는 것은 누구나 마찬가지지만, 서커스에서 성장하고 훈련받은 처지를 생각하면 고아의 입장에서 엄마를 불렀다는 사실이 연민의 정을 일으킨다.

　나이가 어린 곡예사라서 코끼리를 돌보는 일도 맡았을 것이다. 여자아이처럼 머리를 기르고 거울을 보며 즐거워하는 모습도 그려 넣었다. 묘기를 부리는 곡예사를 돕기 위해 신호 반주에 맞추어 불꽃에 단도를 달구는 일도 삽입했다. 요컨대 서커스에서 활동하는 소년 곡예사의 정황을 다양한 자료를 동원하여 충분한 리얼리티를 가지고 재구성해 낸 것이다. 이러한 시인의 능력은 충분히 상찬받아 마땅하다. 판에 박힌 듯 되풀이되는 유랑 생활 속에 소년은 어디론가 탈출하고 싶고 누군가의 구원을 받고 싶다. 그래서 세계지도를 보고 자신을 데리러 오라는 편지를 쓴다고 했다. 한 번도 가 본 적 없는 지역의 사람에게 구원의 편지를 쓴다는 것부터가 애처로운 일이다.

　세계지도를 보고 금요일에 상파울루에 관심을 보이면 토요일은 또 다른 지역에 관심을 보이게 된다. 떠돌이로 살아가는 서커스의 일원이니 어쩔 수 없는 일이다. 어느 날은 구경 온 사람들과 승리의 브이 자를 그리며 사진을 찍는다. 잠깐 웃는 모습을 보이지만 그에게 구원은 없다. 자신에게 맞는 묘기를 찾아 훈련을 거듭하며 성장할 뿐이다. 그러한 생활을 지속하려면 비애에 오래 머물러서는 안 된다. 눈물은 빨리 마를수록 좋고 빨아 놓은 타이즈도 빨리 마를수록 좋다. 날씨가 좋아야 옷이 잘 마르고 날씨가 좋아야 손님들도 많이 온다.

"사바나의 선인장"은 왜 들어간 것일까? 선인장은 사바나 기후에서 자생하는데 건조해도 잘 자라고 생명력이 강하다. 물이 없어도 잘 자라는 선인장처럼 자신도 누구의 보살핌도 받지 않고 성장해 갈 것임을 암시했다. 살아 있는 한 인간에게 관심을 보이며 생활의 축도를 그려 냈다. 겉보기에 무관한 사물과 상황의 연속 속에서 유관한 인간의 삶을 서사적으로 구현했다는 점이 특징적이다. 그러나 무관성의 드러냄은 하나의 전략일 뿐 시가 무관성의 지속으로 창작될 수는 없다. 무관의 포즈를 특색으로 내세운 것은 자신의 작법을 새롭게 드러내려는 의도일 뿐 시 창작의 전 과정을 사물의 무관함으로 채우기는 어려운 일이다.

2. 나와 무관한 나

두 번째 시집 『세계의 모든 해변처럼』(문학과지성사, 2012.1.)에서도 하재연은 냉담과 무관심의 시학을 지속한다. 그는 존재의 무관함 속에 자신의 존재를 확인하려는 시도를 끊임없이 벌인다. 그의 중요한 시적 관심은 자신의 존재 확인이다. 그만큼 자신의 울타리 내에서 자아에 몰두한다. 세계는 아직 그의 사유로 진입하지 못한다. 그만큼 그의 사유는 내성적이고 그런 의미에서 시적인 울림을 갖는다.

「손톱 이야기」에서 손바닥과 손톱을 중심으로 사유를 펼친다. 손바닥을 부딪쳐 소리를 내지만 그 소리나 소리 나기 전후의 허공을 "나 자신도 기억하지 못할" 것이라고 말한다. 어떤 현상이 발생하는 것과 그 전후의 상황은 단절되어 있다는 생각이다. 내 손가락에서 자란 손톱도 잘려 나가면 나와 상관없는 사물이 된다. 사물과 사람도 무슨 특별한 관계로 맺어진 것이 아니라고 생각한다. 인간이 대단한 존재인 것 같지만 엄격히 말하면 지구에 기생하는 동물의 하나일 뿐이다. 지구의 기생 동물로 태어나 지금까지 살아오면서 지구에 오기 전 "우주 한편에서 떠돌고 있을/내 기억들"(「기생 동물」)을 떠올릴 수 있을까? 상상의 차원에서 그 기억을 끌어온다고 해도 "그 기억들 안에" 내가 남아 있으리라는 보장은 없다. 끊임없는 회의 속에 그의 사유는 존재 확인과 자아의 분열 사이를 맴돈다. 그의 자아 탐구는 견고한 지속성을 확보하고 있다. 이 점은 첫 시집의 시와 제목이 같은 「서커스」에서 다시 확인된다.

아무 데도 아닌 곳에서
아침은 시작된다.
아무 데도 아닌 곳으로 우리가 한 발자국 옮겨 가듯이.

나의 사랑, 나의 친구들
그리고 그들 앞에서 나는
하루에 몇 번인가
나처럼 생긴 것을 나의 힘으로 뱉어 낸다.

박수 소리를 들으며
조금씩 천천히 외로워지려고.

허공은 무엇으로 이루어져 있나
생각하지 않고
서 있는 자세에 대해 상상한다.

평형에 대하여.

한 걸음 더 나에게서

걸어 나오면서

처음이듯 당신에게 인사를 건네면

손을 벌리며 저쪽 끝을 내밀어 주는

허공으로부터

가까워진다.

—「서커스」 전문

이 시를 관통하는 기본 명제는 '인생은 서커스다'이다. 개개의 삶은 무어라 확정할 수 없는 곳에서 시작하고 그렇게 확정할 수 없는 곳에서 종료된다. 어디서 시작되어서 어디서 끝나는지 미리 알 수 있는 사람은 아무도 없다. 생의 종말은커녕 내일 어디로 가는지 알 수 있는 사람도 없다. "아무 데도 아닌 곳으로" 한 발자국씩 옮겨 가는 것이 우리의 삶이다. 곡마단의 유랑과 다름이 없고 곡예사의 내일 없는 삶과 다를 바 없다. 사랑하는 사람이 있었는지, 친구들이 있었는지 알 수 없지만, 나는 그들 앞에서 "나처럼 생긴 것을 나의 힘으로 뱉어" 내면서 살아왔다.

이 인식과 표현은 중요하다. 내가 타인에게 보여 준 나의 모습이 진짜 나의 모습인지 확정할 수 없지만 나로서는 최선을 다해 나 비슷한 것을 보여 주려고 애써 왔다. 상대방은 내 친구로 보이려고 노력했고 사랑의 대상으로 보이려고 최선을 다했을 것이다. 곡마단의 곡예사가 가면을 쓰고 연기하듯이 피에로가 얼굴에 분칠을 하고 웃음을 짓듯이 "나처럼 생긴 것을 나의 힘으로 뱉어" 내려고 노력했다. 이 구절 속에 생에 대한 중요한 발견이 있다. 하재연은 전심을 다해 이 구절을 완성했을 것이다. 나 자신이 아니라 나 비슷한 것을 애써 보여 주었다면 내가 박수를 받아도 그것은 나의 것이 아니다. 박수 소리를 들을수록 나는 "조금씩 천천히 외로워"진다. 그런 점에서 서 커스만큼 하재연의 존재 탐구의 내용을 잘 표상하는 것은 없다.

묘기를 위해 관중 앞에 선 곡예사는 허공을 생각하지 말고 자신 의 자세만을 생각해야 한다. 두려움이나 의심, 경계심은 최악의 적 이다. "평형에 대하여"만을 생각하고 "나처럼 생긴 것"을 보여 주려 고 최선을 다해야 한다. "한 걸음 더 나에게서/걸어 나오면서" 인사 를 건네는 것이 중요하다. 내가 무엇인가를 알려 하지 말고 나에게 서 걸어 나와 당신에게 인사를 건네는 것이 중요하다. 그럴 때 "손 을 벌리며 저쪽 끝을 내밀어 주는/허공으로부터/가까워진다"고 했 다. 이 기묘한 문장은 무슨 뜻일까? '허공으로부터 멀어진다'고는 말 해도 '허공으로부터 가까워진다'고는 하지 않는데, 하재연은 '멀어진 다'를 '가까워진다'고 뒤집었다. 서커스의 줄타기를 할 때 한 사람이 몸을 던지면 상대방은 손을 벌리고 잡아 다른 쪽으로 내밀어 준다. 멀어지는 듯 가까워지는 공중그네의 아찔함을 이렇게 표현했을 것 이다. 하재연은 서커스의 동작을 통해 생의 중요한 단면들을 효과적 으로 표현했다. 그런 점에서 하재연은 서커스에 대한 명상과 사유를 통해 삶의 국면에 진입했다고 말할 수 있다. 그가 인식한 삶의 단면 은 당연히 그의 중요 관심사인 존재의 문제에 연결되는데, 한쪽에서 는 희화적으로, 또 한쪽에서는 직접적으로 그것을 제시했다.

인사하는 법이 중요합니다.

개미핥기의 마음을 인정하기 위해서
딱딱한 손짓으로 코를 문질러 봐도
해삼과 멍게는 상대방의 마음을
이해할 수 없습니다.

내가 일곱 시간을 자거나 열여덟 시간을 자도
바닷속 해파리들은 이 물결에 갔다
저 물결에 왔다 흔들립니다.
재규어가 물속에서 달린다면
털이 빛나고 아름답겠지만,
그건 기상관측소의 사정과는 다른 이야기지요.

눈 녹는 아이스크림이나 얼음과자 샤베트로
취향을 존중할 수 있다면 좋은 일입니다.
아주 작은 고민거리를 가진 생물들이 모여서
하나의 나라를 건설하는 상상을 합니다.
얼음집에서 털모자가 살듯이
돌고래가 도넛을 먹듯이

세계에는 마흔일곱 가지 계절이 있어서
우주인도 말미잘처럼 낮잠을 잘 수 있다면
그건 좋은 일일까요?
정말 아무렇지도 않게 배가 고파진다면요?
그러니 언제나 인사하는 법은 중요하고
내일의 날씨는 오늘의 구름과 상관없습니다.

"지구의 뒷면"을 소개하는 이 시에 등장하는 개미핥기, 해삼, 멍게, 말미잘, 해파리 등은 지구에 살고 있는 개별자들이다. 인사한다든가 상대방의 마음을 이해한다든가 하는 말이 이 시에 나오니 서로 다른 인간들을 지칭한다고 보면 무방할 것이다. 상대방을 만나서 인사를 건네지만 그런다고 상대방의 마음을 이해하는 것은 아니다. 개미핥기, 해삼, 멍게가 어떻게 상대방의 마음을 알겠는가? 생태가 다르고 행동이 다르니 각기 다른 삶을 살 뿐이다. 어떻게 보면 "이해"라는 단어가 성립되지 않는 세계에 살고 있는지 모른다. 그런 불통의 세계에 살면서도 우리는 매일 인사를 한다. 상대방이 개미핥기인지 해삼, 멍게인지 사실 잘 모르기 때문이다. 인사를 하건 안 하건 시간은 흐르고 누군가가 잠을 몇 시간을 자든 세상은 관심이 없고, 바닷속 해파리는 자신의 세계에서 물결에 흔들리면서 자신의 삶을 살아간다.

정글에서 쾌속의 질주를 자랑하는 재규어가 물속에서 달린다면 주위의 시선을 끌 만하지만, 그런 일은 일어나지 않는다. 그래서 세상은 답답하고 따분하다. 재규어도 물속을 달리고 돌고래도 사람처럼 도넛을 먹어야 세상이 새롭게 보이지 않을까. 상대방의 마음을 이해하고 서로의 취향을 존중하면서 산다면 좋은 일이지만, 그 범상한 좋은 일이 지구의 이편에서 일어나지 않는다. 엉뚱한 일도 일어나지 않지만 상식에 맞는 일도 일어나지 않는 것이다. 그래서 시인은 일어날 수 없는 엉뚱한 일이 일어나는 지구의 뒷면을 상상했다. 우리의 현실은 인사가 통하지 않고 취향이 무시되고 오늘과 내일이 무관하게 돌아간다. 그래서 시인은 "아주 작은 고민거리를 가진 생물들이 모여서/하나의 나라를 건설하는 상상"을 했고, 그것을 "지구의 뒷면"이라고 명명했다. 소통이 단절된 개별적 존재들에게 현실적으로 접속 불가능한 대상이 연결되는 희화적인 상상의 나라를 소개한 것이다.

어제는 당신을 만났고
오늘은 당신을 만나지 못했다
그러므로 나는
내일까지 이곳에서 살아 있을 것이다
햇빛이 이렇게 맑다
많은 사람들이 죽었다
한 친구는 자살을 했다
장례식에서 우리는 십 년 만에 만나
소풍을 떠나는 꿈을 꾼다
기차를, 기차를 타고
내년 겨울 우리는 모두 다른 나라에서
어떤 나라의 겨울은 또 다른 나라의 겨울과
어떻게 다른지
눈이 녹고 나면 강물은 더 차가워지는지
떨어진 벚꽃의 분홍은 어디로 갔는지
나는 쭈글쭈글한 아기를 낳고
그 조그만 아기를 업고서
시장을 볼 것이다
몇 개의 봉지를 들고 거리에서 만나
우리는 모든 걸 감추거나

모든 걸 드러낸다

햇빛이 이렇게 눈부셔서

웃는지 우는지 모르는 표정으로

친구들은 빅토리를 그리며 사진을 찍을 것이다

당신도 다른 나라에서 돌아와

흰 셔츠와 검은 셔츠를 입고

하객이거나 문상객이 될 것이다

그러므로 나는 견딜 수 있을 만큼

조금씩 살아간다

—「로맨티스트」 전문

의미의 해석은 뒤로하고 무관함의 맥락에서 이 시를 먼저 읽어 보겠다. 어제 당신을 만난 것과 오늘 당신을 만나지 못한 것은 아무 관계가 없다. 무관한 두 개의 상황을 병치한 다음 "그러므로 나는/내일까지 이곳에서 살아 있을 것이다"라고 말한다. 오늘 당신을 만나지 못한 것과 내가 내일까지 사는 것 또한 아무 관계가 없다. 그런데 시인은 "그러므로"라는 접속어를 붙여 두 사항이 인과 관계에 있는 것처럼 서술했다. 엉뚱한 인과의 맥락을 가져와 현실의 무관성을 강조하는 방법이다. 햇빛이 맑은 것과 많은 사람들이 죽은 것도 아무 관련이 없다. 많은 사람들이 죽어 가는 과정에, 한 친구가 자살을 한 것은 있을 수 있는 일이다. 인과적 관계는 아니지만 일어날 수는 있는 일이다. 평소 만나지 못하다가 십 년 만에 장례식에서 만나 소풍을 떠나는 꿈을 꾼다는 것은 매우 엉뚱하다. 이것은 무관함의 차원을 넘어서서 일어날 수 없는 일이다. 친구의 장례식에서 왜 소풍을 떠나는 꿈을 꾸겠는가. 더군다나 그 꿈은 모두 기차를 타고 다른 나라로 가서 다른 겨울을 맞이하고 아기를 낳고 새로운 삶을 살아가는 것이다. 그러나 이 기이한 꿈의 세계는 상황은 낯설지만 내용은 현실처럼 친숙하게 느껴진다. 그 세계에서도 친구들은 오랜만에 만나 "빅토리를 그리며 사진을 찍"고 "하객이거나 문상객이" 되어 그럭저럭 살아갈 것이라고 했다.

후반부 다른 나라에서의 삶은 현실의 무의미하고 무관계한 삶을 그대로 반영한다. "눈이 녹고 나면 강물은 더 차가워지는지"는 실감할 수 없는 국면이지만 "떨어진 벚꽃의 분홍은 어디로 갔는지"는 매우 매혹적인 상상이다. 일상의 환경에서 만난 우리가 "모든 걸 감추거나/모든 걸 드러낸다"는 설정은 현재의 우리 모습 그대로다. "웃는지 우는지 모르는 표정으로" 사진을 찍고, "당신도 다른 나라에서 돌아와/흰 셔츠와 검은 셔츠를 입고/하객이거나 문상객이" 된다는 설정도 우리의 현실 그대로다. 결정적으로 마지막 시행 "그러므로 나는 견딜 수 있을 만큼/조금씩 살아간다"는 시인의 현재 삶을 그대로 진술한 것이다. 여기서 꿈은 현실로 전환된다.

삶과 죽음의 교차 속에서 무의미와 무관계로 이어지는 냉혹한 현실을 견딜 수 있을 만큼 견디며 조금씩 앞으로 나아가는 것이 하재연의 삶이자 하재연이 인식한 인간의 삶이다. 현실의 냉혹함을 냉정하게 인식한 것이다. 무미건조하고 삭막한 삶의 국면을 하재연은 아무것도 아니라는 듯 평범하게 진술했다. 무엇이 참혹인지 모르는 상태에서 조금씩 살아가는 그것이 우리의 일상적 삶이기 때문에 그러했을 것이다. 그러므로 비극은 참혹이 참혹인지 모르고 살고 있는 우리의 현실, 무의미와 무관계가 얼마나 비인간적인 정황인지 모르고 살고 있는 우리의 무감각에 있다. 하재연은 예리한 촉수로 우리의 치부를 건드리면서 그 내용을 아무렇지 않은 듯 평범한 진술로 드러냈다. 여기에 하재연 시의 묘미가 있다.

3. 모순이 가득한 암울한 삶

세 번째 시집 『우주적인 안녕』(문학과지성사, 2019.4.)은 시인의 발성
이 더 뚜렷해지고 활발해졌다. 그만큼 시적 암시성은 후면으로 밀려
났다. 그런데 묘한 것은 이 시에 동일한 제목의 「양양」이라는 시가
세 편이 있는데, 그 세 편이 죽음에 관한 서사를 포함하고 있고 의도
적인 모호함을 공통으로 지니고 있다는 점이다. 이것은 시집에 수록
된 다수 시편의 의미의 전경화, 암시성의 후경화와 대비된다.

그는 「시인의 말」에 이런 문장을 배치했다. "말해 본 적 없는 이야
기들에 물음표를 그리며/사라지는 아이와/다 듣지 못한 말들을 등
에 포개고 멀어지던/어머니의 뒷모습에/이 시들을 둔다./따라가는
발자국처럼." 이 어구의 뜻을 간단히 바꾸어 말하면 사라지는 아이
와 멀어지던 어머니 뒷모습을 따라가는 심정으로 시를 썼다는 것이
다. 사라져 가는 것을 따라가면서 그것을 붙잡기 위한 안타까움으로
시를 썼다니 그전과 다른 태도다. 시집 표지 4면에 남긴 시 형식의
글은 오히려 더 시적이다. 그 글에 담긴 "당신이 내 이름을 부르고
나와 단 한 번 마주치고/문 뒤로 사라져 간 것처럼" "나는 빙하의 바
다 위에 떨어지는 한 눈송이와 같이 희박해진다"라는 구절이 마음에
남는다. 여기에도 사라짐의 의미가 있다. 당신이 나와 단 한 번 마주
치고 사라져 갔고, 나는 빙하의 바다에 떨어지는 눈송이처럼 사라질
것이라는 뜻이다. 무의미한 소실이 시인의 마음 중심에 있고 그것
을 넘어서려는 안간힘이 시 쓰기의 동력이었다는 점을 고백한 것이
다. 이 점을 염두에 두고 세 편의 「양양」 시편을 읽으면 모호한 구절
이 이해가 된다. 세 편의 「양양」 시편은 모두 죽음과 관련되어 있는

데 그중 다음 시의 서사 구조가 비교적 뚜렷하다.

열 마리 모래무지를 담아 두었는데
바다로 돌려보낼 때
배를 드러낸 채 헤엄치지 못했다고 했다

집에 와 찾아보니
모래무지는 민물고기라고 했다

누군가의 생일이라 쏘아 올린 십 연발 축포는
일곱 발만 터져 행운인지 불행인지 모르겠다고

노란 눈이 예뻤는데

물고기는 눈을 감지 못하니까
죽어서도 눈을 감지 못한다고 했다

—「양양」 전문

또 한편의 「양양」에는 "아이의 그넷줄에 목을 매단 친구"의 죽음
과 유성의 떨어짐이 병치되고, 다른 한편의 「양양」에는 낚시 중에 잡
힌 해마의 죽음이 제시된다. 이 세 편에는 생물의 죽음에 대한 연민
이 담겨 있다. 그중 위 시의 죽음이 다소 구체적이다. "양양"이라는
제목은 바다와 관련된 내용이 나오는 것으로 보아 강원도의 양양을
가리키는 것 같다. 열 마리 모래무지를 담아 두었다가 바다로 돌려
보내려 했는데 바다에 놓아주자 배를 드러낸 채 헤엄치지 못하고 죽

었다. 알고 보니 모래무지가 민물고기여서 방생에 실패한 것이다. 이것은 의도와는 달리 모래무지를 죽게 한 것이니 매우 씁쓸한 경험이다. 인생에는 이런 무지에서 오는 실패가 비일비재하다. 그리고 우리의 삶은 그런 모순으로 가득 차 있다.

다음에 제시된 십 연발 생일 축포 얘기는 모래무지와 별 관련이 없어 보이는데 양양 해변에서 있었던 일이라 삽입한 것 같다. 십 연발 축포를 쏘아 올려 일곱 발이 터졌는데 행운인지 불행인지 모르겠다고 했다. 일곱이라는 숫자가 럭키 세븐을 연상시켰던 것 같다. 모래무지 열 마리는 다 죽었는데 그것에 대해서는 별 관심이 없고 십 연발 축포 중 일곱 발 터진 것을 가지고 행, 불행을 따지는 것이 우리의 삶이다. 우리의 삶은 그만큼 실리적이고 자기중심적이다. 화자는 십 연발 축포보다 노란 눈이 예뻤던 모래무지에 관심이 있다. 의도적인 것은 아니지만 생물을 죽였다는 사실에 죄책감을 갖는다.

상대방은 뭐 그런 것에 신경 쓰냐는 듯 물고기의 죽은 모습에 대해 이야기한다. "물고기는 눈을 감지 못하니까/죽어서도 눈을 감지 못한다고 했다"라는 구절은 두 가지 의미를 전달한다. 상대방은 물고기는 죽었어도 산 것처럼 눈을 뜨고 있더라는 의미로 말했을 것이다. 그러나 이 말을 들은 화자는 죽어서도 눈을 감지 못한 물고기의 불행한 죽음에 더 애상을 느꼈을 것이다. 동일한 사실에 대해서도 우리는 서로 다른 느낌을 갖고 다른 반응을 보인다. 어떤 것이 행이고 불행인지 알 수 없다는 점도 마찬가지다.

시인은 "무한과 무한의 사이에 찍힌 하나의 점과 같은 우리"(「스피릿과 오퍼튜니티」), "고통을 통해 이곳에 떨어졌으니,/고통에 속해서만 지상의 바깥으로 돌아갈 수 있으리"(「평균율」) 같은 단정적인 언술을 피하고 우회적인 방식으로 삶의 단면을 제시했다. 이것이 세 편의

양양 시편이 가진 공통의 전략이다. 단정적인 직접적 언술에 대한
안티테제로 이 세 편의 시를 배치한 것이 아닌가 하는 생각이 든다.
아래 인용한 작품도 시적인 방식으로 시인의 의식을 압축하고 있는
예로 천거할 만하다. 최소한의 필수적인 언어로 수미일관한 비유의
맵시를 거느리고 긴밀한 짜임을 이루었다.

> 발생하지 않는 사물들에 뿌리를 내린
> 극미량의 이끼처럼
>
> 격렬하게 죽어 가는 삶의 내면의 고요함
>
> 밤으로 이루어진 숲속에서
> 지워지며 생겨나는 하나의 검은 나무의 윤곽
>
> 영원히 내리지 않을
> 4월의 눈
>
> 썩은 열매들의 냄새를 맡고 나는
> 내가 기입되지 않은 내 꿈의 지도에 도착하였다
>
> ―「최소한의 숲」 전문

어떻게 보면 이 시는 이 시집에 수록된 시편들의 성격과 주제를
압축해 놓은 작품이라 할 만하다. 그런 의미에서 제목 "최소한의 숲"
은 우리 삶의 축도라는 의미를 담고 있는 듯하다. 극미량의 이끼가
"발생하지 않는 사물들에 뿌리"를 내리고 있다는 것은 어떤 상황을

말한 것일까? 이끼는 바위나 고목의 표면에 작은 뿌리를 내리고 살아가는 식물이다. 그러니 아무리 극미량의 이끼라 해도 "발생하지 않는 사물들"에 뿌리를 내릴 수는 없다. 이것은 시인이 인간을 그런 부조리한 상황에 서식하는 모순된 존재로 파악했기 때문에 나올 수 있는 발상이다.

그다음에 나오는 "격렬하게 죽어 가는 삶의 내면의 고요함"이라는 구절이 시인이 지닌 존재 의식을 단적으로 드러낸다. 삶이란 생동하는 에너지를 분출하는 작업이 아니라 "격렬하게 죽어 가는" 과정이라는 것이다. 그러니 그 내면은 고요할 수밖에 없다. "밤으로 이루어진 숲속"도 삶의 표상에 해당한다. 숲이 밤으로 이루어져 있다면 온통 깜깜하니 숲인지 무엇인지 분간할 수 없을 것이다. 여하튼 암흑의 숲속에서 "하나의 검은 나무의 윤곽"이 지워지며 생겨난다고 했다. "밤으로 이루어진 숲속"이라면 나무들도 검을 것은 자명한 일이다. 그러니 거기 떠오른 나무의 윤곽에 대해 "하나의"라는 관형어를 붙일 이유가 없다. 자신의 분신처럼 떠오른 검은 나무이기에 "하나의"라는 수식어를 붙였을 것이다. 단독자로서의 견고한 고독을 표현하고 싶었을 것이다.

"영원히 내리지 않을/4월의 눈"은 「양양」 시편에 암시된 생의 모순을 하나의 상황으로 제시한 시행이다. 4월에는 눈이 내리지 않기에 "4월의 눈"은 기대할 수 없는 상황이다. 그러니 "4월의 눈"에도 "영원히 내리지 않을"이라는 수식어가 필요 없다. 구원의 가능성도 없고 변화의 가능성도 없는 불모의 상황을 나타내기 위해 이 두 시행을 설정했을 것이다. 이런 암울한 상황에서 화자는 어딘가에 도착했다고 적었다. 도착한 곳은 "내가 기입되지 않은 내 꿈의 지도"라고 했다. 자신의 꿈을 그린 지도에 자신이 빠져 있다면 그 지도는 무의

미하다. 내가 들어갈 자리가 없는데 그 지도가 무슨 소용이 있겠는
가. 또 지도에 도착했다고 해서 그 장소에 도착했다고 말할 수는 없
다. 지도와 실제 장소는 다르기 때문이다. 더군다나 "꿈의 지도"라
했으니 지도조차 비현실적인 대상이다. 요컨대 아무 의미 없는 형식
상의 지점에 도착한 것이다. 그러니 무의미한 세상에 절망하여 다른
세계로 가려 했지만 그 시도조차가 무의미한 행위가 되고 만다. 도
착이라는 말을 쓸 수도 없는 그런 막막한 상황에 나의 행위가 놓여
있다. 발생하지 않는 사물에 뿌리를 내린 극미량의 이끼 같은 존재
가 "격렬하게 죽어 가는 삶"에 절망하여 "지워지며 생겨나는 하나의
검은 나무"의 모습으로 어딘가로 향하였으나 도착한 곳은 실체 없는
무형(無形), 무위(無爲)의 지점이다.

그 지점에 도착하는 과정에 화자는 "썩은 열매들의 냄새"를 맡았
다. 이렇게 보면 화자는 지독한 악몽의 연쇄 속에 살고 있다. 악몽의
윤회를 반복하고 있는데도 화자의 어조는 뜻밖에 어둡지 않다. 어
느 면 화자는 악몽과 거리를 두고 관망하고 있다는 느낌이 든다. 악
몽의 처절함이 느껴지지 않는 것이다. 시인은 적어도 고뇌를 가장하
거나 고통을 가식하는 태도는 보이지 않는다. 가식적으로 고뇌를 연
출하는 일은 하지 않겠다는 최소한의 정직함을 지키고 있다. 이 점
은 매우 합리적이고 희망적인 일이다. 그의 담론이 사변적이지만 화
법은 지적이고 세련되었다. 고뇌를 꾸며 내지 않는 정직함이 돋보인
다. 이것은 매우 화력 높은 연료가 될 수 있다. 그것은 그의 시처럼
견고한 믿음을 준다. 하재연은 자신의 꿈의 지도에서 새롭게 도약할
가능성을 축적한 시인이다. 우주의 천공을 뚫고 솟아날 새로운 세계
에 정다운 인사를 보내고 싶다.

냉정과 모성의 대위법
—이근화

1. 냉정한 화법의 의미

1976년 서울에서 태어난 이근화는 2004년에 『현대문학』으로 등단하고 2006년에 첫 시집 『칸트의 동물원』(민음사, 2006.4.)을 냈다. 그의 시는 초기로부터 지금까지 차분한 냉담의 자세를 유지한다. 보고 겪는 인간사의 크고 작은 일들을 이야기할 때 감정을 직접 드러내는 법이 거의 없고, 어떤 정황을 제시할 때도 이중적인 병치의 화법을 통해 간접적으로 보여 준다. 세 번째 시집 『차가운 잠』의 해설을 쓴 조강석은 "극적인 사건이나 파토스를 향한 내면의 정감이 감지되지 않는" 점에 주목하여 "표면의 절도를 유지하는 것"이 시집의 특징이라고 서술한 바 있다. 이 특징은 초기로부터 지금까지 이어져 이근화 시의 근골을 이루고 있다.

이러한 특징은 여성 시인들에게서 무의식적으로 드러나는 감정 친화 경향에 대해 스스로 저항한 결과로 해석할 수 있다. 어쩌면 그의 내면에 도사리고 있는 파토스의 혈류를 제어하기 위한 의지의 소산일 수도 있다. 왜냐하면, 뒤에서 살피겠지만, 서술의 대상이 어머니에 해당할 경우 그는 냉정의 자태에서 벗어나 정감을 진솔하게 펼쳐 내는 태도를 보이기 때문이다. 이러한 시편을 보면 그의 내면에 감정의 수로가 강하게 흐르고 있음을 감지할 수 있다. 그의 첫 시집의 「자서」는, 다른 말은 붙이지 않고, 시집에서 제외된 열두 편 작품의 제목만 나열했다. 이 특이한 형식은 문헌의 정확성을 지키기 위한 것이 아니다. 나는 여기서 삶의 작은 부분 하나까지 아끼고 배려하는 시인의 섬세하고 따스한 마음을 읽는다. 이런 점에서 이근화 시의 냉정과 절도는 그가 수립한 창작 방법론의 결과라고 이해한다.

이근화 시의 냉담은 새로운 시의 방향을 개척하기 위해 고안한 독자적인 방책이다. 21세기에 들어와서 나타난 시의 두드러진 변화는 일인칭 자아에 의존한 정서 표현으로부터의 이탈이다. 그 결과 정서 표출 주체로서의 시적 자아가 모호해지거나 다원화되었다. 시인이 자신의 정감을 직접 토로하는 기존의 형식에서 과격한 이탈의 자세를 취한 것이 21세기 시의 특징이다. 이근화의 시도 고정된 시적 자아가 등장하는 서정 형식과 상당한 거리를 두고 있다. 그러한 의식에서 도출된 냉담한 어조가 그의 시의 몸체를 이룬다. 그러면서도 그는 일반 담론과 시적 담화를 차별화하기 위한 독특한 화법을 구사한다. 그것이 병치를 통한 암시의 기법이다. 첫 시집 첫 페이지에 놓인 다음 작품에 그러한 특징이 잘 드러나 있다.

스킨헤드族이었고 샤넬의 새로운 모델이었던 그녀가 로마 가톨릭에 귀의하여 사제의 발걸음을 배울 때, 일요일의 종소리는 열두 시와 여섯 시에 한 번

나는 이 형식을 벗어나서 휴식할 수 없다

독일式 화이버를 쓴 남자는 일 초 전이나 일 초 후의 내 자리를 지
나고 휘파람을 씨익 불지만 저기 멀리 달아나는 오토바이의 시간

오토바이는 오토바이의 형식으로 달리고
모래는 모래의 날들 위에 반짝인다

누군가 목격하였다고 해도 나는 같은 형식으로 잠들고 멀지 않은 곳
에서 사제는 사제의 발걸음을 옮긴다 종소리는 열두 시와 여섯 시에
한 번

—「피의 일요일」 전문

시인이 다른 산문에서 밝혔듯이 이 시는 "시네이드 오코너에
관한 이야기를 듣고 쓴 시"이다. 그러나 시네이드 오코너(Sinead
O'Connor)의 삶을 그대로 옮긴 것은 아니고 삶의 중요한 요소를 뽑아
단편적으로 배치했다. 오코너는 아일랜드 출신의 여성 싱어송라이
터로 자신이 처한 상황에 저항하는 행동을 거침없이 보여 준 것으로
유명하다. 여성의 성 상품화를 거부한다는 뜻으로 삭발을 했고, 영
국의 아일랜드 탄압을 공개적으로 비판했다. 소수민족 차별과 걸프
전에 반대하여 그래미 상 수상을 거절했고 미국의 국가가 연주되는
공연장 입장을 거부했다. 가톨릭계의 아동 성추행 사건 은폐 및 각
종 인권 문제 회피 의혹에 대한 항의의 표시로 공연장에서 교황 요
한 바오로 2세의 사진을 찢어 버렸다. 그 연장선상에서 가톨릭에서
인정하지 않는 이단교파에 들어가 여성 사제 서임까지 받았다. 2018

년에는 이슬람교로 개종했는데, 이것은 위의 시가 발표된 이후의 일이다. 오코너가 샤넬의 모델로 활동했는지는 알 수 없으나 미인이고 유명했기 때문에 그럴 수는 있다. 그러나 그가 로마 가톨릭에 귀의하여 사제 수업을 받은 것은 아니다. 가톨릭은 여성 사제를 인정하지 않기 때문에 그럴 일은 없다. 그러니까 이 구절은 오코너의 극단적이고 도발적인 행동 양태를 변형시켜 재구성한 것이다.

첫 연은 오코너의 파격적인 변화를 보여 주었고, 셋째 연은 독일식 화이버를 쓰고 달리는 폭주족 남자의 모습을 보여 주었다. 둘 다 궤도 이탈의 행동을 보여 주는 사람들이다. 그러나 그들이 그런 전위의 행동을 보여 준다 해도 세계의 틀은 바뀌지 않는다. 지진이 일어나건 태풍이 몰아치건 세계의 형식은 변함이 없다. 세계의 불변성을 "일요일의 종소리는 열두 시와 여섯 시에 한 번"으로 상징화했다. 시네이드 오코너도 아니고 오토바이 폭주족도 아닌 시인은 당연히 이 형식에 충실할 수밖에 없다. "나는 이 형식을 벗어나서 휴식할 수 없다"는 그의 말은 그의 의식 전체를 관류하는 명제다. 그는 세계의 형식을 벗어날 수 없는데, 거기서 벗어나기 위해 끊임없이 사색한다. 그래서 그의 영육(靈肉)은 휴식을 취하지 못하고 괴로워한다. "이 형식을 벗어나서 휴식할 수 없다"는 고백에는 이 괴로움이 투영되어 있다. 형식에 안주해서 휴식을 취한다는 뜻이 아니라 그 반대의 상황을 고백한 것이다. 그가 세계의 틀에 안전하게 동화되어 있다면 이러한 시가 나오지 않았을 것이다.

시의 제목 "피의 일요일"은 세계의 폭력을 의미한다. 세계사에 기록된 피의 일요일 사건은 두 개가 있다. 하나는 1905년 1월 22일(러시아 역으로는 1월 9일) 당시 러시아의 수도 상트페테르부르크에서 일어난 노동자 대학살 사건이다. 니콜라이 황제의 초상화까지 받들고 자신들의 요구를 탄원하기 위해 평화롭게 시위하는 노동자 대열에 황제의 삼촌 블라디미르 대공이 발포를 명령해서, 당일 하루에 1,000여 명이 죽고 3,000여 명이 부상을 입은 사건이다. 또 하나는 1972년 1월 30일 영국군이 북아일랜드계 시위대를 향해 발포한 사건이다. 사망자 수는 14명으로 러시아의 사건보다는 적었으나 사망자의 절반이 십대 학생이었고 민주적 제도가 완성된 1970년대에 일어난 사건이라 파장이 컸다. 공교롭게도 두 사건이 일요일에 일어났으니 그날에도 미사를 알리는 열두 시와 여섯 시의 종소리는 변함없이 울렸을 것이다. 세계의 폭력은 그 나름의 궤도로 질주하고 인간의 죽음과 고통은 그것대로 모래 위에 기록될 뿐이다. 인간의 어떤 것을 지키려는 행위 뒤에는 이렇게 희생의 피가 흐른다. "모래는 모래의 날들 위에 반짝인다"는 구절에는 그 기록이 헛되지 않으리라는 시인의 희망이 내포되어 있다. 그러나 어떠한 파국에도 세계의 큰 틀은 변함없이 유지된다. 열두 시에 한 번, 여섯 시에 한 번 울리는 종소리의 형식은 불변의 권위를 누린다.

이처럼 이근화의 시는 유혈이 낭자한 파국의 사건도 담담하게 서술한다. 냉담이 그의 방법론이기 때문이다. 냉담의 화법은 사건이나 정황에 휘말리지 않고 사태를 바라볼 수 있는 객관적 거리를 유지케 한다. 그것은 사색의 근육을 단련시킨다. 이 화법은 시적 화자인 '나'의 존재성을 탐색할 때도 기능적으로 작동한다.

나는 나인 듯
어느 맑게 개인 날에
시금치를 삶고
북어를 찢는다

골목마다 장미가 피어나고
오후에는 차를 마신다
어느 맑은 날에는,

낮잠을 자고
어김없이 목욕을 하고
나는 또 나인 듯이
외출을 한다

나는 나에게 다 이른 것처럼
클랙슨을 울리고
정말 나인 것처럼
상스럽게 중얼거린다

국부적으로 내리는 비,
어느 날엔가 나는
머리카락을 매만지고
빗방울은 말없이 떨어진다

나는 내가 아닌 것처럼
손등을 어깨를 훔쳐본다
나는 나에게 이르러
늦은 저녁 식사를 하고,

내가 갈 수 없는 곳들의 지명을

단숨에 불러 본다

내가 나에게 이른 것처럼

마치 그런 것처럼

―「지붕 위의 식사」 전문

　여기에는 시인의 일상이 사실 그대로 펼쳐진다. 시금치를 삶고 북어를 찢는 주부의 일상이 있고, 차를 마시고 낮잠을 자고 목욕을 하는 일반인의 일상이 있다. 보통 때는 점잖지만 운전할 때는 클랙슨을 울리고 상스러운 말을 내뱉기도 한다. 일상의 국면에 충실하면서도 때로는 "내가 갈 수 없는 곳들의 지명을/단숨에 불러" 보기도 한다. 이 각각의 행위에는 "나는 나인 듯" 또는 "나는 나에게 다 이른 것처럼", "나는 내가 아닌 것처럼" 같은 단서가 붙어 있다. 이런 단서에는 '나'라는 존재의 정체를 확인하고 싶은 자아의 욕망이 투시되어 있다. 비가 내리면 비에 젖은 머리카락을 매만지기도 하고 말 없이 떨어지는 빗방울을 바라보기도 한다. 나의 행동은 비가 내리는 상황에 따라 가변적으로 변한다. 시금치를 삶고 북어를 찢고 목욕을 하고 외출을 하는 나는 일상의 차원에서 거의 자의식 없이 그러한 일을 수행한다. '나'라는 자의식 없이 일을 수행하기 때문에 그 일의 각 국면에서 '나'는 배제되어 있다. 운전을 하다가 클랙슨을 울리고 상스러운 말을 내뱉을 때 오히려 진짜 '나'가 등장한다. 그때에는 분명 '나'라는 자의식이 돌출된다. 이에 대해 시인은 "나는 나에게 다 이른 것처럼"이라는 단서를 달았다. 욕하고 화내는 내 모습이 나의 진정한 모습에 가까운 것이고, 나머지 일상의 일은 관습으로 형성된 나의 분신, 일종의 '활동 기계(activity machine)'가 자동적으로 벌이는 것일지 모른다.

그렇다면 '나'라는 존재는 어디에 있는가? 오후 늦게 소파에 누워 손등이나 어깨를 훔쳐보면 남의 것인 듯 낯설어 보일 때가 있다. 과연 누가 누구의 어깨를 보고 있는 것인가? 그런 분리의 시간이 지나면 언제 그랬냐는 듯이 평소처럼 저녁 식사를 하고 잠자리에 드는 것이 우리의 일상이다. 의식이 견고하게 작동하고 있을 때는 '나'의 영역 안에 이 모든 것이 통합되기를 원한다. 내가 갈 수 있는 곳과 없는 곳을 구분하여 갈 수 없는 곳들의 지명을 단숨에 불러 보는 것은 의식이 명철한 상태다. 그래서 그것을 "내가 나에게 이른 것처럼"이라고 표현했다. 자아 통합의 순간이다. 그러나 이런 순간은 하루에 얼마 되지 않는다. 대부분은 나를 나로 자각하지도 못하고 나의 행동을 철저하게 제어하지도 못한다. 비가 국부적으로 내리듯이 나라는 존재의 현현도 국부적으로 이루어진다.

그러면 "지붕 위의 식사"라는 제목의 뜻은 무엇일까? 식사를 지붕 위에서 하는 일은 없다. 그것은 지극히 비일상적인 일이다. 그런 이상한 일을 할 때는 오히려 자아가 팽팽하게 작동한다. 남들은 미친 짓이라고 말할지 모르지만 정확한 자기의식 하에 지붕 위에서 식사를 한다면 그것은 일상의 진부함에 도전하고 진부함을 거부하는 자기 확인의 행위일 수 있다. 식탁 위에서 식사를 할 때는 나라는 존재를 의식하지 못했는데 지붕 위에서 식사를 할 때는 내가 분명히 살아 있는 것이다. 이러한 상황의 모순을 통해 시인은 일상의 차원에서 '나'라는 존재의 실상을 점검해 본 것이다.

이처럼 이근화의 시는 어려운 시어나 표현을 쓰지 않았는데도 일상의 나른함을 전복하는 힘이 있다. 비슷한 시기에 활동하며 도발적이고 자극적인 언어의 몸부림을 보여 준 황병승이나 김민정의 시와 비교하면, 이근화의 시는 자못 얌전하다. 그러나 그의 점잖은 시의 내면에는 일상의 삶을 전도하는 상상력의 힘이 있다. 이에 대해 두 번째 시집『우리들의 진화』의 해설을 쓴 이광호는 "그의 시는 사람들을 놀라게 할 만한 자극적인 이미지와 구문의 파괴와 요설체와 장광설이 없이도 시 언어의 혁명적인 가능성을 조용히 밀고 나간다"라고 올바른 지적을 했다. 정박(正拍), 정음(正音)으로 노래하면서도 이근화의 시는 남들이 해체하지 못하는 삶의 견고한 축을 흔드는 울림을 지녔다. 조용히 밀고 나가는 이근화 시의 힘을 눈여겨볼 필요가 있다.

2. 일상을 전복하는 엔진의 힘

이근화의 두 번째 시집『우리들의 진화』(문학과지성사, 2009.6.)는 첫 시집을 낸 지 3년 만에 나왔다. 엄격히 말하면 이 시집은 "진화"라는 제목을 달고 있지만 첫 시집의 세계에서 크게 나아간 것이 없다. 이 시집에 양각으로 부각된 것은 일상적 삶의 고착성, 불변성, 불모성, 작위성, 이중성, 건조함, 지루함 등 삶의 부정적 단면들이다. 박춘근 씨, 손만원 씨 같은 활동하는 인물의 이름이 도입되는가 하면 포장마차, 원피스, 뚝섬유원지, 카스텔라, 삼겹살 같은 현실의 소재들이 시에 등장하여 일상적 기시감의 층위를 높인다.

세상이 진화하는 것 같지만 사실은 열두 시에 한 번 여섯 시에 한 번 치는 종처럼 그 틀은 바뀌지 아니한다. 삶은 지루한 양태를 반복한다. "낮과 밤을 날아서 비둘기가 다녀온 곳에서/이곳까지 마로니에"(「마로니에」)가 있는 정경은 바뀌지 않는다. 유원지를 둘러보아도 "오렌지색 방수복을 입은 사람들은 안전하고/오리는 한결같은 표정을 짓고 있다"(「뚝섬유원지」). 운동장에서 활기차게 야유회를 벌이는 것 같아도 "굴러가는 공을 따라 순서대로 넘어"(「주말여행 계획서」)지는 것이 실제 활동이다. 세상에는 "빨간색 다음에 영원히 검은색을 칠할 사람들"(「검은 무지개」)이 모여 있고 그 사람들이 세상을 운영해 간다. "개미들은 소리 없이 살아갑니다"(「옥수수밭의 진화」)라는 진단은 시인이 인식한 일상의 무기력함을 요약한다. 시인은 물론 이 늪에 머물지 않고 거기서 벗어나려 하는데, 비상이나 도약의 몸짓이 보이지 않고 일상의 틀이 반복되어 단조롭다. 그러나 시집 맨 앞에 배치된 「엔진」은 이근화 시의 특징인 간결한 도전 정신을 선언적으로 표상해 주고 있어 빛을 발한다.

살아남기 위해
우리는 피를 흘리고
귀여워지려고 해
최대한 귀엽고
무능력해지려고 해

인도와 차도를 구분하지 않고
달려 보려고 해
연통처럼 굴뚝처럼
늘어나는 감정을 위해

살아남기 위해
최대한 울어 보려고 해
우리는 젖은 얼굴을
찰싹 때리며
강해지려고 해

이 시에는 일상의 늪에 함몰되지 않고 자신만의 삶을 건설하려는 의지가 냉담하게 표현되어 있다. 저항의 의지는 "살아남기 위해/우리는 피를 흘"린다는 구절에서 명료하게 표명되는데, 다시 그것이 "귀여워지려고 해", "무능력해지려고 해"라는 부정의 의미와 결합하면서 저항의 의지를 관철하는 것이 현실에서 무척 어려운 일이라는 사실을 드러낸다. 속으로는 인도와 차도를 구분하지 않고 달리는 저돌성을 가져 보려 하지만 현실의 삶에서 그러기는 매우 힘든 일이다. 감정은 지붕 위에 솟아난 연통이나 굴뚝처럼 길게 이어지지만 행동이 감정을 따르지 않는다. 그래도 이 질주의 세상에서 살아남으려면, 울든 웃든, 귀여운 존재가 되든 무능한 존재가 되든, 무엇인가를 해야 한다. "젖은 얼굴을/찰싹 때리며/강해지려고 해"라는 마무리는 일상에서 평범한 사람이 자신의 존재성을 고양하기가 얼마나 힘든 일인가를 행동으로 보여 준다.

다음에 놓인 「소울메이트」는 "우리는 이 세계가 좋아서/골목에 서서 비를 맞는다"는 반어의 어법으로 시작한다. 화자는 비에 동화될 것을 염두에 두고 "지상으로 떨어지면서 잃어버렸던/비의 기억을 되돌려주기 위해" 비를 흠뻑 맞으며 비와 동등한 상태가 될 때까지 비의 감정을 배우려 한다. 그러나 비를 맞는다고 해서 비와 동일한 상태에 이를 수는 없다. 그것이 불가능한 것은 "우리는 이 세계가 좋아서"라는 전제의 오류에 있다. 좋아할 수 없는 세계를 좋다고 가정한 데 출발의 오류가 있었던 것이다. "외투를 입고 구두끈을 고쳐" 매는 행동은 비를 맞기에 적합한 자세가 아니다. 세계가 좋다는 그릇된 관념에서 벗어나 비를 피할 수 있는 제대로 된 정신을 가져야 한다. 수용할 수 없는 세계를 좋다고 여기며 비에 흠뻑 젖는 것이 다행이라고 생각하는 정신의 착란에서 벗어나야 한다. "골목에 서서 비의 냄새를 훔친다"는 말은 자신의 비겁함을 자인하는 태도다. 세상이 무엇이고 비가 무엇이기에 비의 냄새를 훔치는 일을 한단 말인가. 이근화는 이 시에서 반어의 어법으로 세상을 부정하는 의지를 역으로 드러내려 했다. 앞의 시에서 말한 대로, 엔진의 힘이 부족한 상태이니 얼굴을 찰싹 때려 강해지는 일이 필요하다.

그가 생활의 국면으로 내려와 자아와 세계의 관계를 성찰할 때 다음과 같은 시가 나온다. 이것은 세계 속에 살아 움직이는 존재의 위상을 드러내면서 '나'라는 존재가 어떻게 살아야 옳은가 하는 윤리의 문제를 시의 주제로 부상시킨다. 작은 것에서 새로운 의미를 발견하는 시인의 힘찬 엔진을 확인할 수 있다.

몇 개의 단추로
몸을 가릴 수 있는 건 고마운 일
단추를 채우면 따뜻하고
덜 부끄럽고
자신감이 솟아오른다

단추는 단단하고
단추는 부드러워
열에 맞추어 매달려 있는 것이 목숨 같네
간신히 매달려 있는 것 같지만
뜯어내지 않아도 좋다

차례대로 단추를 끄르거나

성급히 단추를 채울 때

부끄럽고 무안하고

자꾸만 작아지는 단추가

손끝에서 미끄러진다

바닥에 떨어진 단추를 집어 올릴 때

반으로 쪼개진 단추를 볼 때

단추는 가엾구나

단추는 없구나

누가 나를 지키나

단추는 나를 놀리고

나의 눈을 바닥에 깔고

나의 손가락을 농락한다

단추를 매달 때는 여유를 주어야 한다

실을 돌돌 감아 단추의 목을 만들어 주어야 한다

—「단추」 전문

일상생활에서 수없이 만지게 되는 단추를 소재로 이런 시를 쓸 수 있는 것은 여성 특유의 감각 덕분이다. 엔진의 가동력이 생활의 영역으로 굴절될 때 현실감 있는 시가 탄생한다. 늘 대하는 사물에 우리는 관심을 기울이지 않는다. 우리 생활에서 단추는 어떤 의미를 지니는가? 없어서는 안 될 물건이지만 우리는 그 존재 가치를 거의 인식하지 못한다. 이근화의 섬세한 눈은 단추의 의미를 발견하고 그에 대한 고마움을 표시한다. "몇 개의 단추로/몸을 가릴 수 있는 건 고마운 일"이라고 했다. 맞는 말이다. 단추를 채워야 의상이 정비되고 다음 단계의 생활로 나아갈 수 있다. 단추는 정상 생활을 할 수 있게 도와주는 발판 역할을 한다. "단추를 채우면 따뜻하고"는 이근화의 심성의 따스함을 체감케 한다. 그러나 단추에서 "자신감이 솟아오"르는 것을 얻는 사람은 거의 없을 것이다. 또 단추의 단단한 속성과 부드러운 속성을 함께 파악하는 사람도 없을 것이다.

"열에 맞추어 매달려 있는 것이 목숨 같네"라는 시행에는 단추의 목숨이 나의 목숨과 연결되어 있다는 의식이 담겨 있다. 단추가 손 끝에서 미끄러져 끼워지지 않거나 매듭이 풀려 바닥에 떨어지면 그 단추를 자신의 분신으로 여기고 안타까워한다. 이것은 옷을 제대로 입을 수 없다는 데서 오는 안타까움이 아니라 단추를 자신의 목숨으로 여길 때 나오는 반응이다. 반으로 쪼개진 단추는 반으로 조각 난 자기 자신이다. "단추는 가엾구나"는 처음에 느낀 감각적 반응이고, "누가 나를 지키나"는 단추와 자신과의 관계를 성찰했을 때 나오는 반응이다. 단추가 허물어질 때 자신의 영육도 무너지는 것이다. 그래서 단추를 잘 건사하는 것이 자신을 살리는 길임을 말한다. 가끔 단추가 자신을 놀리는 것 같기도 하고, 잘 보이지 않아서 나의 눈을 바닥에 깔게도 하고, "나의 손가락을 농락"하기도 하지만, 그것은 애교로 넘겨야 한다. 단추가 나의 목숨을 담보하고 있기 때문에 잘 다루어야 하는 것이다. 단추와 나를 대등하게 대하는 것이 해결책이다. 그래서 단추를 달 때도 사람처럼 숨 쉴 수 있는 여유를 주어야 한다. "실을 돌돌 감아 단추의 목을 만들어 주어야" 하는 것이다.

이 시는 우리 주위의 모든 것을 새롭게 보게 하는 윤리적 추동력을 가졌다. 이근화의 엔진 동력이 독자에게 전달되고 타자에게 전이되어, 이 시를 읽은 사람들이 주위의 사물을 자신의 목숨처럼 대하게 되고, 주위의 사물들도 새로운 생명으로 빛을 내는 상태가 되었으면 좋겠다. 그리고 이근화의 시가 이런 방향으로 계속 전진하면 좋겠다. 그의 엔진이 가동력을 높여 새로운 영역을 향해 계속 달리기를 희망한다.

3. 일상의 바리스타

「단추」가 매개가 되어서인지 이근화의 세 번째 시집 『차가운 잠』(문학과지성사, 2012.5.)에는 일상의 세목을 소재로 삶의 국면을 표현한 작품들이 많다. 그 일상의 세목들은 국수, 김밥, 국자, 국화, 맥주, 밀가루, 양말, 자전거, 치약 등 친근한 사물들이다. 그래서 이 시집의 해설을 쓴 조강석은 "이근화는 이 시집에서 우리 일상에서 검출되는 여러 가지 평면들에 대한 바리스타를 자처한다"라고 말했다. 단추에서 존재의 문제를 성찰했듯이 이런 일상의 국면에서 삶과 존재의 정황과 운동을 다양하게 나타낸다. 그러나 일상의 환유들이 결과적으로 환기하는 의미는 일상의 무의미함, 삶의 불가지함, 생활의 무미건조함 등이다. 이것은 두 번째 시집의 속성과 연결된다. 두 번째 시집의 연장선상에 있다는 뜻이다. 한 가지 다행스러운 것은 시인의 과업을 간명하게 드러낸 점이다. 그는 「꿈속의 일」의 마지막 시행에서 자신이 할 일을 "죽은 나를 개관하며 자꾸 죽는 일/죽은 사람을 만나고 죽어 가는 사람들을 만나는 일/한 줄 한 줄 사라지는 이야기를 옮겨 적는 일"이라고 요약했다. 삶을 죽음에 이르는 과정이라고 보고, 삶에서 죽음에 이르는 모든 경로의 단층들을 세밀히 관찰하고 언어로 기술하겠다는 의지를 나타낸 것이다. 엔진에 불을 붙일 기름을 충분히 마련한 것이다. 일상의 국면에서 진실을 발견하는 「단추」와 같은 시의 연장선상에 「국수」가 놓인다.

마지막 식사로는 국수가 좋다
영혼이라는 말을 반찬 삼을 수 있어 좋다

퉁퉁 부운 눈두덩 부르튼 입술
마른 손바닥으로 훔치며
젓가락을 고쳐 잡으며
국수 가락을 건져 올린다

국수는 뜨겁고 시원하다
바닥에 조금 흘리면
지나가던 개가 먹고
발 없는 비둘기가 먹고

국수가 좋다
빙빙 돌려 가며 먹는다
마른 길 축축한 길 부드러운 길
국수를 고백한다

길 위에 자동차 꿈쩍도 하지 않고
길 위에 몇몇이 서로의 멱살을 잡고

오렌지색 휘장이 커튼처럼 출렁인다
빗물을 튕기며 논다

알 수 없는 때 소나기

풀기 어려운 문제를 만났을 때
소주를 곁들일까
뜨거운 것을 뜨거운 대로
찬 것을 찬 대로

—「국수」 전문

　일상의 소재를 시에 도입한다고 해서 냉담의 기조가 풀어지는 것은 아니다. 친근한 소재인 국수를 두고도 그것과 거리를 두고 정감의 절제 속에 생각을 풀어낸다. "마지막 식사로는 국수가 좋다"라는 첫 시행은 얼핏 박목월의 「적막한 식욕」의 마지막 주막에서 먹는 메밀묵을 떠올리게 하는데, "영혼이라는 말을 반찬 삼을 수 있어 좋다"라는 시행이 그 유사성의 회로를 교란시킨다. 이 구절은 국수에 정신적 가치를 부여하기 위한 장치로 이해된다. 사람이 식욕을 잃으면 밥보다 넘기기 쉬운 국수를 찾는 경우가 있다. 지친 영혼이 자신을 달래며 먹는 음식이 국수라고 보면, 영혼이 반찬 노릇을 한다는 생각에 동의할 수 있다. 그런 비탄의 상황을 알려 주기 위해 "퉁퉁 부운 눈두덩 부르튼 입술"이 배치되었고, 고통 속에 간신히 국수를 먹는 모습을 "젓가락을 고쳐 잡으며/국수 가락을 건져 올린다"로 나타냈다. 미끄러운 국숫발을 건져 올리다 바닥에 흘리면 지나가던 개가 먹고 발 없는 비둘기도 먹을 수 있으니 보시의 공덕도 지닌 음식이다. 국수를 먹을 때 바로 젓가락으로 들어 올려 먹기도 하고 "빙빙 돌려 가며 먹"기도 하니 먹는 방법에도 자유가 깃들어 있다. "마른 길 축축한 길 부드러운 길" 어떤 길에 놓여도 국수는 어울린다.

세상의 국면은 종잡을 수 없어서 온갖 상황이 다채롭게 펼쳐진다. 길 위에 자동차가 꿈쩍도 하지 않고 서 있을 때도 있고 길 위에 몇 사람이 서로의 멱살을 잡고 다툴 때도 있다. 느닷없이 소나기가 내려 오렌지색 휘장이 커튼처럼 출렁이며 빗물에 젖을 때도 있다. 어느 경우든 국수는 "마른 길 축축한 길 부드러운 길"을 가리지 않고 우리에게 온다. 설사 풀기 어려운 인생의 숙제를 만났을 때에도 소주를 곁들여 국수를 어렵지 않게 먹을 수 있다. 뜨거운 국수는 뜨거운 대로 차가운 소주는 찬 대로 어울린다. 이렇게 국수는 능수능란한 용도와 민첩한 적응력을 가졌다. 마지막 식사건 처음의 식사건, 영혼이 반찬 역할을 하건 슬픔이 반찬 역할을 하건, 국수가 우리 곁에 오는 방식은 바뀌지 않는다. 단추를 목숨과 같은 것으로 사유한 시인이 국수를 삶의 친근한 동반자로 사유했다. 세상 만물을 친근한 사물로 포용하는 정신의 넓이를 감득게 한다.

앞에서 냉담을 유지하는 그의 시가 서술의 대상이 어머니에 해당할 경우 냉정의 자태에서 벗어나 정감을 꾸밈없이 펼쳐 낸다고 말했다. 시집의 표제 시인 「차가운 잠」이 그러한데 시인은 냉담과 다감 중간 지점에 자신을 두고 어머니의 병상을 묘사한다. 감정 표출에 거리를 두어 온 견고한 창작 방법론이 어머니라는 대상 앞에서는 허물어진다.

꿈속에서 세차게 따귀를 얻어맞았다
새벽이 통째로 흔들렸고
흔들린 새벽의 공기를 되돌려놓기 위해
전화벨이 울렸다

나의 눈은 동그란 벽시계에
나의 눈은 병상의 엄마에게
긴 복도를 따라 걷지만
복도와 두 눈을 맞출 수는 없다

일주일 사이 꽃이 졌다
여기저기 팡팡 사진이 터지고
맘껏 담배 연기를 품었는데
나는 왜 빠져나가지 않나

고장 난 시계를 어떻게 할까
혈관을 따라 울리는 피의 음악을 또 어떻게 할까
오래전에 떨어진 머리카락이나 살비듬 같은 것을
내가 옷처럼 편안하게 입고 있는데

거울 속에는 키 큰 사람과 키 작은 사람이 있고
할머니도 아줌마도 아이도 아닌
엄마가 희미하게 손을 뻗는다

이백 년 후의 차가운 잠에서 깨어나 다시 만난다면
우리는 다정한 연인이 되어
작은 테이블에 마주 앉아 케이크를 푹푹 떠먹을까

환멸과 동정의 젖꼭지를 물고 거침없이
이 세계를 생산할 수 있다면

차가운 잠에서 깨어나

—「차가운 잠」 전문

　시인은 이 시에 대해 혈압 때문에 엄마가 쓰러져 한 달간 입원했을 때 병간호를 한 경험을 되살려 썼다고 했다. 같은 시집에 있는 「제발 이 손 좀 놔주세요」도 정감 표출의 강도가 높은데, 그 시도 같은 경험을 소재로 한 것 같다. 그 시에서는 어머니에게 가져갈 호박죽 포장을 들었을 때 오토바이 사고가 일어난 사건이 중첩되면서 화자의 사유가 전개된다. 인간이 갖는 타인에 대한 동정에는 한계가 있고 타인에 대한 배려도 결국은 자신의 경험과 사유 반경 내에서 행해진다는 주제를 담고 있다. 이 시에 비해 「차가운 잠」의 사유의 스펙트럼은 훨씬 넓고 다양하다.

　병상의 어머니를 간호하던 화자가 세차게 따귀를 맞는 꿈을 꾸고 새벽에 잠에서 깨어났다. 놀란 가슴을 쓸어내리며 벽시계도 보고 병상의 어머니도 보았을 것이다. 큰일이 아닌 것을 확인하고 복도에 나가니 복도는 유달리 길게 보인다. 불안한 마음이 투영된 탓이다. 마음속이 산란하여 복도와 눈을 맞추고 걷기가 힘들다. 어머니의 병세에 대한 걱정이 앞서서 발을 내딛기도 힘들다. 계절이 지나고 있는지 "일주일 사이 꽃이 졌다"고 했다. 어쩌면 화자의 마음의 정경일 수도 있다. 마음속에 모든 꽃이 져 버린 것이다. 세상은 세상대로 변하고 증폭하지만 자신의 사정은 바뀌지 않는다. 고장 난 시계처럼 어머니의 혈압은 오르락내리락하다가 가끔 위험을 알리는 경고의 메시지가 켜진다. 어머니의 신체는 수시로 변하지만 나의 환경은 달라진 것이 없다. 어머니에게서 물려받은 "오래전에 떨어진 머리카락이나 살비듬 같은 것"이 육신의 일부로 그대로 남아 있어 마치 "옷처럼 편안하게 입고 있는" 상태다. 화자는 거울에 비친 엄마의 모습을 보며 냉동 상태로 보존되었다가 이백 년이 지난 후 다시 깨어나는 상상을 한다. 그것이 현실화된다면 먼 미래에 엄마와 나는 다정한 연인처럼 작은 테이블에 앉아 케이크를 떠먹을 수 있을 것이다. 이것은 즐거운 상상이다. 즐거운 상상은 짧고 불안한 현실은 길다. 거친 생에 대해서는 환멸이 있고 병든 어머니에 대해서는 동정이 있다. 환멸과 동정의 젖꼭지를 함께 물고 "거침없이/이 세계를 생산"하는 일이 가능할까? 시인은 꿈속의 상상을 통해 새로운 세계의 도래를 그려 본다. 세차게 따귀를 얻어맞고 "차가운 잠에서 깨어나" 이백 년 후 다정한 연인이 되는 세계를 설계해 보는 것이다.

어머니의 일이건 일상의 일이건 시인은 "죽은 사람을 만나고 죽어 가는 사람들을 만나는 일/한 줄 한 줄 사라지는 이야기를 옮겨 적는 일"이 자신의 과업이라고 말했다. 김밥에 대해서도 많은 시를 쓰고(「김밥에 관한 시」), 국화를 심어 놓고 보이지 않는 할머니에 대해서도 시를 쓰고(「저것은 국화 이것은?」), 일용품인 국자를 두고서도 긴 시를 쓰는 것(「국자 사러 가기」)은 모두 사라지는 이야기를 옮겨 적는 업무의 일환이다. 꿈과 현실을 오가며, 죽음과 삶을 오가며 펼쳐지는 그의 작업은 에너지가 넘친다. 그에게는 절망이 없고 쇠락이 없다. 그의 엔진은 든든하고 그의 언어는 힘차게 달린다.

4. 환멸과 동정 사이

네 번째 시집 『내가 무엇을 쓴다 해도』(창비, 2016.9.)의 해설을 쓴 장철환은 "죄의 틈입"에 대해 언급했다. 이 시집에는 죄의식의 그늘이 희미하게 드리워 있다. 「시인의 말」에도 "아직 살아 있는 사람들을 사랑해야 하는 일이 내게는 무척 어렵다"는 고백이 있는데, 이것은 시인 마음에 죄의식의 장력이 작용하고 있음을 암시한다. 그 죄의식은 어디서 온 것일까? "죄"라는 시어가 직접 노출된 「내 죄가 나를 먹네」라는 시에서 시인은 "내가 지워지는 날들이 있어요. 내 죄가 나를 먹는 그런 날들. 다 먹힌 것 같은데 내일의 침묵 속에서 내가 다시 튀어나오겠지요. 길거리에 마구 내뱉어진 내가 돌아갈 집은 헛된 망상처럼 높고 반듯하고 분명합니다"라고 말했다. 이 구절에서 묻어나는 것은 "죄"와 "집"의 이항 대립이다. 죄를 지었으면 집이 없어야 할 텐데, 죄를 지닌 자신이 돌아갈 집이 "높고 반듯하고 분명"한 것이다. 이 사실은 그에게 죄의식을 일으킨다. 이 죄의식은 앞의 단락에서 거론한 "환멸과 동정"에 관련된다. 죄의식은 환멸에서 오고 집에 대한 지향은 동정에서 온다. 이 둘의 관계를 살피기 전에 자신의 정감을 솔직하게 드러내는 어머니 관련 시편부터 읽어 보겠다.

「미역국에 뜬 노란 기름」에는 어머니가 실물로 등장한다. 친정엄마가 자신의 키와 거의 같은 미역 다발과 소고기 덩어리를 갖고 와서 미역국을 끓여 저녁 식탁에 올렸다. 시인은 미역국에 뜬 노란 기름을 보고 "눈물 같고 고름 같고 죽음 같다"고 말한다. 감정을 절제하던 냉담의 시인이 눈물과 고름과 죽음을 거침없이 토설했다. 그 기름의 모양이 "성지에서 터지는 폭탄처럼/폭력적이고 슬프다"고 했다. 자신이 꿈에 보거나 머리에 떠올리는 어머니는 "바짝 마른 얼굴로 앓고" 있는 모습이다. 그 어머니를 위해 미역국을 떠서 식탁에 옮기다 뜨거운 손가락을 어쩌지 못해 발을 동동거리는 것이 꿈속에서의 자신의 모습이다. 어머니에게 다가가지 못하고 발만 구르는 자신의 모습. 어머니는 미역국을 드시지 못하고 늘 식탁에서 사라진다. 미역국에 떠오른 노란 기름처럼 "어머니의 노란 얼굴을 보지 못하고" 저녁 시간이 다가온다. 어머니는 자신의 보살핌을 받지 못하는 부재의 상태로 그렇게 자기 꿈속에 있다. 여기에는 어머니에 대한 '동정'이 강한 자장을 형성한다. 그리고 그 동정의 배면에는 어머니에게 할 일을 제대로 하지 못한 자신에 대한 '환멸'이 있다. "환멸과 동정"의 돌기가 선명한 빛깔로 머리를 내밀고 있는 것이다. 그러니 환멸과 동정의 젖꼭지를 함께 물고 "거침없이/이 세계를 생산"하는 일은 아직 가능하지 않다.

앞에서 「내 죄가 나를 먹네」의 화자는 죄의식에 사로잡혀서 자신이 돌아갈 "집"을 명상했다. 그 집은 자신의 죄에 비해 "헛된 망상처럼 높고 반듯하고 분명"하다고 했다. 요컨대 자신이 돌아갈 집이 제대로 된 집이 아니라는 뜻이다. 그는 자신의 진정한 집을 찾으려 한다. 숙소이든 귀소이든 자신의 육신이 제대로 편히 머물 집을 원한다. 「집은 젖지 않았네」와 「집으로 가는 길」은 그러한 자신의 지향을 비교적 선명하게 드러낸 작품이다.

「집은 젖지 않았네」에서 화자는 "나의 집으로 가고 싶다"고 단적으로 말한다. 그러나 집은 "조금 떠 있고/늘 가라앉아 있는/헤매고 방황하는 집"이요 "발이 쉬지 못하는 집"이다. 발이 쉬지 못한다면 그것은 아무리 높고 반듯하고 분명해도 집이 아니다. 그는 진정한 집을 찾아서 "밤마다 발이 닳도록/그곳을 찾아"간다고 했다. 그러나 집에 들어가면 안식을 얻는 것이 아니라 집이 "큰 입을 벌리고 나를 삼키고" 나는 집 안에서 "즐겁게 죽어 간다"고 했다. 이것은 그곳이 진정한 집이 아니라는 뜻이다.

「집으로 가는 길」은 세상 모든 것이 집으로 가는 움직임을 보인다고 이야기한다. 화살이건 칸나건 달팽이건 지렁이건 부지런히 발을 움직여 집을 향해 간다. 끊임없이 움직이기에 그들의 발은 늘 젖어 있다. "발이 젖은 사람들이 서둘러/집으로 가겠지"라고 짐작한다.

이것은 올바른 지적이다. 크레인이 천천히 철조물을 옮기는 장면을 보며 "그것들도 집이 있을까"라고 화자는 엉뚱한 질문을 한다. 공사가 시작되었으니 앞으로는 임시 가교를 건너다녀야 한다. 그러려면 발이 튼튼해야 한다. "나의 두 발을 사랑해야겠다"라는 말은 집으로 돌아가겠다는 의지를 간접적으로 언급한 것이다. 집이 어디인지는 알 수 없으나, 또 그 집이 어떤 모양인지는 알 수 없으나, 집으로 가야 하는 것이 우리의 운명이다. 그래서 인간은 늘 여행 중에 있다.

그러나 인간의 여행은 행복하지 않다. 젖은 발로 아무리 걸어도 제대로 된 집을 얻지 못하기 때문이다. 「트렁크」에서 여행의 필수품인 트렁크를 통해 시인은 여행의 고달픔을 노래했다. 사람들은 트렁크를 들고 새로운 여행을 떠난다. 누군가가 떠나면 돌아오는 사람이 있다. "두 다리는 힘이 모자라고/딛는 것마다 젖은 발자국이 되살아"나는 것이 여행의 결과다. 그러나 이 시는 절망적이지 않다. 날마다 새로운 곳을 향해 나가고, 조금 실패하는 일이 있지만, 그래도 "부끄럽지는 않다"고 고백한다. 이 고백은 희망적이다. 전진과 실패의 반복 속에 "내가 나를 갖게" 되고 "내 몸이 있다"는 사실을 확인하는 것이 기쁨이라고 했다. 여행에서 돌아오면 "두 발이 조금 녹았고/부드럽다"고 했으니, 다시 출발할 가능성이 있는 것이다. 그런 점에서 이 시는 "환멸과 동정" 중 동정 쪽에 기운 작품이다. 여기에 비해 다음 시는 환멸의 정경을 보여 준다.

아이들은 과자를 떨어뜨리면 꼭 발로 밟는다. 비둘기들이 쪼아 먹는 걸 알고는 더 열심히 떨어뜨린다. 더 정성껏 밟는다. 아무렇지도 않게 흙을 파먹는다. 맛을 즐긴다는 듯이. 잘생긴 돌을 주워 입속에 쏙 넣고 천진난만하게 웃는다. 빼내도 도로 넣는다. 녹여 보겠다는 듯이. 손끝에 시퍼런 풀물이 들도록 풀을 잡아 뜯어 주머니에 욱여넣는다. 토끼라도 키우겠다는 것인가. 꽃의 모가지를 죄다 분질러 놓는다. 아픈 꽃을 제 손에 움켜쥔다. 그것이 사랑이라는 듯이. 솜사탕을 아껴 먹는다. 무슨 보약이라도 된다는 듯이 더러운 손가락을 쪽쪽 빤다. 구름이라도 잡아먹을 태세다. 놀이에는 불가능이 없고 놀이동산에는 휴식이 없다. 살아남을 것이다. 돌도 풀도 아이도 구름도 공장도 토끼도. 저 비행기는 끝까지 날아오르고 떨어지지 않을 것이다. 놀이 기구니까. 저 기차는 잘 달리고 전복되지 않을 것이다. 장난감 기차여서 빨갛다. 저 배는 항해를 마치고 정박할 것이다. 물 없는 세계에서.

—「놀이동산에 없는 것」 전문

이 시의 아이들은 악착같고 인정이 없고 고집스럽고 파괴적이고 자기밖에 모른다. 마치 성악설의 표징처럼 못된 짓을 골라서 한다. 그들의 천진난만함은 자기밖에 모르는 독선이요 그들의 생존력은 타인을 배제한 괴력이다. 놀이동산은 유희의 공간이 아니라 파괴의 공간이다. 그들의 엔진은 뜨겁고 그들의 에너지는 넘치고 생존력은 끈질기다. "구름이라도 잡아먹을 태세다"와 "살아남을 것이다"라는 두 어구가 아이들의 힘과 집착을 설명한다. 아이들이 타는 비행기와 기차에도 그 힘과 욕망이 반영되어 있는 것 같다. 장난감이지만 악의 요소가 물들어 있는 것이다. 아이들이 노는 공간 전체가 악의 도가니다. 여기에 구원은 없다. "물 없는 세계"에서 "물 없는 세계"로 나아가는 것이 인간의 여행이다. 여기에는 희망이 없다. 이 시에는 분명 환멸의 감각이 약동하고 있다. 그러나 이근화는 환멸에 정주하지 않는다. 환멸과 동정 사이를 오가는 시인이다. 여행에서 돌아오면 "두 발이 조금 녹았고/부드럽다"고 말하는 시인이요, 전진과 실

패의 반복에도 "부끄럽지는 않다"고 고백하는 시인이다. 동정의 시
각이 전면에 나설 때 다음과 같은 시가 탄생한다.

사람들에게 새해 인사를 건넸어
일월 일일 영시 세계 각국의 인사말들이
동시다발적으로
순차적으로
이 지구를 돌고 있겠지
그래 그 말이야
당신이 살아 있다는 것
그래서 그걸 축복하고
당신의 살아 있음을 내가 안다는 거
지금 우리가

놀랍게도
이백 번을 말한다 해도
자연의 속도로
조금씩 늙어 가겠지
벌을 서듯 잠을 자는데
겨드랑이를 집요하게 파고드는 것들
이미 죽은 네가
새해 인사를 건넨다
이미 죽은 내가
새해 국수를 먹는다

자라다가 만 손톱

가는 머리

더 이상 살찌지 않는 몸

나도 나를 새롭게 사랑할 수 있을 것 같다

공원 계단에 술 취해 쓰려져 자는 남자의

검은 외투 속으로 들어가

그곳에서 조용하게 잠을 자고

살을 부비고

새해를 낳아 주고 싶다

버석버석 일어나 길고 긴 하품을 하고 싶다

향긋한 입속에서 태어날 내 새끼들

—「당신이 살아 있다는 것」 전문

놀이동산의 비정하고 우울한 정경이 아니라 새해를 맞아 세계 각국의 사람들이 경쾌한 인사말을 나누는 장면으로 시작했다. "세계 각국의 인사말들이/동시다발적으로/순차적으로" 지구를 돈다고 상상하는 것은 역동적이다. 매우 신나는 장관이다. 그것은 모두 살아 있다는 사실을 각인시킨다. 세계의 모든 사람들이 동시에 인사말을 나누는 그 순간은 "살아 있다는 것"을 부정하지 못한다. 그 순간만은 "물 없는 세계"가 사라지고 인정의 물이 넘치는 세계가 이룩된다. 그러나 아무리 새해를 축하하고 살아 있음을 다짐해도 "자연의 속도로/조금씩 늙어 가"는 것은 피할 수 없다. 그것은 자연의 순리다. 그 순리를 따르면 꿈속에서지만 "이미 죽은 네가/새해 인사를 건"네는 것을 볼 수 있고, "이미 죽은 내가/새해 국수를 먹는" 것도 만날 수 있다. 순리를 인정하면 죽고 사는 것이 일반적이기 때문에 상상 속에서 죽은 존재와 소통할 수 있다. 이렇게 세상을 산다면 그것은 도통한 깨달음의 단계다. 깨달음의 눈으로 보면 시간도 정지되어 손톱의 성장도 중지되고 몸도 더 이상 커지지 않게 된다. 그러면 "나도 나를 새롭게 사랑할 수 있을 것 같다"는 경지에 도달한다.

이근화는 어떻게 이런 상상을 한 것일까? 깨달음의 다음 단계에서 그는 동정에 바탕을 둔 자비의 덕행을 펼친다. 공원 계단에 술 취해 쓰러져 자는 남자의 검은 외투 속으로 들어가 그곳에서 조용하게 잠을 자고 살을 부비고 "새해를 낳아 주고 싶다"고 말했다. 모두가 하나가 된 세계 각국의 새해 인사말의 파동 속에서 살아 있음을 확인하게 되니 선(善)의 엔진이 가동된 것이다. 따스한 선의 엔진이 환멸을 몰아내고 자비의 덕행을 이끈 것이다. 그래서 "새해를 낳아 주고 싶다"는 큰 발원을 하게 되었다. 공원의 사내와 살을 부빈 결과 태어날 새해의 새끼들은 "향긋한 입속에서" 태어난다고 했다. "버석버석 일어나 길고 긴 하품을 하"며 앞으로 나올 내 새끼들을 보고 싶다고 시인은 어머니처럼 말한다. 그가 시중들던 어머니가 그의 몸에 깃든 것일까? 자신의 내부에 있던 모성의 정감을 제어하지 않고 발설한 것일까? 여하튼 그의 시는 환멸의 거친 문을 나와 동정의 열린 문으로 나아갔다. 그다음에 전개될 "내 새끼들"의 행로와 향방이 궁금한데, 최근의 작품들에서도 이근화의 내면은 미지의 죄의식, 모호한 희망, 사회적 규범 사이에서 동요하고 있다. 삶은 환멸을 안겨 주고 의식은 동정을 지향하니 마음은 안착할 자리가 없다. 방황과 동요가 시의 운명인 듯하다.

휴머니즘의 서정

―박준

1. 시어 선택의 묘미

1983년 서울에서 태어난 박준은 2008년에 『실천문학』으로 등단하여 2012년에 첫 시집 『당신의 이름을 지어다가 며칠은 먹었다』(문학동네, 2012.12.)를 내고, 2018년에 두 번째 시집 『우리가 함께 장마를 볼 수도 있겠습니다』(문학과지성사, 2018.12.)를 냈다. 이 두 시집의 서정적 흐름은 순조로운 연결을 보여서 두 시집을 묶어서 논의해도 무리가 없다. 첫 시집의 발문을 쓴 허수경은 박준이 선택한 것이 "전통적인 의미에서의 서정(Lyric)"이라고 잘라 말했고, 두 번째 시집의 해설을 쓴 신형철은 이 시인에게 "심미적 유전 형질"을 물려준 선대(先代)의 시인으로 백석, 김종삼, 이시영, 허수경, 이병률의 이름을 제시했다. 여기 장석남, 박형준, 문태준의 이름도 추가할 수 있을 것이다. 박준의 시에 전통 서정의 형질이 다분하고 선배 시인들의 영향이 있지만, 그는 이를 흡수하여 그만의 독특한 개성의 요체(要諦)를 만들어 냈다. 선대의 영향을 완전히 소화하여 자신의 동력으로 승화한 그 개성이 독자의 호응을 얻은 것이다. 21세기에 들어와서 이십 대의 나이로 등단한 시인이 순연한 서정시로 출발한 것은 특이한 일이고 그 아슬아슬한 서정시가 세인의 주목을 받아 많은 독자를 확보한 것도 경이로운 일이다.

그의 시의 특징을 창작의 과정 순으로 나열하면, 언어에 대한 정밀한 감각, 세상사에 대한 깊은 시선과 농밀한 감성, 감추면서 드러내는 상상의 묘미 등을 들 수 있다. 이 셋은 분리될 수 없는 독창적 자질로 그의 시에 융합되어 있기 때문에 작품을 읽으면서 그 특징을 종합적으로 설명할 수밖에 없는데, 그중 언어에 대한 깊은 관심은 먼저 떼어 내 언급할 수 있다. 그는 시가 언어로 구성된다는 점을 일차적 원리로 인식하고 시어 선택에 철저하면서도 세심한 배려를 기울였다. 특히 일상생활에서 퇴색된 한자어와 고유어를 동원하여 정서와 사유의 빛을 담아내는 창조적인 작업을 했는데, 이것은 최근 30년간 어느 누구도 하지 않은 일이다.

첫 시집 첫 장에 「인천 반달」이 실려 있고, 그 앞부분에 "나와 수간(手簡)을/길게 놓던 사람"이라는 구절이 나온다. '수간(手簡)'은 손으로 쓴 편지를 뜻하는데, 요즘은 거의 쓰지 않는 말이다. 시간 저쪽으로 사라진 한자어 '수간'을 복원하여 연인 사이에 오간 내밀한 편지의 정감을 단어 자체의 감각으로 드러냈다. 그리고 더 놀라운 점은 '수간'의 서술어로 '놓다'를 설정한 점이다. 수간이 편지라는 뜻이니 일반적으로 '수간을 나누다', '수간을 주고받다'라고 쓰면 무난한데, 그는 '수를 놓다', '무늬를 놓다'의 '놓다'를 서술어로 썼다. 마치 글로 마음의 무늬나 형상을 새기듯 편지를 주고받았음을 표현하고 싶었던 것이었을 텐데, 그의 취의(趣意)는 이 시어 선택으로 충분히 실현되었다.

「당신의 연음(延音)」은 제목에 '연음(延音)'이 있고 시 본문에도 이 단어가 나온다. 사전을 찾아보지 않고 무심히 생각하면 '꽃이'를 '꼬치'로 이어 발음하는 '연음(連音)'을 떠올리기 쉬운데, 이 말은 그런 뜻이 아니다. 어떤 음을 길게 발음한다는 뜻이다. "모란이 뚝뚝 떨어져 버린 날" 같은 시행에서 '뚝뚝'을 '뚜욱 뚝'으로 발음하는 것이 그것이다. 이상의 「날개」를 보면 아내의 화장대에서 화장품 향기를 맡던 주인공이 문득 아내의 체취를 느끼고 아내의 이름을 '연심이!' 하고 속으로 불러 보는 장면이 나온다. 그때 '연심이'는 '연심이이'로 연음되었을 것이다.

「당신의 연음」에서 화자가 솥에 물을 끓이며 "내 이름을 불러 주던/당신의 연음(延音) 같은 것들도//뚝뚝/뜯어 넣는다"라는 구절에 이 단어가 나온다. 당신이 내 이름을 부를 때 어떤 음절을 길게 발성하던 독특한 말투가 있었다. 그 독특한 어조가 계속 떠올라 끓는 물에 수제비를 뜯어 넣는 동안 사라지지 않았다는 뜻일 것이다. "당신의 연음(延音)"이라는 단어가 추억의 밀도를 높이고 정서적 공감의 폭을 넓히는 역할을 한다. 독자들은 이 대목에서 각자의 발성 방법을 다시 돌아보며 개개의 추억을 소환할 것이다.

이와 유사한 기능을 하는 한자어로 애역(呃逆), 내근(內勤), 축농(蓄膿), 독재(獨裁), 결정(結晶), 연담(緣談), 접(楼), 패(悖) 등의 시어를 찾아낼 수 있다. 이 말들은 수간(手簡)이나 연음(延音)처럼 우리가 몰랐던 뜻을 새롭게 알려 주기도 하고, 사전적 의미를 바탕으로 문맥상의 의미를 확대하여 독자의 상상 운동을 자극한다. 일상에서 거의 접한 적 없는 고유어의 활용도 기능적인 역할을 한다. 「꽃의 그늘」에 나오는 '그닐거렸습니다'라는 말은 기억해 두었다가 다른 데 사용할 만하다. 이 말은 '근지럽고 저린 느낌이 나다'라는 뜻인데, 달동네

마을로 연탄 배달을 하는 부모를 도와 리어카를 미는 아이의 손톱에 연탄 가루가 새까맣게 배어 근질거리는 느낌이 드는 것을 이 단어로 표현했다. 단순히 근질거린다는 뜻만이 아니라 이 단어에는 대상에 대한 약한 거부의 느낌도 포함되어 있다. 어쩔 수 없이 연탄 일을 거드는 소년의 거북한 느낌을 이 단어로 표현한 것이다. 젊은 시인이 어디서 이런 단어들을 수합했는지 알 수 없지만 그것을 적절히 운용한 솜씨를 보면 매우 오랜 숙련의 기간을 보냈음을 충분히 확인할 수 있다. 이제 그의 시를 면밀히 읽으며 감성과 암시의 시적 방법이 어떠한 작용을 하는지 검토해 보기로 한다.

2. 휴머니즘의 서정과 함축의 미학

첫 시집에 담긴 「시인의 말」은 정독을 요한다. "나도 당신처럼 한번 아름다워 보자고 시작한 일이 이렇게나 멀리 흘렀다. 내가 살아 있어서 만날 수 없는 당신이 저 세상에 살고 있다. 물론 이 세상에도 두엇쯤 당신이 있다. 만나면 몇 번이고 미안하다고 말하고 싶다." 당신은 이 세상에서 만날 수 없는 존재다. 그런데 당신은 아름다운 존재다. 당신은 세상에 부재(不在)하고 나는 당신을 그리워한다. 그 그리움을 메우기 위해 시작한 일이 시 쓰기라는 것이다. 그것은 당신을 따라 아름다움을 추구하고 그것을 나의 것으로 환원하는 작업이다. 여기서 '아름다움'이란 말이 눈길을 끈다. 당신은 아름다운 존재, 즉 그의 시에 등장하는 '미인(美人)'인데, 그 구체적인 내용과 요소는 알 수가 없다. 시인이 시를 쓰는 행위가 아름다움을 자신의 것으로 소환하고 실천하는 길이라는 점을 알고 그의 시를 읽으면 그 아름다움이 무엇을 의미하는지 알 수 있을 것이다.

시인은 당신이나 세상에 있는 당신의 분신들에게 "미안하다고 말하고 싶다"고 했다. 그 미안함도 시를 쓴 동인(動因)이 될 것이다. 스스로 아름다운 그 무엇이 되고 싶은 심정, 그리고 누군가에게 미안하다고 말하고 싶은 마음, 이 두 가지가 그를 시로 이끈 동력이다. 이 지향은 전통 서정의 맥락에서 보면 아주 친숙한 내용이다. 그러나 그의 시의 화법은 흔히 보던 스타일이 아니다. 그의 언어 탐구가 독자적인 영역을 개척해서 얻은 결과다.

혼자 앓는 열이
적막했다

나와 수간(手簡)을
길게 놓던 사람이 있었다

인천에서 양말 앞코의
재봉 일을 하고 있는데

손이 달처럼 자주 붓는 것이
고민이라고 했다

나는 바람에 떠는 우리 집 철문 소리와
당신의 재봉틀 소리가
아주 비슷할 거라 적어 보냈다

학교를 졸업하면
인천에 한번

놀러 가 보고 싶다고도 적었다

후로 아무것도 적히지 않은 종이에
흰 양말 몇 켤레를 접어 보내오고
연락이 끊어졌다

그때부터 눈에
반달이 자주 비쳤다

반은 희고
반은 밝았다

—「인천 반달」 전문

　박준의 시는 허구적 구성의 시가 많다. 시를 쓰기 위해 많은 지역을 여행하고 관찰하고 사색한다고 했다. 거기서 발효된 내용을 시로 쓰기 때문에 시에 설정된 상황을 시인의 자전적 사실로 받아들이지 않는 것이 좋다. 시집의 다양한 문맥을 그대로 받아들이면 그가 마음을 준 미인도 여럿인 것 같고, 아버지도 여러 유형의 사람으로 분화되는데, 이것은 그의 간접 체험이 상상적으로 재구성되었기 때문이다. 이 시의 내용도 시인의 실제 체험으로 받아들이지 말고 허구적 화자의 사연으로 이해하는 것이 좋다. 그렇게 볼 때 박준 시의 정서적 감응력이 오히려 더 살아난다. 그는 누구나 경험할 수 있는 보편의 정서를 독특한 자기 언어로 구성하는 시인이다. 요컨대 타자의 경험을 자기화하여 자기만의 언어로 재창조하는 것이 박준 시의 특징이라 할 수 있다.

"혼자 앓는 열이/적막했다"라는 첫 구절부터 예사롭지 않다. 혼자 병을 앓는 신세가 적막했다는 뜻인데, '병'을 '열'로 대치하고 주어 자리에 놓자 한 단어만 바꾸었는데도 시적 영기(靈氣)가 넘친다. 열이 적막할 수는 없는 것인데, '열이 적막했다'라고 말하니 "열"의 뜨거움과 "적막"의 서늘함이 체감의 대조를 이루며 시적 텐션을 형성한다. 새로운 의미가 창조되는 것이다. 혼자 앓는 열의 적막을 뚫고 소통 가능한 사연이 소개된다. 소통은 소통이되 과거의 사연이다. "나와 수간(手簡)을/길게 놓던 사람이 있었다"는 것이다. 수간은 앞에서 설명한 대로 손으로 쓴 편지라는 말로 옷감에 수(繡)를 놓듯 정성을 들여 사연을 주고받았다는 뜻이다. 그런 누군가가 있었던 것인데 그 사람과의 인연은 끊기고 혼자 병을 앓는 적막한 처지가 되었다. "길게"라는 말은 편지의 내용이 길었다는 뜻도 되고 편지를 나눈 기간이 길었다는 뜻도 된다. 둘 다 감정의 물길이 꽤 깊었음을 의미한다. 그 사람은 인천에서 양말 재봉 일을 하는 여인이었다고 간단히 소개했다. 이 말에서 우리는 당연히 가난을 떠올린다. 윤택한 처지의 여인이라면 그런 일에 종사하지 않을 것이다.

그 가난한 여인은 "손이 달처럼 자주 붓는 것이/고민이라"는 말을 써 보냈고, "나는 바람에 떠는 우리 집 철문 소리와/당신의 재봉틀 소리가/아주 비슷할 거라 적어 보냈다". 가난한 그녀는 건강하지 못했고 나 역시 외롭고 가난하여 그 사람과 비슷한 처지에 있었다. 바람에 떠는 철문 소리는 두 사람의 유사한 상황을 암시하는 매개물이다. 가난은 벗어나기 어려운 질병이고 손이 붓는 병도 마찬가지 조건의 질환이다. 어떤 고민의 과정이 있었는지는 모르겠으나 그 사람은 백지에 흰 양말 몇 켤레를 접어 보내고 소식이 끊어졌다. "아무것도 적히지 않은 종이"라는 말은 단절의 담백함과 적막감을 동시에 환기한다. 손이 달처럼 자주 붓는 그 여인은 정갈한 심성의 소유자다. 끝나는 마당에 무슨 구구한 사연이 필요하겠는가. 자신의 마음을 담은 양말 몇 켤레로 작별의 말을 대신한 것이다. 그것도 자신의 심성을 닮은 흰색 양말을 곱게 접어서. 그것이 자신의 마음을 전하기 위해 그녀가 택한 최선의 선물이었다.

화자는 병들고 가난한 그녀의 처지가 마음에 걸렸겠지만 별다른 방도가 없었을 것이다. 근심과 연민과 그리움의 시간이 지났을 뿐. "손이 달처럼 자주 붓는"다던 그녀의 처지를 생각하니 "반달"이 떠오른다. 보름달은 너무 환하고 초승달이나 그믐달은 너무 어두워서 반달을 떠올렸을 것이다. 그 반달이 "반은 희고/반은 밝았다"고 했다. 이 말은 반달의 형상과는 다르다. '희다'와 '밝았다'는 유사한 개념이 아닌가? 어째서 반은 어둡고 반은 밝았다고 하지 않고 반은 희고 반은 밝았다고 했을까? 인천의 어느 양말 공장에서 달처럼 부어오른 손으로 재봉 일을 하는 그 여인을 생각하면 반달의 반이 어둡다는 말을 할 수 없었을 것이다. 나 또한 혼자 병을 앓는 사람이므로 어둡다는 말을 하기 힘든 처지다. 반달의 어느 한쪽이 나나 그녀라고 생각해도 어둡다고 말할 수는 없는 일이다. 한쪽이 밝다면 다른 쪽은 거기에 비해 희다고 본 것이다. 여기에는 삶의 어둠을 어둠으로 말하지 않으려는 의지와 어둠을 용납하지 않겠다는 정신의 자세가 있다. 남녀의 내밀한 정분을 담은 이 서정시의 내면에 뜻밖에 휴머니즘의 정신이 담겨 있는 것이다. 그래서인지 첫 시집 약력에 시인은 "문학을 잘 배우면 다른 이에게 줄 수도 있다는 사실을" 알게 되었다고 적었다. "당신처럼 한번 아름다워 보자고 시작한 일"이 시 쓰기라는 말의 의미도 분명해진다. 이 시에 등장한 화자와 당신 두 사람은 보기 드물게 정갈한 아름다움을 지니고 있다. 그 아름다움은 우리의 마음을 정갈한 상태로 고양시킨다. 그는 시집 앞뒤에 지나가는 말처럼 내비친 희망을 충실히 실천하여 뜻을 이루었다. 딱딱한 경세(警世)의 담론을 내세우지 않고 서정의 언어로 휴머니즘의 소망을 이루었다. 근래에 보기 드문 온화한 화법에 마음이 달빛처럼 젖어 든다.

　가난한 사람들의 삶을 배경으로 온화한 휴머니즘의 화법을 정성껏 보여 준, 그래서 쉽고 편안하게 읽히는 「모래내 그림자극」「태백중앙병원」「발톱」「꽃의 계단」「날지 못하는 새는 있어도 울지 못하는 새는 없다」를 거쳐 다음 시에 오면 박준이 새로운 각도에서 시험한 생략과 암시의 화법을 통해 그의 시의 또 다른 면을 만날 수 있다. 시집의 해설을 쓴 허수경도 복병(伏兵)과 같은 이외의 비약에 요령을 잃고 난감해한 작품이다.

　　그날 아버지가
　　들고 온 비닐봉지

　　얄랑거리는 잉어

　　잉어 입술처럼
　　귀퉁이가 헐은
　　파란 대문 집

　　담벼락마다
　　솟아 있는
　　깨진 유리병들

월담하듯 잉어는
내가 낮에 놀던
고무 대야에 뛰어들고

나와 몸집이 비슷했던 잉어

그날따라 어머니는
치마 속으로
나를 못 숨어들게 하고

이불을 덮고 끙끙 앓다가
다 죽기 전에 손수 배를 가르느라
한밤중에 잉어 내장을 긁어내느라

탯줄처럼 길게
끌려 내려오던 달빛

"당신 이걸 고아 먹어야지 뭐하려고 조림을 해"

다음 날 아침
밥상에 살이 댕댕하게 오른

그러니까 동생 같은

—「낙(落)」 전문

이 시는 대비적 비유를 설정하여 생략과 압축과 암시의 화법으로 가슴 저린 기억의 잔상을 살려 낸 매우 뛰어난 작품이다. 박준 시의 비유의 묘미는 여러 곳에서 확인된다. 가령 「날지 못하는 새는 있어도 울지 못하는 새는 없다」의 첫 구절, 폐지를 잔뜩 실은 수레를 끄는 '당신'의 깊은 목주름을 묘사한 대목은 정말 독창적이다. "삼 남매의 손을 탄 종이 인형 같아 목이 앞으로 꺾어지는 당신 주름은 무게와 무게가 서로 얽혔던 흔적이라 적어 두고"가 그것인데, 이 구절의 의미는 다층적이다. 당신 목의 깊은 주름은 마치 목이 앞으로 꺾일 것처럼 깊게 파여 있다. 그 모양을 "삼 남매의 손을 탄 종이 인형"에 비유했다. 삼 남매가 성장하면서 하나의 종이 인형을 같이 갖고 놀았다면 그 인형은 때가 타고 장력이 풀려 목이 앞으로 꺾어지거나 제대로 서 있지를 못할 것이다. 그런 종이 인형처럼 당신의 목에도 마치 앞으로 꺾어질 것 같은 깊고 거친 주름이 보인다는 뜻이다. 그 주름은 삶의 힘겨움이 여러 차례 중첩되어 형성된 것이니 "무게와 무게가 서로 얽혔던 흔적"이라고 했다. 이 한 구절의 시행으로 당신이 거쳐 온 가난과 노역과 노쇠의 역사가 한눈에 응집되어 들어온다. 이런 비유는 직관으로 단번에 만들어지지 않는다. 삼 남매가 힘을 합해 종이 인형을 만드는 것처럼 오랜 주무름과 매만짐과 다스림의 과정이 스며들어야 비로소 빚어질 수 있다. 박준의 시는 그런 공교(工巧)의 내력을 우리에게 각인시킨다.

위의 시는 제목부터가 낯설다. "낙(落)"이란 떨어진다는 뜻인데 무엇이 떨어졌다는 것인가? 시의 언술에 잉어가 나오고 이불을 덮고 끙끙 앓는 어머니와 탯줄, 동생 등의 말이 나온다. 이런 상황으로 볼 때 "낙"은 '낙태'의 준말임을 짐작할 수 있다. 가혹한 말을 삼가는 박준 시의 흐름으로 볼 때 '낙태'라는 자극적인 말 대신 암시적인 "낙"

을 제목으로 삼았을 것이다. 집안 사정이 어려워 낙태를 한 것인지 자연 유산을 한 것인지는 알 수 없다. 유산한 어머니의 몸보신을 위해 아버지가 잉어를 사 왔다. "얄랑거리는" 살아 있는 잉어지만 사람들의 시달림을 받아 입술이 헐었다. 잉어의 입술처럼 대문도 귀퉁이가 헐었다. 이 정경으로 가난한 집안의 모습과 무언가를 잃은 불편한 상황이 암시된다. 담벼락에 박힌 깨진 유리 파편은 도둑의 월담을 막으려는 것이니 가난한 동네인데도 도둑이 빈번하게 드는 척박한 환경임을 알 수 있다. 잉어는 제법 몸집이 커서 내가 놀던 고무 대야를 차지했고 어머니는 나를 가까이 오지 못하게 하고 이불을 덮고 앓았다.

어머니는 아픈 몸으로 일어나 한밤중에 잉어의 배를 가르고 내장을 긁어내 요리할 준비를 했다. 이 장면은, 아이는 인지하지 못하는 어머니의 낙태 장면과 겹쳐진다. 달빛의 비유로 나오는 탯줄도 이와 관련된다. 시간이 지난 다음에야 이런 장면이 시의 상황으로 재구성되었을 것이다. 다음 날 아침 밥상에 어머니가 만든 잉어 조림이 올랐다. 잉어를 본인의 몸보신용으로 쓰지 않고 가족을 위한 반찬으로 만든 것이다. 화자는 아침 밥상에 놓인 "살이 댕댕하게 오른" 잉어의 모습을 기억한다. 동생의 유산으로 얻은 잉어가 밥상에 오른 것이니 "동생 같은"이라는 말이 붙었다. 물론 이 말도 시간이 흐른 다음의 재구성이다. 여기서 잉어는 가난과 고초, 모성의 희생을 압축하는 복합적 상징으로 자리 잡는다. 시인은 파란의 인간사를 압축과 생략의 기법으로 서정의 갈피에 새겨 넣었다. "아무것도 적히지 않은 종이에/흰 양말 몇 켤레를 접어 보내"는 심정으로, 군말을 붙이지 않고 정황과 기억을 엮어 가슴 저린 서사의 축도를 만들었다. 배면에서 우러나는 서정의 물결은 이 서사를 상징의 차원으로 승격시킨다.

현대시 백 년 역사에 이런 시인은 아주 드물다. 그의 출현은 그만큼 경이적이다.

박준의 시에는 죽음의 그림자가 비친다. 앞에서 본 「시인의 말」에 "내가 살아 있어서 만날 수 없는 당신이 저 세상에 살고 있다"라는 말이 나오고 어느 대담에서도 그의 누나가 세상을 떠났다는 말을 했다. 이런 가족의 사연을 모르고 그의 시를 읽어도 그의 시에 죽음의 안개가 피어나는 것을 볼 수 있다. 그는 평범한 삶보다는 죽음의 기미가 어른거리는 존재의 움직임에 섬세하고 깊은 관심을 보인다.

> 통영의 절벽은
> 산의 영정(影幀)과
> 많이 닮아 있었다
>
> 미인이 절벽 쪽으로
> 한 발 더 나아가며
> 내 손을 꼭 잡았고
>
> 나는 한 발 뒤로 물러서며
> 미인의 손을 꼭 잡았다
>
> 한철 머무는 마음에게
> 서로의 전부를 쥐여 주던 때가
> 우리에게도 있었다
>
> ─「마음 한철」 부분

이 시의 앞부분에는 미인과 통영에 갔다는 기록이 나온다. 미인은 통영에 가자마자 분위기를 바꾸려는 듯 머리를 새로 했고 동백을 보고 놀라워했고 바다의 절경을 보며 감격하여 "우리 여기서 한 일 년 살다 갈까?"라는 말도 했다. 화자 '나'는 그 말에 "여기가 동양의 나폴리래"라는 말로 싱겁게 답했다. 여기서 일 년을 살자는 말이 실현될 수 없는 말이기에 마음이 들뜬 미인에게 냉정히 대응하고 있음을 알 수 있다. 두 사람의 언행을 보여 준 이 대목에는 아무리 진정한 관계라 하더라도 모든 만남이 영속적일 수 없다는 일종의 적막한 허무감이 담겨 있는 것 같다. 불어오는 바람이 미인의 맑은 눈을 시리게 했다는 기록 다음에 위의 대목이 이어진다.

여기 갑자기 "영정(影幀)"이 등장하는 것은 만남의 불연속성에 관련된 심적 상태의 환유로 보인다. 모든 만남은 언젠가는 단절되고 소멸된다. 그것은 죽음으로 끝난다. 두 사람이 걷는 아름다운 통영의 절벽도 언젠가는 우리의 작별을 알리는 단절의 표상이 될 수 있다. 그 단절의 순간이 먼 미래가 아니라 지금 당장 올 수도 있다. 절벽에서 위험한 상황이 발생하면 그 사람의 모습은 영정으로 남는 것이다. 삶의 갈피에 죽음의 손길이 어떻게 닿을지 아무도 모른다. 그러한 존재의 불안감을 다음 두 연에 상징적 행동으로 담아냈다. "미인이 절벽 쪽으로/한 발 더 나아가며" 내 손을 잡는 것은 위험한 행동이다. 그 위험을 조금이라도 피하기 위해 나는 "한 발 뒤로 물러서며/미인의 손을 꼭 잡았다". 이 정황과 행동은 매우 불안한 느낌을 준다. 그것은 존재의 불확정성과 죽음의 불가피한 인접성을 환기한다.

존재의 불안감을 넘어서게 하는 것은 그래도 사랑이다. 사랑은 상대에게 자신의 모든 것을 바치는 행위다. 상대가 위험한 길로 발을 옮기면 자신의 몸을 바쳐 위험을 막아 주는 것이 사랑하는 사람이

할 일이다. 상대를 살리기 위해 자신을 희생하는 일도 사랑의 영역에서는 종종 일어난다. 사랑하는 사람에게 "서로의 전부를 쥐여 주던 때"가 사랑의 시간이다. 사람의 현실이 비록 "한철 머무는 마음"에 불과한 것이라 하더라도 사랑하는 그 순간에는 자신의 전부를 상대에게 쥐여 주는 일이 일어난다. 이러한 사랑의 열병의 기록이 동서고금의 많은 문헌에 담겨 있다. 박준은 그런 사랑하는 마음의 한 순간을 시로 보여 주었다. 존재의 불확정성이 불변의 사실이듯이 사랑의 초월적 헌신도 부정할 수 없는 사건이다. 논리적 담론으로 설명하기 어려운 인간사의 미묘한 단층을 박준은 함축과 생략의 어법으로 한 폭의 그림처럼 표현했다. 역시 한국 현대시 백 년 역사에 드문 성취의 하나다.

3. 마음의 깊이와 긍정의 눈빛

첫 시집과 둘째 시집의 서정적 기류가 이어진다는 말을 도입부에서 했는데, 첫 시집과 구별되는 두 번째 시집의 특징이 없는 것은 아니다. 두 번째 시집의 해설을 쓴 신형철은 세심한 눈으로 아주 중요한 단면을 예리하게 드러냈다. 그것은 박준의 일종의 시간관, 인생관에 대한 통찰이다. 박준 시의 시간 의식에서 과거는 흘러가 버린 것이 아니라 현재의 시점으로 거슬러 올라오는 것이고 지금의 시간은 미래로 이어진다고 보았다. 따라서 시적 자아는 "미래에 도착할 현재를 정성껏 살아가기도 해야" 하며 "미래를 내다보는 일로 현재를 살아가는" 사람이다. 이것은 박준 시의 윤리 의식을 언급한 것이고 앞에서 말한 서정의 휴머니즘과 상통하는 내용이기도 하다. 첫 시집에 비해 두 번째 시집에 사유의 감도가 깊어졌고 윤리 의식이 더 뚜렷한 질감을 드러낸다.

이 의식을 그의 시에서 찾아내면 "온몸으로 온몸으로/혼자의 시간을 다 견디고 나서야//겨우 함께 맞을 수 있는 날들이/새로 오고 있었습니다"(『84p』) 같은 구절이 대표적인 예가 된다. 과거가 다가와 현재의 상황을 만들면 나는 그것을 잘 견뎌 내야 미래의 새로운 시간을 맞을 수 있다는 생각이다. 여기서 "견디고"라는 말이 울림이 크다. 잘 견뎌 내야 미래의 시간을 맞을 수 있는 것이다. 그리고 "혼자"라는 말과 "함께"라는 말의 뜻도 잘 음미해 보아야 한다. 견디는 것은 각자 "혼자" 견디는 것이고, 새로운 날을 맞는 것은 "함께" 맞이하는 것이다. 이런 부분에서도 박준의 윤리 의식이 감지된다. 혼자 견디다가 함께 새로운 시간을 맞이하는 마음의 자세는 다음 시에 잘 나타나 있다.

아욱 줄기가 연해지기 시작하면
우리의 제사도 머지않았다는 이야기입니다

그러면 저는 시장에 나가
참조기와 백조기를 번갈아 바라보거나
알 굵은 부사를 한참 동안 만지다 내려놓고는

우리가 함께 신어도 좋았을
촘촘한 수의 양말을
무늬대로 골라 돌아오곤 했습니다

—「가을의 제사」 전문

가을에 아욱 줄기가 연해지기 시작하는 것을 아는 사람은 식물의 변화와 요리의 관계에 대해 무언가를 아는 사람이다. 비단 채소의 문제만이 아니라 인간사의 제반 사항에 대해서도 이해심이 높은 사람이라고 할 수 있다. 그러므로 무심히 사실을 보고한 것 같은 이 첫 행은 아주 중요한 정보를 전해 준 것이다. 이렇게 가을이 될 때 먼저 떠오르는 것은 무엇인가. 이 시의 화자는 "우리의 제사"가 다가오고 있음을 먼저 떠올렸다. '나의 제사'가 아니라 "우리의 제사"라고 한 데는 미래의 시간은 함께 맞이해야 한다는 그의 윤리관이 반영되어 있다. 떠난 사람을 잊지 않고 추모하는 일이 무엇보다 우선되어야 함을 말한 것이고 그것은 혼자 하는 일이 아님을 밝힌 것이다. 그것이 미래를 함께 맞을 사랑의 출발점이다.

제사를 준비하기 위해 벌이는 행동과 그 안에 고인 마음의 움직임은 정겹다. 무언가 더 좋은 음식을 장만하려는 마음의 갈피가 섬세하게 느껴진다. 그가 조기를 고르고 사과를 고르는 행동은 자못 여성적인데 오히려 모성적이라고 말하는 것이 더 옳을지도 모른다. 더 좋은 것을 올려놓고 싶은 마음은 선택을 미루게 한다. 이것저것 만지작거리다 그가 골라 가지고 온 것은 양말 몇 켤레다. 「인천 반달」에도 나왔던 양말 몇 켤레가 여기도 등장한다. 굳이 양말을 내세운 것은 양말이 우리 신체의 가장 힘들고 어려운 부분을 감싸는 물건이며 비교적 값도 싼 필수품이기 때문일 것이다. 「인천 반달」에는 정갈한 마음을 나타내기 위해 흰 양말을 지칭했으나 여기서는 "무늬대로 골라" 돌아왔다고 했다. 어떤 양말이 어울릴까 헤아리다 좋아 보이는 무늬의 양말을 다 사 오는 너그럽고 온유한 마음을 읽을 수 있다. "돌아오곤 했습니다"라고 했으니 이 행동이 한 번으로 끝난 것이 아니고 시장에 나간 것도 여러 번 반복된 일임을 알 수 있다. 요컨대 이 화자에게는 제사를 준비하는 일이 현재를 충실히 사는 하나의 과정인 것이다. 그것이 사랑을 이어 가는 중요한 방식임을 알고 있기 때문이다. 떠난 사람을 잊지 않고 그 사람과 나와의 연결을 위해 최선을 다하는 것. 이것이 사랑임을 말하고 싶었을 것이다. 이런 대목에서 사람과 사랑을 보는 눈길이 더 깊어졌고 삶의 내면을 들여다보는 사유가 더 심화되었음을 알 수 있다. 그런 깊은 마음의 자리에 설 때 자살을 기도한 사람과 솔직한 얘기도 나눌 수 있을 것이다.

얼마 전 손목을 깊게 그은
당신과 마주 앉아 통닭을 먹는다

당신이 입가를 닦을 때마다
소매 사이로 검고 붉은 테가 내비친다

당신 집에는
물 대신 술이 있고
봄 대신 밤이 있고
당신이 사랑했던 사람 대신 내가 있다

한참이나 말이 없던 내가
처음 던진 질문은
왜 봄에 죽으려 했느냐는 것이었다

창밖을 바라보던 당신이
내게 고개를 돌려
그럼 겨울에 죽을 것이냐며 웃었다

마음만으로는 될 수도 없고

꼭 내 마음 같지도 않은 일들이

봄밤에는 널려 있었다

—「그해 봄에」 전문

 이 시에도 박준 특유의 생략의 화법이 빛을 발한다. 그는 말할 것을 다 말하지 않고 침묵의 그늘에 배치하는 시인이다. 당신이 "얼마 전 손목을 깊게 그"었다는 것은 심각한 사건이다. 세인의 관심을 끌 만한 개인사는 거론하지 않고 그와 마주 앉아 통닭을 먹는 장면을 바로 보여 주었다. "소매 사이로 검고 붉은 테가 내비"치는 장면으로 독자의 호기심을 달래고 술과 이야기로 깊어 가는 밤의 만남만 이야기했다. "당신이 사랑했던 사람 대신 내가 있다"라는 구절에서 당신의 극단적 행위가 사랑 때문이었으리라는 암시를 다시 한 번 던진다. "물 대신 술이 있고/봄 대신 밤이 있고"라는 단순한 반복 구절은 이야기를 나누는 두 사람이 다 과묵하다는 사실을 드러낸다.

 한참이나 말이 없던 내가 그에게 처음 던진 질문이 "왜 봄에 죽으려 했느냐는 것"이라는 점은 정신이 번쩍 들 정도로 놀랍다. 평범한 사람이라면 술이 올라도 이런 질문은 쉽게 하지 못할 것이다. 첫 질문으로 이렇게 핵심적인 문제를 택했다는 것은 시의 화자가 세속적인 이해관계에 물들지 않은 사람임을 암시한다. 이것저것 계산하지 않는 사심 없는 마음으로 묻고 싶은 것을 물었을 것이다. "창밖을 바라보던 당신이/내게 고개를 돌려"라는 구절에도 많은 의미가 함축되어 있다. 그는 손님을 앞에 두고 창밖의 무엇을 보고 있던 것일까? 독자들은 이 구절을 읽으며 저마다 여러 의미를 떠올릴 것이다.

그만큼 이 시는 생각의 여백을 많이 두고 있다. 그의 대답은 동문서답 같으면서도 죽음을 넘어선 사람의 초탈의 심경을 떠오르게 한다. 그는 깊은 상처를 입었지만 그것을 계기로 사랑과 죽음에 대해 무엇인가를 터득한 사람 같다. 극한적 경험을 통해 생사의 비밀을 알아차린 것일까.

박준의 다른 시와는 달리 이 시는 끝부분에 깨달음의 결론에 해당하는 말을 넣어 두었다. 그러나 이 말은 관념적으로 다가오지 않는다. 자살의 이유에 대해 동문서답식으로 답하는 당신과의 대화를 통해 서로가 함께 도달한 인식의 지평을 우리에게 소개하는 듯하다. 인생이란 무엇인가? "마음만으로는 될 수도 없고/꼭 내 마음 같지도 않은 일들이" 일어나는 자리다. 이것은 인위적으로 조정이 불가능하고 도덕적 당위로 통제하기 어렵다. 사람의 삶은 그저 그렇게 흘러가는 것이다. 논리적으로 설명할 수 없는 마음의 불가해성과 불가피성이 우리의 삶을 주도한다. 백석의 명구(名句)처럼, "내 뜻이며 힘으로, 나를 이끌어 가는 것이 힘든 일인 것"을 우리는 시간의 흐름 속에 깨닫게 되는 것이다.

이러한 삶에 대한 성찰의 경험을 거치며 시인은 삶을 더 깊이 이해하고 긍정하면서 삶의 어려움을 따뜻한 마음으로 감싸 안는 자세를 취한다. 이러한 온화한 포용의 자세는 두 번째 시집에 더 두드러지게 나타난다. 시집의 표제가 된 시구가 나오는 「장마」는 "태백에서 보내는 편지"라는 부제가 붙어 있다. 태백에서 보내는 편지이기에 광산 지역의 어두운 이야기를 앞에 많이 썼는데 그 내용을 지워버리고, 이 글이 당신에게 닿을 무렵이면 우리가 함께 장마를 보게될 것이라는 희망적인 내용으로 바꾸어 적었다는 내용이다. 광부들의 죽음이 나오는 어두운 사연을 미래의 새로운 사건으로 바꾸고자

하는 시인의 온화한 마음을 읽을 수 있다. 「오늘」에서는 새해를 맞아 큰 눈이 내린 후 뒷산에 올라 눈 쌓인 가지를 보았다고 했다. 가지에 쌓인 눈이 바람에 흔들리는 모습을 보면 "날리는 백매(白梅)를 함께 보았던 사월도 부럽지 않을 것"이라고 말한다. 겨울 삭풍의 풍경도 마음만 달리하면 사월의 꽃잎 날리는 정경과 다를 바 없다는 긍정의 마음을 시로 표현한 것이다. 그 긍정의 기운이 다음 시처럼 수묵화 같은 미묘한 채색의 아름다움으로 번져 스며들기도 한다.

주말에 큰비가 온다고 하니 이곳 사람들은 그전까지 배추 파종을 마칠 것입니다 겨울이면 그 흰 배추로 만두소를 만들 것이고요

그때까지 제가 이곳에 있을지는 모르겠습니다만 요즘은 먼 시간을 헤아리고 생각해 보는 것이 좋습니다 그럴 때 저는 입을 조금 벌리고 턱을 길게 밀고 사람을 기다리는 표정을 짓고 있습니다 더 오래여도 좋다는 듯 눈빛도 제법 멀리 두고 말입니다

—「메밀국수—철원에서 보내는 편지」 부분

시인은 철원 지역의 풍물을 조용히 읊조린 다음에 가을과 겨울을 준비하는 사람들의 모습을 소개했다. 그러고는 미래의 시간을 향해 "먼 시간을 헤아리고 생각해 보는 것이 좋습니다"라고 고백했다. 젊은 시인이 애늙은이가 된 듯 미래를 헤아리는 지혜의 눈빛을 닮으려 하는 것이다. 어떠한 미래가 다가올지 알 수 없는 일이지만, 그래도 따뜻하고 아늑한, 이 철원 사람들이 살아가는 것처럼 충분히 사람이 살 만한, 그런 세상이 오리라는 믿음을 갖고, 그에 합당한 표정을 짓고 앞날을 기다린다고 했다. "입을 조금 벌리고 턱을 길게 밀고 사람

을 기다리는 표정을 짓고" "더 오래여도 좋다는 듯 눈빛도 제법 멀리 두고" 앞날의 시간을 기다리는 것이다. 이 독특한 자세와 시선에서 앞날을 긍정적으로 받아들이는 표정을 읽을 수 있다. 지금의 기다림이 어제의 아픔을 이겨 내게 하는 힘이 되고 오늘의 쓸쓸함을 견디게 하는 힘이 된다. 박준의 시는 이런 살아감의 힘과 기다림의 아름다움을 조용하고 감미로운 언어로 우리에게 선사한다. 우리 시단의 진귀한 보배임이 틀림없다.

생명 옹호의 낙관적 사유
—안희연

1. 알레고리의 환유적 세계

1986년 경기도 성남에서 태어난 안희연은 2012년에 『창작과 비평』으로 등단하여 2015년에 첫 시집 『너의 슬픔이 끼어들 때』(창비, 2015.9.)를 냈다. 지금까지 세 권의 시집을 간행하여 활발한 활동을 전개했는데, 그의 창작 방법의 기조는 크게 바뀌지 않았다. 그는 우화적 상상력에 바탕을 둔 알레고리 기법을 활용하여 삶의 단면을 재구성하고 시에 대한 반성적 사색을 결합하는 작업을 해 왔다. 그는 기존 시단의 흐름과 일정한 거리를 두고 처음부터 자신만의 시적 영역을 독자적으로 구축하려는 경향을 보였다. 창작의 단계마다 시란 무엇이며 시는 어떻게 써야 하는가라는 존재론적 질문을 반복적으로 제기하는 듯한 그의 독특한 작시법은 감성과 지성의 균형을 긴장감 있게 유지한다는 평가를 받으며 등단 초기부터 시단의 주목을 받았다. 등단작 「고트호브에서 온 편지」에 그의 시작 태도가 압축되어 있어서, 이 작품을 중심축으로 삼아 그의 시의 변화 양상을 살필 수 있다.

나는 핏기가 남아 있는 도마와 반대편이라는 말을 좋아해요

오늘은 발목이 부러진 새들을 주워 꽃다발을 만들었지요

벌겋고 물컹한 얼굴들
뻐끔거리는 이 어린 것들을 좀 보세요
은밀해지기란 얼마나 쉬운 일인지
나의 화분은 치사량의 그늘을 머금고도 잘 자라고 있습니다

창밖엔 지겹도록 눈이 옵니다

벽난로 속에 마른 장작을 넣다 말고
새하얀 몰락에 대해 생각해요
호수, 발자국, 목소리……
지붕 없는 것들은 모조리 파묻혔는데
장미를 이해하기 위해 우리에겐 얼마나 많은 담장이 필요한 걸까요
초대하지 않은 편지만이 문을 두드려요

빈 액자를 걸어 두고 기다려 보는 거예요
돌아올지도 모르니까
물고기의 비늘을 긁어 담아 놓은 유리병 속에
새벽이 들어 있을지도 모르니까

별들은 밤새도록 곤두박질치는 장면을 상연 중입니다

무릎을 켜면 지금껏 들어보지 못한 음악이 흘러나오는 것처럼

당신이 이 편지를 받을 즈음엔
나는 샛노란 국자를 들고 죽은 새의 무덤을 휘젓고 있겠지요

*고트호브: 그린란드의 수도로 '바람직한 희망'이라는 뜻.

—「고트호브에서 온 편지」 전문

고트호브라는 지명은 그 말에 담긴 의미 때문에 선택되었을 것이다. 그린란드는 국토의 85%가 얼음으로 덮인 거대한 섬인데 이 땅을 처음 발견한 사람들은 묘하게도 이곳을 '초록의 땅'이라고 명명했다. '바람직한 희망'이라는 뜻을 지닌 '고트호브'는 이 나라의 통치권을 가진 덴마크 말이고 현지어로는 '누크'라고 한다. 이런 주변적인 사실에는 관심이 없다는 듯 화자는 자신의 취향과 행동을 먼저 이야기했다. "창밖엔 지겹도록 눈이 옵니다"라는 시행으로 냉대 지역의 특징을 나타냈을 뿐 그린란드의 지리적 풍토 같은 것에 대해서는 아무 언급이 없다. 시인은 '바람직한 희망'이라는 뜻과 '고트호브'라는 음의 이국적 정취 때문에 이 지명을 선택한 것 같다.

첫 시행과 둘째 시행은 지시적 의미의 격차가 있다. 서로 다른 얘기를 한 것 같지만, 그 안에 담긴 의미는 내부의 감정선으로 연결된다. 연결의 윤활유 역할을 하는 것은 시인의 여성적 정조다. "도마"나 "꽃다발"은 여성에게 친숙한 언어다. 여성의 신체 언어로 핏기가 남아 있는 도마의 반대편을 좋아한다는 뜻을 밝혔고, 발목이 부러진

새들을 주워 꽃다발을 만들었다고 진술했다. 첫 행의 "핏기"는 둘째 행의 "발목이 부러진 새"의 형상과 연결되어 상처, 출혈, 위해(危害)의 의미를 환기한다. 화자는 이러한 부정적 의미의 "반대편" 영역에 선다고 했고, 부정적 상황에도 불구하고 아름다움을 이루려는 행동을 보였다고 말했다. 어떠한 상황에서도 생명을 지키는 쪽에 서겠다고 밝힌 것이다. 다음에 나오는 "나의 화분은 치사량의 그늘을 머금고도 잘 자라고 있습니다"라는 시행 역시 이와 유사한 뜻을 나타낸다.

시인은 세상의 상처와 아픔에도 불구하고 아름다운 성장을 꿈꾸는 윤리 의식의 소유자다. 그러한 마음의 바탕에는 아직 완성되지 못한 상태로 미숙하나마 살아 있는 동작을 취하는 어린 생명체에 대한 연민이 있다. 지겹도록 눈이 와서 세상이 온통 "새하얀 몰락"에 잠긴다 해도 시인의 의지는 변함이 없을 것이다. 연이은 폭설의 상황에 넘어야 할 담장이 아무리 많다 해도 "장미를 이해"하려는 의지는 지속될 것이고, "빈 액자를 걸어 두고 기다려 보는" 그의 태도 역시 오래도록 유지될 것 같다. 시인은 이러한 자신의 의지를 독특한 비유로 표현했다. "물고기의 비늘을 긁어 담아 놓은 유리병 속에/새벽이 들어 있을지도 모르니까"가 그것이다. 여기서 "물고기의 비늘"은 앞에 나온 "핏기가 남아 있는 도마", "발목이 부러진 새"와 유사한 형상이다. 상처와 출혈과 위해의 상황 속에서도 그 안에 세상을 밝혀 줄 새벽이 들어 있으리라는 희망을 버리지 않는 것이다. 낙관의 희망은 '바람직한 희망'이라는 지명의 뜻과 연결된다.

별들이 "밤새도록 곤두박질치는 장면"을 보여 주지만 어디선가는 "지금껏 들어보지 못한 음악이 흘러나오는 것"이 우리의 인생이다. 안희연은 그러한 희망의 메시지를 포기하지 않는다. 그러니 동결의 냉대 지역 고트호브에서 보낸 편지가 도착할 즈음이면 화자는 폭설의 몰락에서 벗어나 봄 들판에 핀 개나리처럼 "샛노란 국자를 들고" "죽은 새의 무덤을 휘젓고" 있을 것이라고 했다. "국자"는 첫 행에 나왔던 "도마"와 호응하여 발화 주체가 여성임을 다시 환기한다. 여성 특유의 모성적 포용력으로 희망의 국자를 들고 방금 끓인 국을 휘젓듯이 새의 무덤을 휘젓는다는 뜻이다. 죽은 새의 무덤을 휘젓는다는 어구가 어디서 기원한 것인지 다소 모호한 부분이 있다. 새의 무덤을 휘저어 죽음의 공간에서 무언가를 떠올리는 행동을 표현하고자 한 것 같다. 시인은 폭력, 불의, 소멸, 몰락의 혼란 속에서 생명의 기미를 지키고 그것을 통해 '바람직한 희망'을 회복하겠다는 의지를 조심스럽게 드러냈다. 이 조심스러운 시적 화법은 과장된 웅변이 아니기에 오히려 의식의 내면을 지탱하는 믿음을 준다. 우리는 이 한 편의 시를 통해 안희연의 시정신을 충분히 간파할 수 있다. 그는 생명을 아끼고 보살피는 마음을 가졌고 몰락 속에서도 미래를 기다리는 낙관적 세계관을 가졌다. 그의 세계관은 시집 여러 편에 다양한 형식으로 재현된다.

돌부리에 걸려 넘어진다고 쓰면
눈앞에서 바지에 묻은 흙을 털며 일어나는 사람이 있다

한참을
서 있다 사라지는 그를 보며
그리다 만 얼굴이 더 많은 표정을 지녔음을 알게 된다

그는 불쑥불쑥 방문을 열고 들어온다

지독한 폭설이었다고
털썩 바닥에 쓰러져 온기를 청하다가도
다시 진흙투성이로 돌아와
유리창을 부수며 소리친다
"왜 당신은 행복한 생각을 할 줄 모릅니까!"

절벽이라는 말 속엔 얼마나 많은 손톱자국이 있는지
물에 잠긴 계단은 얼마나 더 어두워져야 한다는 뜻인지
내가 궁금한 것은 가시권 밖의 안부
그는 나를 대신해 극지로 떠나고
나는 원탁에 둘러앉은 사람들의 그다음 장면을 상상한다

단 한 권의 책이 갖고 싶어
아무것도 쓰여 있지 않은

밤
나는 눈 뜨면 끊어질 것 같은 그네를 타고

일 초에 하나씩
새로운 옆을 만든다

—「백색 공간」 전문

이 시는 드라마의 형식을 취하여 화자와 그가 상대하는 사람과의
대화를 도입했다. 도입부에 돌부리에 걸려 넘어지는 사람과 바지에
묻은 흙을 털며 일어나는 사람을 대비적으로 배치했다. 앞은 좌절의

상황이고 뒤는 극복의 상황이다. 한 사람의 얼굴에 우리가 보는 것보다 더 많은 표정이 숨어 있음을 시인은 알고 있다. 화자에게 극복의 자세를 취하던 그 사람은 지독한 폭설에 시달려 몸이 진흙투성이가 되었지만, 유리창을 부수며 "왜 당신은 행복한 생각을 할 줄 모릅니까!"라고 소리친다. 긍정적 태도를 가지라는 매우 극적이고 적극적인 권유다. 시인은 절벽과 손톱자국의 대비를 통해 절벽에는 절벽을 넘어서려 애쓴 많은 사람들의 노력이 새겨져 있다고 말한다. 아무리 암울한 상황이 닥쳐도 극지로 떠날 사람은 떠나고 방 안의 원탁에 둘러앉은 사람들은 다음에 전개될 일에 대처한다. 어떠한 난관이 있어도 세상은 그렇게 흘러가는 것이다. 때로는 백지상태의 책 같은 새로운 삶을 살 꿈도 꾸어 보지만, 세상은 여전히 불안하고 외부 세계의 위해성은 사라지지 않는다. 어둠 속에 "눈 뜨면 끊어질 것 같은 그네를 타"는 것이 우리의 삶이다. 고통과 불안이 없는 삶은 생각할 수 없다. 그래도 시인은 "일 초에 하나씩/새로운 옆을 만든다"고 선언한다. 물론 이것은 과장된 희망의 토로다. 새로운 옆이란 새로운 동지를 만든다는 뜻일까? 일 초에 하나씩 새로운 동지를 만든다면 이루지 못할 것이 없다. 생성의 위력과 지구력이 경탄스럽다. 시인의 신념과 희망이 만들어 낸 시적인 발언이다.

삶에 대한 인식은 그의 시에서 다양하게 변주되는데, 삶의 단면을 바라보는 시인의 중심 의식은 부끄러움과 죄책감이다. 이 두 감정은 안희연의 거의 모든 시에 질감을 달리하여 나타난다. 자의식이 예민한 대부분의 시인들이 이 두 감정을 가지고 있지만 그 의식이 어떻게 드러나고 변주되는가는 시인마다 다르다. 일제 말에 시를 쓴 윤동주는 당시의 특수한 상황에 대한 반성적 자의식을 죄의식과 부끄러움으로 나타냈다. 안희연의 경우는 구체적인 상황에 대한 반응이라기보다는 다소 관념적인 성향을 보인다.

　이 관념성은 두 번째 시집 『밤이라고 부른 것들 속에는』에 담긴 시인의 산문 「빚진 마음의 문장」 한 구절에서도 포착된다. 그는 자신이 훼손되었다고 느낄 때 어김없이 찾아가게 되는 장소가 있다고 하면서 그 장소에 다가가는 상태를 "때로는 말을 타고 들판을 한없이 달리는 심정으로, 때로는 잠수정을 타고 심해 깊숙이 가라앉는 심정으로" 가게 된다고 비유했다. 표현하려는 마음의 상태가 어떤 것인지 우리는 충분히 짐작할 수 있다. 그러나 시인의 입장에서 보면 말을 타고 들판을 한없이 달리거나 잠수정을 타고 심해로 가라앉는 경험은 해 본 적이 없을 것이다. 그는 상상의 차원에서 이러한 비유를 구성했다. 이것이 관념의 창조물이라는 점은 부정할 수 없다.

　「소인국에서의 여름」에서 화자는 김수영의 「어느 날 고궁을 나오면서」에 나오는 "모래야 나는 얼마큼 적으냐 정말 얼마큼 적으냐"를 중얼거리면서 "나만 혼자 커다랗다는 부끄러움"을 느낀다. 그것은 현실에 대처하는 자신의 자세를 반성한다는 점에서 정직한 것이다. 세상은 그가 감당하기 힘들 정도로 포악해져서 "흙더미 속에서 걸어 나오는 짐승들"과 "덤불숲 너머 불타오르는 바다"를 대면하게 된다. 이 험한 상대를 부끄럽다는 자의식만으로 대처하는 것은 어려운 일이다. 그래도 그는 "어떤 기다림에 대해 생각해야 합니다"라고 마음을 다잡는다. 여기서도 인간을 긍정하고 신뢰하는 시인의 낙관적 세계관을 엿볼 수 있다.

　낙관적 전망에도 불구하고 세계의 모습은 계속 부정적으로 흐른다. 안희연은 세계의 부정적 탐욕성을 '불길이 잦아들지 않는 용광로'(「당분간 영원」)라고 표현했다. 「접어 놓은 페이지」에는 목동이 양의 목을 내려치는 잔혹한 장면이 나온다. 목동은 겁도 없고 죄의식도 없어서 쓰러진 양의 발목을 잡아끌고 와서 돌처럼 쌓아올려서 새빨간 성벽을 만든다. 양을 쌓은 것이니 새하얀 모습이 되리란 목동의 기대와는 달리 양들의 피로 얼룩진 새빨간 성벽이 된 것이다. 어두운 밤은 이어지고 밤이 만든 부리 긴 새들이 두 눈을 찌르러 올 것이라고 했다. 오래전에 버려진 책들은 모래 알갱이로 바스러지고 목동은 미망에 사로잡혀 세계의 실상을 바로 보지 못한다. 양들의 목을 쳐 새빨간 성벽을 만들고도 "양들이 평화롭게 날아가는 것을 보았다"고 믿으며 "언덕 너머에 진짜 언덕이 있다고 믿는다". 이것은 허위의식이고 거짓에 대한 믿음이다. 이러한 가짜 믿음에 어떻게 대처할 것인가가 문제다. 부끄러움과 죄의식보다 좀 더 구체적인 무엇이 있어야 폭력과 거짓의 세계에 맞설 수 있을 것이다. 「뇌조」에서 시인은 "몸을 찢고 날아오르는 일과 아름답게 파묻히는 일을 상상했다"고 했다. 앞의 행동은 거짓에 맞서 자신을 부수고 한 단계 높은 지점으로 비상하는 행동일 것이고, 뒤의 행동은 거짓의 세계 속에서도 자신의 순수함을 은밀하게 지키는 행동을 나타낼 것이다. 어떤 행동을 취하든 자신을 위해하려는 세계에 맞서 이기기에는 힘이 달려 보인다.

　이와 관련된 그의 고민이 드라마적 우화의 구조를 통해 깊게 각인된 작품이 「월요일에 죽은 아이들」이다. 이 시에는 세계의 위해에 맞선 경험이 없는 순진한 아이들이 등장한다. 그들은 순진하고 연약하기 때문에 애처롭고 안타깝다. 아이들이 스케치북에 일곱 개의 태양을 그리면 누군가 그것을 검게 칠하고 아이들에게 첫눈이라고 가르친다. 아이들은 첫눈인 줄 알고 신이 나서 달린다. 가상의 우화의 세계이기에 "다리가 없어도 달리고 길이 없어도 달린다"고 했다. 가상의 숲을 향해 신나게 달리는 것이다. 그러나 그런 거짓의 세계에서 아이들이 제대로 성장할 리 없다. 아이들은 조금씩 가벼워지고 "뼈가 녹고" 한없이 투명해지다가 결국은 죽게 된다. 이런 악몽의 세계에 직면한 화자는 책을 펼친다. 그러나 책 속에서 죽은 아이들이 쏟아져 나오고 화자는 "황급히 책을 덮고/변명처럼 천장을 올려다본다". 천장에는 거꾸로 매달린 아이들이 수줍게 웃는다. 그 죽음의 영상은 사라지지 않는다. 여기서 화자는 "몸을 찢고 날아오르는 일과 아름답게 파묻히는 일" 어느 쪽도 선택하지 않고 방관하는 자리에 놓여 있다. 그래도 한 아이가 떨어지면서 어깨 위에 잠시 앉아 있겠다고 하니 그 잠깐의 느낌을 행을 나누어 다음과 같이 특별히 표현했다.

참
다정한
무게

이 시행에는 생명의 소중함에 대한 인식과 그럼에도 불구하고 희생될 수밖에 없다는 사실에서 오는 안타까운 마음이 담겨 있다. 잠시 후 아이는 다시 바닥으로 떨어지고 화자는 산 것과 죽은 것의 구분법도 모르겠다고 자인한다. 세계의 폭압과 위해에 대해 속수무책인 것이다. 아이들은 여전히 들어갈 수 없는 울타리 너머 죽음의 집에 거주하고 있다. 화자에게 인사도 하고 자기들끼리 놀고 있지만 그들은 "징그럽게 투명한 얼굴"을 갖고 있다. 그 모습에 놀라서 들고 있던 사과를 떨어트리고 사과는 어디론가 굴러간다. 이렇게 세 번의 여름이 지났다고 했지만 달라진 것은 없다. 악몽의 기억만 남았을 뿐이다. 이러한 악몽의 기억에 시달리지만 시인의 내면은 그렇게 어둡지 않다. 그는 생명의 힘을 믿는 낙관주의자이기 때문이다. 「야간 비행」의 어둠 속에서도 얼굴을 들고 "얼굴은 목에서 피어오른 단하나의 꽃"이라고 생각하며 "그 꽃을 피워 올리려고 힘찬 발길질을 시작해요"라고 말한다. 누군가를 파트너로 삼아 너의 슬픔이 끼어들면 "나의 두 손으로 너의 얼굴을 가려 보기도"(「파트너」) 하면서 작은 힘을 합쳐 "하나의 이름을 완성"하려고 노력한다. 나란히 빗속을 걸어가면서 "최대한의 열매로 최소한의 벼랑을 떠날" 희망을 포기하지 않는다. 그 의지와 노력은 선하고 아름답다.

2. 빚진 마음의 진실

앞에서 잠시 언급한 『밤이라고 부른 것들 속에는』(현대문학, 2019.3.)에 실린 산문 「빚진 마음의 문장」은 참으로 아름답다. 이 글은 시인의 시론을 압축해서 보여 주고 있어서 자료적 가치도 크다. 그는 할머니와의 추억을 회상하며 그 기억 속에 "가장 천진한 행복"과 "가장 커다란 죄책감"이 "서로 싸우고 있다"고 고백한다. 이 두 요소, 천진한 행복과 커다란 죄책감은 안희연의 시 전체를 관통하는 중요한 핵심어다. 그는 대부분의 사상(事象)을 접할 때 천진한 행복이 사라졌다는 실망감과 그것의 회복을 기다리는 소망을 함께 드러낸다. 그리고 그 행복의 사라짐에 자신도 책임이 있다는 죄책감을 갖는다. 아무 연관성이 없는 일에 대해서도 그는 그런 감정을 갖는다. 영화에서 사람들이 수없이 죽어 나가는 장면을 보면 죽은 사람들의 가족, 친지, 동료가 줄줄이 떠오르고 그들이 감당해야 할 죽음의 무게와 절망과 고초가 줄줄이 떠올라 엉엉 운다. 그는 어느 한 사람만이 아니라 그 사람을 둘러싼 존재의 관계에 관심을 갖고 그 관계망에 자신까지 포함시킨다. 아메리카 원주민들은 세상 만물이 서로 연결되어 있다고 생각하고 그 현상을 '미타쿠예 오야신'이라고 불렀다. 안희연도 그렇게 세상 만물이 연결되어 있다고 생각하는 시인이다.

그는 존재의 관계를 나쁜 쪽으로 몰아가는 움직임을 "괴물"이라고 부르며 시를 쓰는 일은 "괴물이 되려는 시간을 주저앉혀 가만가만 달래는 일"이라고 말한다. 가만가만 달랜다는 말은 참으로 시적이다. 시는 그렇게 가만가만 달래야 만들어지는 물건이다. 이어서 그는 "세상에 존재하는 모든 단어의 문을 열어 보는 쪽으로 나의 시가 움직였으면 좋겠다"라고 언명한다. 감히 존재를 호출하거나 존재와 손을 잡는 것이 아니라 '문을 열어 보는 쪽으로 움직이는 것'이라는 설명에 그의 성품이 담겨 있다. 그는 시가 무엇인지를 잘 아는 천성의 서정 시인이다. 그는 노련한 어른 같은 예지의 담론도 제시했다. 어둠 속에서 만질 수 없는 것을 만지거나 알 수 없는 것을 알려 할 때 필요한 것은 "손전등이 아니라 어둠에 익숙할 시간"이라고 했다. 나이가 많은 나도 그의 지혜에 빚졌다. 그가 말했다. "빚진 마음은 반드시 문장이 되게 되어 있다"라고.

이 시집의 맨 앞에 「전망」이라는 시가 있다. 앞에 불길한 장면을 배치한 다음 "그저 씨앗 하나를 심었을 뿐인데/벌어진 일들"이라고 했다. 세계의 선악은 작은 씨앗 하나 때문에 생긴다. '미타쿠예 오야신'. 만물이 하나로 연결되어 있기 때문에 하나의 씨앗이 괴물의 손톱을 키울 수도 있고 천사의 날개를 키울 수도 있다. 세상의 악이 내 안에 있는 작은 씨앗 때문에 생겼다는 자책, "그 씨앗은 나의 마음속에 있다"는 죄책감은 영화의 폭력 장면을 볼 때 느꼈던 감정과 유사한 것이다. 괴물의 악의 요소가 자신의 마음의 씨앗에서 생겨났다고 믿기 때문에 시인은 그것과 싸우려 한다. 자신과의 관계가 입증되지 않으면 모르려니와 자신의 마음의 씨앗에서 기원한 것이라면 당연히 싸움을 선언함이 옳다. "씨앗에서 괴물까지의 거리를 오가며/나를 망가뜨리려는 여름과 싸우고 있다"고 분명히 고백했다.

씨앗 중에 가장 작은 것이 겨자씨다. 그는 작은 겨자씨를 심어 삶에 뿌리를 내려 선한 나무로 성장해 보려고 나무의 자세를 연습한다. 그러나 괴물 넝쿨이 우거진 세상에서 선한 줄기를 피우는 것은 쉽지 않다. '가만가만 달래고' '문을 열어 보는 쪽으로 움직이는 것'도 쉬운 일이 아니다. 괴물의 힘은 강성하다. 그는 그 어려움을 이렇게 노래했다.

고작 겨자씨가 되려는 마음이 왜 이렇게 어려운 걸까
반쪽짜리 폐를 가진 새처럼
간신히 부풀어 올랐다 가라앉기를 반복하는 하루의 끝에서

나에 대해 생각하는 일은 왜 항상
산사태를 동반하고 마는지

—「나의 겨자씨」 부분

나무의 자세를 연습하기 위해 우선 겨자씨가 되기로 했고 겨자씨로 떨어져 간신히 뿌리를 내렸으나 "천진한 행복"의 국면으로 성장하는 것은 무척 힘든 일임을 자각하게 된 것이다. 폐가 반쪽밖에 없는 새처럼 움직이면 숨이 차고 시도와 좌절이 무료하게 반복되는 시간의 무의미 속에서 자신의 의지와 노력이 산사태로 끝나고 마는 참담함을 고백했다. 그래도 화자는 처음의 자리로 돌아와 자신의 마음을 다시 점검한다. 마음속에 있는 작은 겨자씨를 돌아보는 것이다.

이 방엔 나와 모래시계뿐이다

나는 그것을 뒤집고
다시 뒤집는 일을 한다

머릿속이 우유로 가득 찬 느낌
눈앞이 흐려질 때마다

삶이 정말
이것뿐일 리 없다는 생각을 하게 된다

그렇지만 이 방은 복종에 적합하게 설계되었고
그의 목소리는 끈질기게 들려온다
그는 내 눈동자가 비어 있기를 원한다
작동을 멈추어서는 안 된다고

가만 보니 테이블은 엎드린 사람 같다
모두들 버티고 있다

끊어 낼 수 있어야 사랑이 아닐까
내일은 오지 않는 동안에만 내일이라는 것을 알지만
정답 같은 세계를 움직일 불의 고리가 되는 일
몸을 태워 부르는 노래들

이런 나의 생각을 읽은 것인지

그가 또다시 일을 도모하고 있다

그가 나의 발목에 체인을 감고 있지만
꿈이겠지

눈을 떠도
안대를 벗어도
불을 켜도

여전히 캄캄하다

*불의 고리: 환태평양지진대

―「고리」 전문

　"이 방엔 나와 모래시계뿐이다"라는 시행으로 자신의 고립감을 단적으로 말했다. 안희연의 시에서 고립감을 이렇게 직접 표명한 예는 거의 없다. 그만큼 이 시는 절박한 상황에서 자신의 위상을 점검하고 있는 것이다. 작은 겨자씨 하나를 심어도 무섭게 변해 버리는 세상에 자신이 어떻게 대처해야 할지 모색의 노력을 벌인다. 그러나 아무리 사색을 거듭해도 앞길이 열리지 않는다. 시인은 모래시계를 뒤집듯 자신을 뒤집어 보는 노력을 계속한다. 눈앞은 흐리고 삶은 막막하다. 순종과 관성만을 요구하는 세계에서 시인은 늘 "삶이 정말/이것뿐일 리 없다는 생각"을 하는 존재다. 세상을 통제하는 "그의 목소리"는 집요하게 복종을 지시한다. 그러나 멍청한 피에로가 되지 않기 위해서는 고뇌의 작동을 멈추어서는 안 된다. 나만이 아니라 모든 존재들이 무언가를 지키기 위해 버티며 힘을 쏟고 있다. 이런 상황에서 시인은 "끊어 낼 수 있어야 사랑"이라고 다짐한다. "삶이 정말/이것뿐일 리"는 없으므로 기존의 고리를 끊고 새 고리를 이어야 한다. "정답 같은 세계를 움직일 불의 고리"가 되기를 꿈꾸며, "몸을 태워 부르는 노래"가 솟아나기를 소망한다.

이러한 안희연의 노력은 복종을 지시하는 "그의 목소리" 못지않게 힘이 있다. 세상은 여전히 캄캄하고 그가 나의 활동을 감지하여 "나의 발목에 체인을 감고 있지만" 그는 이 노력을 멈추지 않을 것 같다. 1964년 5월 『사상계』에 발표한 「거대한 뿌리」에서 김수영은 "나에게 놋주발보다도 더 쨍쨍 울리는 추억이/있는 한, 인간은 영원하고 사랑도 그렇다"라고 외쳤다. 안희연도 그렇게 쨍쨍 울리는 추억에 호응하는 노래를 부르고자 안간힘 쓰는 것이다. 이러한 안희연에게 김수영이 했던 말을 들려주고 싶다. "누이야 장하고나!"(「누이야 장하고나」) "죽음을 잊어버린 영혼과 육체를 위하여/눈은 새벽이 지나도록 살아 있다"(「눈」)는 말을.

3. 시인의 사명

이 의지가 동력이 되어서인지 안희연은 세 번째 시집 『여름 언덕에서 배운 것』(창비, 2020.7.)의 「시인의 말」에서 자신의 행로를 담담히 밝혔다. "나는 평생 이런 노래밖에는 부르지 못할 것이고, 이제 나는 그것이 조금도 슬프지 않다"라고. 이 시집에 담긴 "이런 노래"는 이전의 세계와 크게 다르지 않다. 그는 이미 산문 「빚진 마음의 문장」에서 자신의 마음을 다 밝혔기에 세 번째 시집에서 한 말도 그 연장선상에 있다. 그래도 그는 다시 한 번 자신의 삶과 시에 대해 변함이 없을 것이고 자신의 세계는 이 영역 밖으로 나가지 않을 것이라고 선언한 것이다. 그가 자각하고 각성한 시인의 존재성은 어떠한 것인가.

나는 이야기를 찾아 헤매는 돌에 가깝습니다
절벽의 언어와 폭포의 언어,
들판의 언어와 심해의 언어,
온몸으로 부딪혀 가며 얻은 이야기들로 나를 이루고 싶어요
그 끝이 거대한 침묵이라 해도

중력이 없었다면 어땠을까요?
나무나 새를 부러워했던 적도 있습니다
그러나 모든 피조물은 견디기 위해 존재하는 것
우울을 떨치려 고개를 젓는 새와
그런 새를 떠나보낸 뒤 한참을 따라 흔들리는 나무를 보았습니다
서서 잠드는 것은 누구나 똑같더군요
모두가 제 몫의 질문을 하고 있는 것입니다

(중략)

캄캄함은 나를 끝없이 돌려세우고
환한 시간을 향해 걷게 합니다

계속 가 보는 것 외엔 다른 방도가 없지만
언젠가는 대하고 앉았노라면 얘기를 들려주는 돌이 되고 싶어요
그게 무엇이든, 무엇도 아니든

—「구르는 돌」 부분

이 시는 처음에 고갱의 그림 제목 '나는 어디에서 왔고 누구이며 어디로 가는가'에서 사색의 여정이 시작되었음을 밝히고 자신의 자아 탐구를 전개한다. 전봉건의 문장 한 대목을 인용하며 자신은 이야기를 찾아 헤매는 돌에 가깝다고 말한다. 이야기를 찾아 헤맨다는 말은 앞에서 본 산문 「빚진 마음의 문장」에 나온 "세상에 존재하는 모든 단어의 문을 열어 보는" 행위와 통한다. 하이데거식으로 말하면 세계 내 존재의 안으로 들어가 존재자의 모든 것을 이해해 보고 싶다는 의지의 재진술이다. 세상의 모든 것들을 깊이 이해하고 그것을 자신의 영역으로 끌어들이고 싶다는 뜻이다. "온몸으로 부딪혀 가며 얻은 이야기들로 나를 이루고 싶어요"라는 시행이 바로 그 뜻을 직설한 것이다. "온몸으로 부딪혀 가며"라고 했으니 의지가 무척 강고하다는 사실을 알 수 있다. 그런 탐색 행로의 끝에 무망의 종말이 온다 하더라도 의지를 포기하지 않겠다는 뜻도 밝혔다.

존재를 탐구한다는 일은 만만한 작업이 아니다. 세상 모든 존재는 견고한 타자의 벽을 지니고 있다. 존재자로서의 자신이 타자를 이해하기 위해서는 그 벽을 허무는 지난한 작업을 벌여야 한다. 김춘수의 「꽃을 위한 서시」처럼 "눈시울에 젖어 드는 이 무명(無名)의 어둠에/추억의 한 접시 불을 밝히고" 한밤 내 우는 견딤의 시간을 가질 수밖에 없다. "모든 피조물은 견디기 위해 존재하는 것"이라는 잠언은 그런 과정에서 도출된 것이다. 세상의 모든 존재는 자기가 감당해야 할 조건과 책임을 각자 달리 짊어지고 있다. 존재자로서의 몫이 각기 다르기에 "모두가 제 몫의 질문을 하고 있는 것"이다. 이 시집에 이런 잠언적 시행이 빈번히 나오는 것은 경계해야 할 사항이다. 잠언의 반복은 시를 표현의 차원에서 진술의 차원으로 하강시킬 우려가 있기 때문이다. 여하튼 시인이 내세운 질문의 자세는 자신에 대한 반성과 난관을 돌파해 보겠다는 의지의 표현으로 이해할 수 있다. 시인은 자신이 존재의 이야기를 직접 들려주는 적극적인 돌이 되고 싶다고 했다. 그의 시적 발화의 의미는 이로써 자명해졌고 그가 평생 부르고자 하는 노래의 성격도 전면에 드러났다.

이와 더불어 읽어 볼 수 있는 시가 「내가 달의 아이였을 때」라는 작품이다. 같은 제목의 시가 전부 네 편이 있는데, 이 작품들은 모두 시인이 즐겨 사용하는 우화의 구성으로 되어 있다. "내가 달의 아이였을 때"라는 제목의 뜻처럼 화자는 아이이고 상대역으로 할아버지가 등장한다. 내가 이야기하려고 하는 시는 할아버지가 아이에게 노래를 찾아오라고 지시한 네 번째 작품이다. 노래를 찾으려는 아이의 여행이 시작되고 이런저런 사람을 만나 노래를 찾으려는 시도를 벌인다. 그중 초라한 행색의 사내를 만나 노래를 찾으러 왔다고 하자 그 사내는 지쳐 쓰러진 상태로 "나도 노래를 찾아 수백 년을 걸어왔지만/노래는 어디에도 없고 이제 더는 걸을 수가 없구나"라고 말한다. 몸이 굳어 가는 그를 지켜보다가 마지막 옷까지 다 벗어 입혀 주고 결국 빈손으로 돌아온다. 할아버지에게 노래를 찾지 못했다며 울음을 터뜨리자 할아버지는 "벌거숭이의 노래를 가져왔구나, 애야/그건 아주 뜨겁고 간절한 노래란다"라고 말한다. 이 말 속에 주제가 담겨 있다.

진정한 노래를 찾으러 세상을 떠돌며 자신의 것을 다 내주고 빈손으로 돌아와 울음을 터뜨릴 때 뜨겁고 간절한 진짜 노래가 나온다는 뜻이다. 여기에는 세 가지 요소가 담겨 있다. 고통의 순례, 사심 없는 완전한 보시, 자책의 통곡, 이 세 요소가 있어야 진정한 시를 얻을 수 있다고 보았다. 안희연은 남이 무어라 하든 평생 이런 노래밖에 부르지 못할 것이고, 그게 조금도 슬프지 않다고 했다. 그런 의미에서 그는 진정한 시의 순교자가 될 준비를 갖춘 것이다. 이것을 겸손하게 "누구도 해치지 않는 불"(「불이 있었다」)을 지녔다고 표현하기도 했다.

그는 진정한 시를 얻기 위해 세상을 열심히 살아간다. 그의 보행은 흔들림이 없다. 그러나 걷는 길의 형편이 좋을 리가 없다. 시와 삶에 대해 낙관적 태도를 지니고 있어도 세상의 길은 헤쳐 가기 힘들다. 하나의 언덕을 넘으면 다음 언덕이 펼쳐지는데, 움푹 파인 물웅덩이가 사방에 나타난다. "이렇게 많은 물웅덩이를 거느린 삶이라니/발이 푹푹 빠지는 여름이라니"(「여름 언덕에서 배운 것」) 하고 탄식할 때가 한두 번이 아니다. 이런 상황에서 그가 그래도 위안을 얻고 교훈을 얻는 것은 모든 것이 연결되어 있다는 '미타쿠예 오야신'의 사유, 존재의 관계에 대한 인연의 사유다.

> 당신에게는 사슴 한 마리가 있다 당신은 그 사실을 알지 못하지만
> 사슴은 오래전 당신을 찾아왔고 당신 곁에서 죽을 것이다
>
> 사슴은 색이 없고 무게가 없지만 자주 붉은 사슴이 되고
> 며칠씩 사라졌다 돌아올 때가 많다 무언가를 찾아 헤매는 것 같다
>
> 오늘도 사슴은 홀로 잡목 숲을 떠돌고 있었다 숲에는 하염없이 비가
> 내렸고
> 이윽고 사슴은 덫에 걸리고 말았다 먼 곳을 뚫어져라 바라보며 쇠구
> 슬 같은 눈물을 뚝뚝 흘린다
> 그곳에 무언가 있다는 듯이
> 처음이 아니라는 듯이

그 순간 당신은 비에 대한 낯선 기억 하나를 갖게 된다
소매엔 까닭 모를 흙이 묻어 있다

덫에 걸린 사슴의 발이 검게 썩어 들어갈 때
당신은 수없이 지나다니던 방문턱에 걸려 넘어지고
붉을 대로 붉어진 사슴이 발을 절뚝이며 당신에게로 돌아올 때
당신은 수백 개의 신발이 강물에 떠내려오는 꿈을 꾼다

당신이 잠에서 깨어날 때 사슴은 빛 속으로 빨려 들어간다
당신은 그 사실을 알지 못하지만
아침 햇빛을 보면 자주 무릎이 꺾인다 자꾸만 무언가를 잃어버렸다
는 생각이 든다

　　　　　　　　　　　　　　　　　　　　　—「연루」 전문

　안희연은 우리에게 사슴 한 마리가 있다고 말한다. 그 사슴은 우리의 양심과 윤리 의식을 건드리는 마음의 울림줄이다. 사슴은 우리와 운명을 같이하지만 우리는 사슴의 존재를 알지 못한다. "자주 붉은 사슴이" 된다는 것은 위해나 상처를 입는다는 뜻이다. 안희연의 시에서 붉은빛은 그런 의미로 사용된다. 우리는 사슴의 존재를 인지하지 못하지만 사슴은 늘 무언가를 찾아 헤매고 그것 때문에 붉은색 상처를 입는다. 잡목 숲을 떠돌던 사슴이 덫에 걸린다. 무엇을 찾아 헤매지 않았으면 그럴 일이 없었을 테지만 「내가 달의 아이였을 때」의 노래를 찾는 아이처럼 사슴의 편력은 숙명적이다. 사슴은 자신이 가야 할 탐색의 방향을 "뚫어져라 바라보며" 깊은 눈물을 흘린다. 이

사실을 우리는 인지하지 못한다. 그러나 그러한 과정을 거쳐 우리는 신비롭게도 "비에 대한 낯선 기억 하나를 갖게 된다"고 시인은 말한다. 우리가 인지하지 못하는 인연의 끈으로 사슴과 우리의 상황이 연결되어 있기 때문에 우리에게도 사슴의 아픔이 영향을 미치는 것이다.

시의 문맥에 의하면 우리 "소매엔 까닭 모를 흙이 묻어 있다"고 한다. "흙"은 안희연 시에서 고통의 흔적으로 나타난다. 사슴과 우리의 관계가 여기서 끝나는 것이 아니다. "덫에 걸린 사슴의 발이 검게 썩어 들어갈 때/당신은 수없이 지나다니던 방문턱에 걸려 넘어지고/붉을 대로 붉어진 사슴이 발을 절뚝이며 당신에게로 돌아올 때/당신은 수백 개의 신발이 강물에 떠내려오는 꿈을 꾼다"고 했다. 우리가 원인을 알지 못하고 겪었던 불운이나 악몽이 다 사슴과 연관되어 있음을 말한 것이다. 이 시의 제목 "연루"는 그 관계를 지칭한 것이다. 불교 용어로 말하면 인연, 연기와 통하는 개념이다. 우리는 존재의 관계를 인지하지 못하지만 안희연은 그 관계에 대한 믿음으로 시를 썼고 그런 시를 평생 쓸 것이라고 선언했다. '미타쿠예 오야신'. 모든 것이 연결되어 있기 때문이다.

우리가 악몽에서 벗어나는 것은 다행히 그 사슴이 "빛 속으로 빨려 들어"갈 때다. 우리가 모르는 신비의 공간에서 발이 검게 썩어 가던 사슴에게 기적의 은혜가 베풀어지기도 하는 모양이다. 우리가 밝은 아침을 맞고 환한 햇살 속에 살 수 있는 것도 사실은 사슴의 온전한 활동 때문이다. 그러니 우리는 자기 혼자 산다는 생각에서 벗어나 사슴과 함께 살고 있다고 생각해야 한다. 내 안에 사슴 같은 연약한 생명체가 공존하고 있다고 늘 생각하고 그 사슴을 보호하고 타인의 사슴도 귀하게 여겨야 한다. 그러한 당위의 윤리 의식을 가져야 한다. 우리가 자기도 모르게 무릎이 꺾이거나 무언가를 잃어버렸다는 생각이 들면 나의 사슴에게 어떤 위해가 온다고 느낄 줄 알아야 한다. 그런 당위의 의식이 필요하다. 「내가 달의 아이였을 때」의 다른 작품에서 할아버지의 지시로 유리구슬을 나르던 아이가 실수로 구슬 하나를 떨어뜨려 깼을 때 할아버지는 그 실수로 "한 사람이 영원히 깨어나지 못하게 되었"다고 아이를 호되게 야단친다. 작은 실수 하나가 한 존재에게 영원한 침묵을 가져올 수 있음을 경고한 것이다.

안희연은 그런 윤리의 감각을 우리에게 요구한다. 물론 그는 윤리학자처럼 그것을 우리에게 설교하지 않는다. 우회적으로 권유한다. 그가 시인이기 때문이다. 그러나 그 태도는 흔들림이 없고 견고하다. 그런 시를 평생 쓸 것이라고 선언하지 않았는가. 기차가 겉모습이 긴 것은 "기차의 몫이 그러하므로 어떻게든 계속 가야 한다는 뜻"(「몫」)이라고 했다. 모든 존재는 자신이 감당해야 할 몫이 있고 그 몫을 짊어지고 먼 길을 가야 하는 것이다. 중요한 것은 모든 존재의 몫이 연결되어 있다는 점이다. 이 인식의 완전한 체득은 쉽지 않다. 세상의 타자는 모두 "언제나 단호하고/도무지 속을 알 수 없는 얼굴"(「호두에게」)을 하고 있기 때문이다. 그 단단한 껍질을 깨고 진심에 도달하기는 힘들다. 그렇지만 "얘기를 들려주는 돌"이 되어 진정한 노래를 부르기 위해서는 껍질 속의 진심에 도달하려는 노력을 포기하면 안 된다. 안희연은 생명을 돌보고 존재의 관계를 인식하는 시인이요 모든 존재가 진정한 노래를 함께 부르기를 원하는 시인이다. 그러한 윤리 의식을 가슴에 품고 절대 희망을 포기하지 않는 낙관의 시인이다.

미래의 시인
—황인찬

1. 영혼의 정결함과 현실의 균열

1988년 경기도 안양에서 태어난 황인찬은 2010년에 『현대문학』으로 등단하여 2012년에 첫 시집 『구관조 씻기기』(민음사, 2012.12.)를 냈다. 이 첫 시집으로 그는 자신의 존재감을 단번에 드러냈고 시집의 판매 부수도 단기간에 상위에 올랐다. 속도감 있게 두 권의 시집을 연이어 간행하여 시단에 황인찬의 뚜렷한 자리를 확보했다. 유사한 프레임을 반복한다는 지적도 있었으나 이십대 중반에 등단하여 이제 겨우 서른을 넘어선 청년기의 동력을 생각하면 그러한 유사성의 맥락은 얼마든지 극복될 수 있는 사항이다. 동년배의 신인들이 위악적인 자조나 자멸의 언술을 폭발적으로 개진하는 데 비해 그의 어조는 감정의 분출과 거리를 두고 침착하게 안정된 상태를 유지하고 있어서 일견 조숙한 관조자의 면모를 보여 준다. 시집 해설로 근래에 보기 드물게 아름다운 문장을 구사한 박상수의 평문 「서글픈 백자의 눈부심」에서 황인찬 시의 이러한 자세를 "쉽게 대상을 규정하거나 침범하지 않으려는 품격이 있고 배려가 있으며 예절 바름이 있다"고 진단한 것은 매우 적절한 논평이다. 마치 중학생의 생활 태도를 기록하는 담임 선생님 같은 화법이지만 황인찬 시의 특성을 정확히 드러냈다.

21세기 초반에 나타난 도발적 파격의 시를 두고 권혁웅은 미래파라는 이름을 붙이고 "우리 시의 미래는 이들이 적어 나갈 것"이라고 했고, "이들의 작품이 가까운 미래에 우리 시의 분명한 대안이라는 것을 인정할 날이 올 것"이라는 말도 했다(『미래파』, 문학과지성사, 2005). 그러한 도발과 모반의 시를 대한 지 10년이 안 되어 품격, 배려, 예절을 갖춘 이십대의 젊은 시를 만나게 되었다. 앞에서 본 박준과 안희연의 시도 박상수가 언급한 윤리 시학의 자장 안에 놓일 것이다. 그들의 시도 품격과 배려와 절도의 기율을 넘어서지 않는다. 권혁웅의 화법을 빌려 말하면, 박준의 심미적 서정, 안희연의 윤리적 서정, 황인찬의 정결한 서정이 우리 시의 미래를 이끌어 갈 것이다. 이들을 포함한 젊은 시인들의 작품을 비평하는 일은 행복한 경험이 될 것이다.

박상수가 적절히 지적한 것처럼 이 시집의 1부와 2, 3, 4부의 시편은 성격이 다르다. 정결하고 신성한 대상을 구현하는 밝은 색조의 작품이 1부에 담겨 있고, 현실의 고통과 균열, 파국이 얼룩진 어두운 색조의 작품이 2, 3, 4부에 담겨 있다. 뒷부분의 작품이 수적으로 우세하지만 1부의 정결한 작품들이 워낙 명도가 강하고 황인찬 시의 개성을 압도적으로 드러내고 있어서 수적인 열세에도 불구하고 강한 임팩트를 남긴다.

시집 첫머리에 놓인 「건조과」는 처음 읽으면 향과 맛이 밋밋해서 시 같지가 않다. 그러나 한 번 더 읽으면 시의 향기가 마음을 끌어

거듭 읽게 하는 매력이 있다. 책상 아래 말린 과일이 있는데 과일의 향이 위로 올라오니 그 현상을 두고 "책상 아래에서 향기가 난다"고 했다. 아무것도 아닌 사실을 말한 것 같지만, 이 문장만 보면 무의미한 사물도 향기를 지닐 수 있음을 암시한 것 같다. 다음 시행에서는 말린 과일을 손에 쥐어 보니 가볍다는 느낌을 받고 "말린 과일은 미래의 과일이다"라고 말한다. 이 말은 말린 과일에 어떤 가치를 부여하는 말이다. 말린 과일은 향기는 그대로 지니면서 가볍고 오래 보관할 수 있으니 분명 미래를 지향하는 과일이다. 우리가 인지하지 못했던 미래라는 시점을 말린 과일에 투여한 것이다. 그 결과 말린 과일이 우리의 감각을 넘어서서 영속할 수 있을 것 같다는 느낌을 받는다. 요컨대 말린 과일을 새로운 차원에서 인식하게 되는 것이다. 조금 과장되게 말하면 '건조과'는 영원을 지향하는 성스러운 존재 같기도 하다.

다음 시행에서는 말린 과일의 표면이 쪼글쪼글하다고 했고 네 번째 단락에서는 말린 과일이 당도가 높아서 여러 가지 용도로 변형될 수 있고 자신은 그것으로 차를 끓인다고 했다. 다섯째 단락에서는 뜨거운 물속에서도 말린 과일은 본래 모습을 유지하고 과일차를 마시니 실내에서 향기가 난다고 했다. 이 실내의 향기는 처음에 나온 책상 아래 향기와 호응한다. 말린 과일의 향기는 공간적으로 무한히 산포되는 편재성(遍在性)을 가졌다. 향기가 무한히 산포되고 용도가 다양하여 미래에까지 존재가 확산되는 말린 과일의 속성은 공간적·시간적으로 무한한 신성한 존재로서의 상징성을 갖는다. 이 시는 우리가 평소 인지하지 못한 사물의 속성을 통해 존재의 신성성을 현현하고 있다. 뜻하지 않게 정결한 긍정의 미감(美感)이 우리의 의식을 승화한다는 느낌을 받게 된다.

두 번째로 배치된 「구관조 씻기기」도 정결한 긍정의 색조를 전하는데 여기에는 쉽게 다가오지 않는 모호한 시행이 들어 있어서 앞의 시보다는 더 섬세한 읽기가 필요하다.

이 책은 새를 사랑하는 사람이
어떻게 새를 다뤄야 하는가에 대해 다루고 있다

비현실적으로 쾌청한 창밖의 풍경에서 뻗어
나온 빛이 삽화로 들어간 문조 한 쌍을 비춘다

도서관은 너무 조용해서 책장을 넘기는 것마저
실례가 되는 것 같다
나는 어린 새처럼 책을 다룬다

"새는 냄새가 거의 나지 않습니다. 새는 스스로 목욕하므로 일부러 씻길 필요가 없습니다."

나도 모르게 소리 내어 읽었다 새를
키우지도 않는 내가 이 책을 집어 든 것은
어째서였을까

"그러나 물이 사방으로 튄다면, 랩이나 비닐 같은 것으로 새장을 감싸 주는 것이 좋습니다."

나는 긴 복도를 벗어나 거리가 젖은 것을 보았다

　화자는 도서관에서 새 기르는 방법에 관한 책을 본다. "새를 사랑하는 사람"이 새를 다루는 방법을 알려 주는 책이라고 했다. 여기서 "사랑"이란 시어가 높은 감도로 다가온다. 대상을 사랑해야 대상을 제대로 다룰 수 있다는 뜻이다. 도서관은 극도로 조용하고 창밖은 쾌청하고 창밖의 빛이 들어와 책에 수록된 삽화를 비춘다. 그 삽화는 문조의 삽화라고 했다. 제목은 "구관조 씻기기"지만 이 시에 구관조는 나오지 않고 문조라는 이름이 등장한다. 검색해 보니 구관조보다 문조가 훨씬 정갈하고 작다. 화자는 "비현실적으로" 조용하고 정결한 도서관에서 "어린 새처럼 책을 다룬다"고 했다. 그는 새를 사랑하듯 책도 사랑하는 사람이며 정결한 공간에서 정갈한 마음으로 새를 사랑으로 다루는 방법을 공부하는 중이다. 화자가 자기도 모르게 소리를 내 읽은 부분도 새의 정결함을 설명한 대목이다. 새는 냄새가 나지 않고 스스로 몸을 씻기 때문에 일부러 씻길 필요가 없다는 내용이다. 이 내용에 의하면 "구관조 씻기기"라는 제목은 성립되지 않는 말이다. 새의 생태에서 어긋난 행위를 제목으로 삼은 셈이다. 다음에는 새가 자기 몸을 씻을 때 물이 사방으로 튀는 것을 막기 위해 랩 같은 것으로 새장을 감싸 주는 것이 좋다는 말을 인용했다. 새는 정결한 존재이니 관리도 정결하게 해야 한다는 뜻이다.

　여기까지 말한 후 다소 비약적인 하나의 시행으로 시가 끝난다. "나는 긴 복도를 벗어나 거리가 젖은 것을 보았다"라는 마지막 시행이 그것이다. 박상수는 해설에서 이 구절을 비현실적인 어린 새가 땅에 물을 튀기는 새로 실체화된 현상이라고 풀이했다. 그러나 이 마지막 시행의 "긴 복도를 벗어나"라는 구절을 유심히 읽을 필요가 있다. 이 말은 정결한 공간에서 비정결한 공간으로 이동하는 과정을 보여 주며 "긴 복도"는 정결한 공간과 그렇지 않은 공간을 나누는 경계 지대의 의미를 지닌다. 새는 스스로 씻으므로 몸을 씻길 필요가 없고 물이 튀는 것을 방지하기 위해 새장을 랩으로 감싸 주는 것이 좋다고 했다. 그것이 새를 사랑으로 다루는 방법이다. 거리가 젖었다는 것은 새를 제대로 다루지 못한 데서 나온 결과다. 비현실적으로 고요하고 정결한 도서관에서 벗어나 긴 복도를 거쳐 거리로 나오자 순수의 지대는 끝난 것이고 불필요한 물로 훼손된 인간의 거리가 나타난 것이다. 뒤에서 보겠지만 황인찬의 다른 시에서도 젖은 상태는 훼손의 의미로 나타난다. 황인찬은 이 부분에서 순수의 지대가 끝나고 잠시 몸을 드러낸 비순수의 공간을 암시했다. 이것은 「건조과」에 없던 장면이고 2, 3, 4부의 시에 빈번하게 나타나는 양상이다. 이 시에서는 그 측면을 잠시 암시하는 것으로 그쳤다. 정결한 대상이 관찰자에게 어떠한 작용을 했는가는 제시되지 않았다. 그 주제를 드러낸 작품은 「단 하나의 백자가 있는 방」이다. 그런 점에서 이 작품은 아주 중요한 자리에 놓인다.

조명도 없고, 울림도 없는

방이었다

이곳에 단 하나의 백자가 있다는 것을

비로소 나는 알았다

그것은 하얗고,

그것은 둥글다

빛나는 것처럼

아니 빛을 빨아들이는 것처럼 있었다

나는 단 하나의 질문을 쥐고
서 있었다
백자는 대답하지 않았다

수많은 여름이 지나갔는데
나는 그것들에 대고 백자라고 말했다
모든 것이 여전했다

조명도 없고, 울림도 없는
방에서 나는 단 하나의 여름을 발견한다
사라지면서
점층적으로 사라지게 되면서
믿을 수 없는 일은
여전히 백자로 남아 있는 그
마음

여름이 지나가면서
나는 사라졌다
빛나는 것처럼 빛을 빨아들이는 것처럼

　　　　　　　　　　　　　—「단 하나의 백자가 있는 방」 전문

　"조명도 없고, 울림도 없는" 방이라는 사실은 앞의 시의 비현실적
으로 조용하고 정결한 도서관과 유사하다. 이것은 가변적인 시각,
청각이 차단된 불변의 순수 공간을 표상한다. 그 순수의 공간에 "단

하나의 백자"가 있다. 이 백자 역시 순수의 대상이다. 화자는 순수의 공간에 순수의 대상이 존재한다는 사실을 "비로소 나는 알았다"라고 강조해서 표현했다. 순수한 대상은 아무 데나 있는 것이 아니라 순수한 공간에만 현현된다는 사실을 말한 것이다. 무엇인가에 젖어 있는 거리에는 "단 하나의 백자"가 나타날 리가 없다. 하얗고 둥근 백자의 모습은 스스로 빛나는 것이 아니라 주위의 빛을 빨아들이는 것 같다고 했다. 이것은 매우 중요한 구절이다. 주위의 빛을 흡수해서 희고 둥근 모습을 유지한다는 것은 이 정결한 대상이 단독적으로 존재하는 것이 아니라 주위의 환경과 관계를 맺고 있다는 사실을 암시한다. 백자가 주변 환경과 어떠한 관계를 맺고 있는지, 주위의 빛을 어떻게 빨아들여 그 순수한 자태를 유지하는지 화자는 알고 싶었던 것이다.

그는 "단 하나의 질문을 쥐고/서 있었다"고 했다. 가장 순수한 대상에게 던지는 순수한 질문이기에 "단 하나의 질문"이라고 했다. 그러나 백자는 대답하지 않았기에 화자는 아무런 정보도 얻지 못했다. 수많은 질문과 탐구의 시간이 지나갔지만 백자는 그저 백자로 있을 뿐, 순수의 의미나 순수가 주변과 맺는 관계에 대해 아무것도 알지 못했다. 화자의 심정이나 고뇌 등에 대해서는 이 시에서 언급하지 않았다. 자신의 감정을 드러내지 않고 객관적 보고의 자세를 취하는 것은 황인찬 시의 특징이기도 하다. 그러한 특징을 박상수는 "쉽게 대상을 규정하거나 침범하지 않으려는 품격"으로 읽었다. 시간이 흘러도 변한 것이 없다고 화자는 믿고 있었는데, 화자는 그 불변의 순수 공간에서 "단 하나의 백자" 대신 "단 하나의 여름"을 발견한다. 이 부분은 과거 시제 '발견했다'가 아니라 현재 시제 '발견한다'로 되어 있다. '유레카'라고 외칠 만한 발견의 기쁨은 뒤로 숨기고 "무례함이라고는 알지 못하는 사람처럼"(박상수, 「서글픈 백자의 눈부심」) 예절 바르게 "단 하나의 여름을 발견한다"고 말했다. 순수에 대한 오랜 탐색으로 인해 여름이라는 가변적인 계절조차 불변의 고정된 대상으로 인식하게 된 것이다. 순수의 사물은 고정되어 있지 않고 주변과 관계를 맺고 주변을 변화시킨다.

그런데 "단 하나의 여름"을 발견한 그 순간은 고정되어 있지 않고 사라진다. 순수 대상으로서의 백자 그 자체가 아니라 인식의 대상으로서의 여름이기에 지속성이 약하다. 인간의 인식은 영원하지 못한 것이다. "점층적으로 사라지게 되"는 것이 인간 인식의 운명이다. 그런데 믿을 수 없는 일이 벌어졌다. 백자도 사라지고 여름도 사라졌지만 그것을 탐구하던 "그/마음"은 "여전히 백자로 남아 있는" 것이다. 여기서 마음을 '내 마음'이라고 하지 않고 '그 마음'이라고 했다. 자신의 마음을 객관화시킨 것인데 자신의 마음이 순수의 지평으로 승화되는 것도 예의 바르게 겸손하게 표현한 것이다. 여하튼 백자라는 순수의 대상을 탐구하던 마음도 순수한 상태로 남게 되었다. 믿을 수 없지만 그런 일이 발생했다. 이러한 발견과 변화의 과정 속에서 현실의 나, 세속의 조명과 울림에 휘둘리던 가변적인 나는 사라진다. 그 자리에 주변의 빛을 흡수하여 희고 둥근 존재로 변한 진정한 나가 놓인다. 순수한 대상과 만나 오랜 탐구와 정진 속에 유정한 관계를 맺으면 자신의 일부도 순수한 대상이 될 수 있다는 각성의 단서를 아주 조심스럽게 드러냈다.

순결무구한 빛의 세계에서 멀리 떨어진 현실의 세계는 어지럽고 더럽고 소란스럽고 죽음의 그림자가 어른거린다. 현실의 세계로 가는 길목에 「목조건물」이 놓여 있다. 이 시는 이해하기 쉬운 말로 따뜻한 공간을 그려 낸다. 따뜻한 성질을 지닌 곳이지만 "사람이 살지 않는 곳"이라고 했다. 죽은 사람이 나를 보고 수인사를 하지만 서로 소통하지 못하고 편안함을 느끼면서도 내 몸이 진짜 내 몸인지 자각하지 못한다. "이곳에서는 나도 살아 있는 것 같다"고 생각하는 화자는 일종의 중음신(中陰身)의 공간에 놓인 것 같다. 그는 현실적 실체감이 없는 상태이다. 마음으로는 "죽은 사람과 밥 한 그릇도 나눠 먹어야지" 하고 온화한 자세를 갖지만 실행되지 못한다. "빛이 꺾여 들어오는" "비가연성의 캄캄함이" 내려오는 공간에 있으니 그것은 죽음과 삶이 공존하는 중음신의 공간이다. 이 공간을 지나면 백팔번뇌가 들끓는 사바세계가 나타난다.

「유체」는 죽음의 그림자가 비치는 현실의 음산함을 보여 준다. 비가 내려서 젖은 풀이 생기를 내뿜는 장면이 처음에 제시되는데, 이것은 사물을 살게 하는 진정한 생기가 아니다. 앞에서 언급했듯이 황인찬 시에서 젖은 것은 부정적인 현상이다. 젖은 풀이 생기를 내뿜는 것은 순결한 세계를 위축시키는 음산한 요소다. 지하로 내려가면 거기는 이미 물이 차 있고 "물에 비친 검은 머리카락 영혼들이" 손짓하는 음산한 풍경이 펼쳐진다. 이것이 죽음과 번뇌로 얼룩진 현실의 모습이다. 여기에는 "단 하나의 백자"도 없고 "단 하나의 여름"도 없다. 중음신의 유령 같은 존재가 출몰하고 그 세계에서 나는 몸이 자주 부을 뿐이다. 건강을 잃고 악몽에 시달리는 어두운 밤이 화자에게 위압적으로 다가온다.

현실의 세계는 불길하지 않으면 전반적으로 모호하다. 「여름 이후」에서 경미는 죽었고 책상에 추모의 흰 국화가 놓여 있지만 그보다 더한 일이 현실에서는 연이어 일어나고 세상의 혼란 속에 흰 국화가 노란 국화로 바뀌고 교복이 체육복으로 바뀐다. 현실의 모든 것이 가변적이기에 믿을 것은 전혀 없다. 「소용돌이치는 부분」에 의

하면 봄도 제대로 된 봄이 아니고 실내에는 가짜 꽃나무가 있고 나는 거리를 헤맨다. 사람들의 마음이 어긋나거나 부딪치고 내가 둘로 나뉘어 불길한 악몽 속에 부르거나 손짓하다가 "죽은 내가 잠든 나를 깨우기도" 하는 것이 현실이다. "소용돌이가 소용돌이치는/그 애매하고도 분명한 곳"이 현실이라고 했다. 자신 있게 말할 수 있는 것이 아무것도 없는 모호하고 불가해한 세상. 그것이 우리의 삶이다.

「번식」은 누군가에게 병문안을 갔던 일을 쓴 것인데 역시 악몽의 기록이다. 상대방과 동문서답 같은 말을 나누고 화자는 죽음의 침묵을 무겁게 감지하면서 죽음의 그림자에서 벗어나려 애쓴다. 마지막으로 할 말이 있느냐고 하자 "죽은 것이 입에 가득해서 아무 말도 할 수 없었다"고 할 정도다. 제목인 "번식"은 죽음의 기미가 병균이 퍼지듯 번식한다는 뜻으로 쓰인 것 같다. 앞에서 본 순결 추구의 시편과는 너무 다른 어둠의 세계가 그려진다. 이렇게 보면 시인의 의식은 비관론 쪽에 선 것 같다. 「속도전」이란 시의 제목은 어둠과 속도전을 벌이는데 인간은 패할 수밖에 없다는 의미를 드러낸다. 여기서도 몸이 젖은 너는 나에게 불안한 기색으로 "괜찮아?"라고 묻고 "아니지?"라고 묻는다. 나는 괜찮다고 대답하지만 사실은 어둠이 더 확대되고 내일은 기약할 수 없는 상태임을 나는 알고 있다. "내일이 오지 않으리라는 것을 나는 직감했다"고 화자는 단적으로 말한다. "말린 과일은 미래의 과일이다"라고 말하던 시인에게서 이런 절망의 독백이 나오는 것은 슬픈 일이다. 시인은 현실의 절망 속에서 순결의 상태를 상상해 보았을 가능성이 크다. 순결 추구의 시가 워낙 빛이 강해서 어두운 현실 시편을 압도하고 있는 점이 다행스럽다. 이러한 황인찬 시의 양면성은 두 번째 시집에 그대로 이어진다.

2. 천사와 악마의 대위법

두 번째 시집 『희지의 세계』(민음사, 2015.9.)에도 빛과 어둠의 경향은 그대로 병치된다. 그러나 수의 대비는 첫 시집보다 더 강화되었다. 어둠의 시가 훨씬 많아진 것이다. 첫 시집에서는 빛의 작품이 양이 적어도 색조가 밝고 건강해서 후자의 암울을 압도했는데, 두 번째 시집에서 편수가 현저히 감소하니 그런 효과도 기대하기 어렵다. 우리의 삶이 소용돌이치는 분란의 상태이니 현실을 반영하는 시가 그런 결과를 보인 것은 당연한 일이다. 어둡고 거친 현실에서 그래도 밝고 순결한 세계가 몇 편의 시로 표현될 수 있다는 사실이 고맙고 눈물겹다. 시인은 「시인의 말」에서 "그것이 없다는 것을 알기에 더욱 믿는다"고 수수께끼 같은 말을 했다. 밝고 순결한 세계가 현실에 보이지 않기에 그것을 더욱 추구하고 싶다는 뜻으로 받아들이고 싶다. 황인찬이 그려 낸 순수하고 신성한 세계는 "희지의 세계"다. 그 세계는 '희고 둥근 단 하나의 백자'의 분신이다.

저녁에는 양들을 이끌고 돌아가야 한다

희지는 목양견 미주를 부르고
목양견 미주는 양들을 이끌고 목장으로 돌아간다

이러한 생활도 오래되었다

무사히 양들이 돌아온 것을 보면
희지는 만족스럽다

기도를 올리고
짧게 사랑을 나눈 뒤

희지는 저녁을 먹는다

초원의 고요가 초원의 어둠을 두드릴 때마다
양들은 아무 일 없어도 메메메 운다

풍경이 흔들리는 밤이 올 때
목양견 미주는 희지의 하얀 배 위에 머리를 누인다

식탁 위에는 먹다 남은
익힌 콩과 말린 고기가 조용히 잠들어 있다

이것이 희지의 세계다

희지는 혼자 산다

—「희지의 세계」 전문

  아름다운 상상이 시 전편을 감싼다. 영화나 소설에서 접했을 양치
는 사람의 풍경이 전개된다. 희지, 미주, 목양견이라는 말이 다정하
고 편안한 아름다움의 정감을 일으킨다. 초원에서 전개되는 유목 생
활의 평화로움이 전면에 부조된다. 엄격히 말하면 우리 시사에 처음
등장한 진정한 의미의 목가적 전원시다. 실제 유목의 삶은 생존을
위한 투쟁이니 평온할 리가 없는데 황인찬은 상상할 수 있는 가장

아름다운 풍경을 유목의 생활로 그려 냈다. 아름답고 평화로운 정경의 재구성에 가장 중요한 기능을 한 것은 시어의 상징성이다. 첫 연과 둘째 연의 '돌아간다'라는 말은 날이 저물어 하루의 삶이 평온하게 안착되는 느낌을 환기한다. 우리의 경험에서 돌아간다는 말처럼 편안한 느낌을 주는 말은 없다. 죽는다고 하지 않고 돌아간다고 말할 때 그 말은 편안한 처소로의 귀환을 의미하는 것 같다.

하루가 저물자 목양주 희지는 목양견 미주의 도움을 받아 양들을 이끌고 안식처인 목장으로 돌아간다. 양들이 무사히 돌아온 것에 만족을 느끼는 생활이 오래되었다고 했으니 평화의 세계가 전설의 왕국처럼 오래 유지될 것 같다. 희지와 미주라는 이름은 자매의 이름처럼 여성적이고 친화적이다. 맨 끝에 희지는 혼자 산다고 했는데 희지가 기도를 올리고 짧게 사랑을 나눈다고 했으니 사랑의 대상이 누구인지 신비스럽게 느껴진다. 전설의 왕국에 보이지 않는 왕자라도 있는 것일까. 초원의 고요가 초원의 어둠을 두드린다는 표현은 이 시의 고요 모드를 흔들 정도로 아름답다. 어둠이 고요를 두드리는 것이 아니라 고요가 어둠을 두드린다면 어떤 현상이 벌어지는 것인가. 고요가 어둠을 만나 더 깊어지는 장면을 상상할 수 있다. 혼자서 사랑을 나누는 것 이상으로 신비로움을 일으키는 장면이다. "풍경이 흔들리는 밤이 올 때"도 마찬가지다. 밤은 흔들리는 풍경도 잠재우는 법인데 오히려 밤에 풍경이 흔들린다고 했으니 상황의 역전이 신비감을 일으킨다.

그런 신비로운 시공을 배경으로 "목양견 미주는 희지의 하얀 배 위에 머리를 누인다". 앞에서 상상한 희지의 사랑의 상대가 미주인가 하는 생각이 들 정도다. 사랑의 양태가 천차만별이라 하더라도 엽기적인 상상을 할 필요는 없다. 순수한 존재들끼리 순수한 사랑을 나누는 장면을 떠올리면 된다. 식탁 위에 남은 음식도 잠들어 있고 희지와 미주의 맑은 수면도 깊어질 것이다. 혼자 산다는 것은 대상의 견고한 독자성을 의미한다. 이것이 희지의 세계라고 했다. 자기 몸을 스스로 씻는 구관조의 세계이고 조명도 울림도 없는 방에 떠오른 단 하나 백자의 세계다. 여기서 중요한 것은 희지의 마음이다. 「단 하나의 백자가 있는 방」에서 시인은 "여전히 백자로 남아 있는 그/마음"에 주목했다. 여기서도 주위의 변화에 영향을 받지 않고 혼자 기도하고 혼자 사랑을 나누는 희지의 마음에 주목하는 것이다. 희지라는 인물과 그의 마음은 현실의 맥락에서 차단되어 있다. 차단과 격리의 거리감에 의해 순수의 밀도는 더 강화된다. 이러한 순수의 밀도에서 "새로운 경험"을 얻는다.

「새로운 경험」은 이 시집에서 「희지의 세계」와 가장 가까운 거리에 있고 두 번째로 가까운 곳에 「비의 나라」가 놓인다. 「새로운 경험」은 가지에서 떨어진 어린 새를 가지 위에 올려 준 것으로 시작한다. 새가 나온다는 점에서 「구관조 씻기기」와 연결될 수 있다. 순수하고 연약한 대상을 보호한다는 뜻에서 그렇다. 그러면서도 화자는 이 시가 사랑이나 인간의 아름다움에 대한 시는 아니라고 부정한다. 두 번째 시집 이후 작품에서 자신의 시를 호명하는 거리 두기 현상이 나타나는데 브레히트의 서사극처럼 시의 상황을 객관화하려는 시도로 보인다. 여하튼 화자는 인간적이라는 말과 사랑이라는 말을 동격에 놓으며 인간의 아름다움에 사랑이 깃들어 있음을 암시한다. 가지에서 떨어진 어린 새를 올려 준 것이 사랑의 행동이 아니라고 부정하면서도 그 행동에 인간의 아름다움의 요소가 포함되어 있음을 암시한다. 늦을 것 같으니 어디 따뜻한 데 들어가 있으라는 따뜻한 말을 떠올리며 갑자기 가로등에 불이 들어오는 밝은 장면을 제시한다. 순수하고 신성한 세계에 대한 지향이 시의 동력으로 작용하고 있고 시는 마땅히 그런 요소를 가져야 한다고 넌지시 일러 주는 듯하다.

「비의 나라」도 평화와 안식을 이야기하는데, 성격이 조금 다르다. 어떤 가정의 가지런한 부엌과 찬장, 식탁이 있고 평화롭게 잠든 여자가 있다. 여행에서 돌아온 누군가도 밝은 빛과 무연한 먼지의 부유 속에 평화를 느낀다. "선하고 선량한 감정들이 너의 안에서 솟아오를 것"이라고 선명하게 말한다. 기쁨 속에 국을 끓이고 요리를 하는 너는 완벽감을 느끼며 "평화롭게 잠든 사람의 부드러운 볼을" 무심코 만진다. 그런데 그 무심한 평화로움이 그대로 지속되는가가 문제다. 마지막 연은 "너는 흠뻑 젖어 있다/너는 돌아오지 않을 것이다"로 되어 있다. 앞에서 여러 차례 얘기한 대로 황인찬 시에서 젖어 있는 것은 부정적 이미지다. 그것은 전염이나 훼손의 의미를 내포한다. 돌아오지 않는 너는 무엇인가에 흠뻑 젖어 이 순수한 평화의 지대로 돌아오지 못하는 것이다. 제목인 "비의 나라" 역시 그러한 부정적 의미를 함축한다. 어느 가정에 평화의 정경이 펼쳐진다 해도 그것은 한순간의 환영에 불과하며 우리가 사는 세계는 "비의 나라", 무언가 불순한 것에 오염된 그런 세계라는 것이다. 첫 시집보다 더 많은 이 시집의 시편들이 이러한 훼손된 세계의 모습을 암시적으로 표상하고 있다.

「종로일가」에서 「종로오가」에 이르는 종로 연작은 그의 마음과 어긋나는 현실의 부조리함을 몇 장면의 파편적인 언어로 표현했다. 이 시들의 언어가 파편적인 것은 현실의 장면이 그렇게 파편적으로 인식되었기 때문이다. 이 시편들이 우화의 형식을 취하는 것도 현실의 모습이 아이러니컬한 우화로 인식되었기 때문이다. 그런 의미에서 이 시편들의 형식은 내용의 특수성을 반영하고 있다. 「종로일가」

에서 새를 팔고 싶어 나갔는데 사는 사람이 없고 느닷없이 "죽이고 싶다는 생각이 죽고 싶다는 생각보다 먼저" 드는 의외의 상황은 현실의 폭력성을 암시한다. 아이가 할아버지를 부르는데 자기를 부르는가 해서 돌아보았다는 진술 역시 현실의 불일치와 부조리를 나타낸다. 「종로사가」는 무작정 걸으며 어떤 생각에 집착하면 "깊은 곳에서 빠져나올 수 없게" 될 것임을 말하여 현실의 파멸감을 암시한다. 「종로삼가」는 현실의 전도된 모습을, 「종로이가」는 현실의 모순과 내재된 폭력성을, 「종로오가」는 현실의 무목적성과 무의미함을 우화 형식으로 그려 냈다. 그의 종로 연작은 '종로의 폐쇄성을 보여 준 것'(장이지, 「폐쇄회로의 시니시즘」)이 아니라 현실의 부정적 단면을 우화적으로 표현한 것이다.

「서정」과 「실존하는 기쁨」은 제목이 환기하는 의미와는 달리 위선적인 인간의 작태를 폭로했다. 간단히 말하면 친교를 가장한 성희롱의 추악함을 고발한 것이다. 간접적인 언어로 우회적으로 표현한 것도 간접 화법을 통해 행위의 이중성을 드러내려는 방법론의 소산이다. 「서정」의 화자는 그 애와 함께 울창한 숲길을 걷는다. 끝이 보이지 않는 거대한 나무들의 위용은 남근적 성욕을 표상한다. 순진한 나는 그에게 이끌려 숲의 어둠 속으로 들어가는데 "그 애의 팔이 자꾸 내 몸에 닿는 것이 신경 쓰인다"고 했다. 그 애로부터 멀어지려고 하자 나뭇잎의 모양까지 징그럽게 보인다. 완전한 어둠 속에 묻혔을 때 그 애는 팔로 내 몸을 감싸고 "너에게 해 주고 싶은 말이 있어"라고 "명료하게" 말한다. 친근함을 가장한 성희롱은 명백한 폭력임을 말한 것이다.

「실존하는 기쁨」도 마찬가지다. 그는 순진한 내게 접근해 연인처럼 굴며 팔짱을 낀다. 마음을 정하지 못한 나는 그의 제안에 아무 반응도 보이지 못한다. 모든 것이 미숙하고 불안정하기 때문이다. 다만 그는 떠오르는 하나의 느낌은 분명히 표현했다. "어두운 물은 출렁이는 금속 같다 손을 잠그면 다시는 꺼낼 수 없을 것 같다"가 그것이다. 손을 잠그면 다시는 빠져나오지 못하는 육체의 유혹 앞에 불안감을 느끼는 연약한 자아의 모습을 나타냈다. 이런 장면은 "희지의 세계"와는 정반대 자리에 있다. 친교를 가장한 성희롱 장면은 현실의 위선과 이중성과 폭력성을 복합적으로 드러낸다. 이 시편은 우화의 형식을 빌리지 않았는데 그것은 이 장면이 현실의 재현 그대로이기 때문이다.

시인이 접하는 세계는 "네가 죽는 꿈을 꾼 이후로는 너를 만날 수 없"는 악몽의 세계고 사람들이 "어두운 바닷속에 잠들어 있"는 죽음의 공간이다(「유사」). 아름답고 아늑한 "희지의 세계"나 밝고 따뜻한 "새로운 경험"의 세계와는 전혀 다른 공간이다. 말린 과일의 향기가 편재해 있는 것이 아니라 죽음의 그림자가 편재해 있는 공간이다. 세상의 모든 행위가 언젠가는 심판의 법 앞에 서게 되어 있는데 사람들은 이것을 모르고 죄의식도 없이 악행을 저지른다. 그래서 세상은 증오와 의심으로 가득 차 있다. 신성한 요소의 결여가 우리 삶의 특징이다. 이러한 세계에서 시인은 그래도 구원을 꿈꾼다. 구원의 꿈꿈은 새로운 형식의 창안으로 발현된다. 이것도 형식이 주제를 끌어안는, 혹은 형식과 내용이 상호작용하는 시적 방법론의 소산이다.

내가 건물을 떠나자
피아노가 뒤늦게 건물에
도착했다 비와 눈을
맞지 않았다 벼락을 버티지도

않았다 저 혼자 남아서

외롭지도

않았다 느닷없이 세상이

망하고 내가

건물로 돌아와서

피아노를

발견했다 그것을

조심스럽게 두드리자

소리가 났다

아름다운 뿔

나팔

소리였다

—「반주자」 전문

    단어와 시행이 꼬리를 물고 이어지는 이 시의 형식은 유사한 상황이 반복되는 현실의 특징을 반영한다. 시의 문맥에 의하면, 나와 피아노의 직접적인 만남은 이루어지지 못했다. 내가 건물을 떠난 후 피아노가 도착했기 때문이다. 피아노는 비와 눈과 벼락을 맞지 않고 무사히 잘 도착했다. 피아노를 맞아 줄 사람이 없었기에 혼자 남아 있었지만 외롭지 않았다고 했다. 아무런 위해도 받지 않고 혼자 버티는 피아노는 고고한 예술가의 표상 같다. "느닷없이 세상이/망하고"라고 했으니 먼저 건물을 떠난 나는 세상사에 실패했다. 비와 눈과 벼락을 맞은 셈이다. 세상에 실패한 내가 건물로 돌아와서 피아노를 발견했다. 혼자서 반주자를 기다린 피아노. 피아노를 조심스럽게 두드리자 피아노에서 "아름다운 뿔/나팔/소리"가 났다고 했다.

이 부분의 시행 배치를 주목할 필요가 있다. '아름다운 뿔'이 독립해 있고 '나팔'과 '소리'도 독립해 있다. 평범하게 읽으면 '아름다운 뿔 나팔 소리가 났다'로 읽을 수 있지만, 시행의 배치는 그와 다른 느낌으로 읽어 주기를 바라는 것 같다. '아름다운 뿔'과 '나팔'은 서로 다른 감각을 나타내고 그 둘을 '소리'가 연결해 주는 역할을 한다. 현실적으로 피아노에서는 뿔 나팔 소리가 날 수가 없다. 그러니까 뿔 나팔 소리라는 것도 시인에 의해 재구성된 소리다. 시행의 배치를 염두에 두고 재구성의 이면을 들여다보면, 피아노에서 난 소리가 처음에는 '아름다운 뿔'처럼 뾰족하게 돌출되어 있다는 느낌을 받는다. 그리고 그 소리는 사방으로 넓게 퍼지는 '나팔'의 형상에 가깝다는 인상을 받는다. 이 둘을 종합하면 위로 높이 솟아나 사방으로 퍼지는 아름다운 소리가 울렸다는 뜻으로 읽힌다. 타락한 세상은 망했지만 제자리를 지키던 예술은 그것을 다룰 줄 아는 사람만 나타나면 높고 넓은 영역으로 널리 퍼질 수 있다는 뜻일까? 시인은 이러한 의미가 행간에서 우러나도록 의도적으로 짧은 시행 배치를 했다. 하나의 시어에 시선이 집중되어 그 의미가 잘 우러나도록 배치한 것이다. 악몽과 죽음의 세계에서 그래도 보존될 수 있고 후세에 전할 수 있는 것은 아름다운 예술이라는 전언을 담고자 한 것일까? 여하튼 이 시는 형식과 내용이 조화를 이룬, 상징성을 지닌 아름다운 작품이다.

3. 생각의 추상성에서 체험의 구체성으로

두 번째 시집 『희지의 세계』의 해설을 쓴 장이지는 황인찬 시의 특징을 "'생각하다-말하다'가 만들어 내는 개인적이고 폐쇄적인 발화"로 규정했다. 이 특징을 게임 서사와 관련시킨 것은 그의 패착이지만 "'생각하다-말하다'가 만들어 내는 개인적이고 폐쇄적인 발화"

로 본 것은 믿을 만하다. 이것은 황인찬 시의 추상성을 지적한 발언
이다. 그에게는 신성한 것에 대한 막연한 지향, 악몽으로 점철된 현
실의 암울함에 대한 거리감이 추상적 상태로 자리 잡고 있다. 이 추
상성을 어떻게 극복하는가가 황인찬 시작의 과제다.

　황인찬은 세 번째 시집 『사랑을 위한 되풀이』(창비, 2019.11.)의 「시
인의 말」에서 "나는 증오하는 것에 대해서만 생각할 수 있고, 의심스
러운 것에 대해서만 말할 수 있다"라고 했다. 여기에도 '생각하다-
말하다'의 프레임이 나타나는 것을 확인할 수 있다. 그는 증오와 의
심 외의 많은 것들을 만나고 좋아해서 이 시집이 만들어졌다고 말했
다. 그러나 그것들도 결국은 '생각하다-말하다'의 프레임 안에 있는
것이 아닐까? 그의 시가 '느끼다-겪다'의 차원으로 이행할 수는 없
는 것일까? 이것은 황인찬 시의 긍정적 변화를 기대하는 질문이다.
그래서 이 장에서는 세 번째 시집의 시 중 '느끼다-겪다'의 차원으로
변화를 보이는 시를 중심으로 그 가능성을 검토해 보기로 한다.

　시집 앞부분에 실린 「통영」은 통영 여행을 기반으로 한 시다. 그의
다른 시처럼 이 시의 화자도 정태적이다. 무언가를 타고 통영으로
가면서 좌우의 정경을 보고 거리를 걸으며 무언가를 느낀다. 원문고
개를 지나면 통영이 시작되는데 거기서 보이는 좁은 만을 보고 외
지 사람들은 그것이 강이냐 바다냐 이야길 한다고 했다. 이것은 통
영 사람의 지식과 외지 사람의 감각이 서로 다르다는 사실을 나타낸
다. 그런데 외지 사람이건 통영 사람이건 버스로 그곳을 지날 때 "모
두 오른쪽에 펼쳐진 바다를" 보는 것은 똑같다. 여기에는 시각과 감
각의 차이가 개입할 여지가 없다. 그러나 화자는 "너무 고단해 오는
내내 잠들어" 있었기 때문에 통영에 들어왔다는 느낌을 갖지 못한
다. 그래도 그것이 그에게 "나쁜 일"이라고는 할 수 없다. 여기 돌발

적으로 "나 자신의 죽음을 구경하기 전까지는 그랬다"는 구절이 개입한다. 죽음을 구경하다니? 인간의 죽음과 관련된 내용은 이 시에 없다. 너무 고단해서 눈에 보이는 것에 관심이 없었지만, 자신의 죽음과 관련된 내용을 만날 때는 거기 관심을 갖게 될 거라는 뜻으로 해석된다. 나중에 통영 사람들과 밤 부둣가를 거닐며 불어오는 바닷바람이 포근하다고 느꼈지만, 그것에 대해서도 '무슨 일이 일어났다'는 느낌은 받지 못했다. 전반적으로 그는 대상에 무감각한 것이다. 자신의 죽음을 구경하는 일이 일어나야 비로소 관심을 보일 것이다. 그는 혼잣말처럼 "통영의 모든 것이 아름답군요!"라고 말했지만 진심을 드러냈다기보다는 안내하는 사람들의 호의에 답례하기 위해 말했을 공산이 크다. 통영에서의 이야기는 이것으로 끝이다.

통영의 일이 끝나자 버스를 타고 돌아왔는데, "돌아가는 버스에서는/왼쪽으로 펼쳐진 바다를 보았다"고 했다. 올 때 바다가 오른쪽으로 보였기에 갈 때 왼쪽으로 보인 것은 당연한 일이다. 그는 통영에 가서 밤 부둣가를 거닐고 다시 돌아왔다. 그 전 과정이 무료했는데, 그것이 "자신의 죽음"과 관련되지 않았기 때문이다. 목숨이 좌우될 정도의 큰일이 아니면 매사가 무료한 것이다. 화자가 그렇다기보다는 인간이 그렇다는 뜻이다. 자신의 체험을 바탕으로 인간의 속성을 표현한 것이다. 인간은 자신의 이해관계와 욕구에 의해 얼마든지 시각을 달리한다는 것, 그런 인간에게 객관적 인식을 기대하기 어렵다는 것을 경험을 바탕으로 표현했다. 이 시에도 생각이 중심을 이루기는 하지만 인간의 경험이 있고 육체의 감각이 들어 있다. 그러나 그것이 전면화되지는 않았다. 그래도 대상과의 관계 속에 생각과 관찰과 느낌을 표현했으니 추상의 단계를 벗어난 것은 사실이다.

폐업한 온천에
몰래 들어간 적이 있어

물은 끊기고
불은 꺼지고

요괴들이 살 것 같은 곳이었어
센과 치히로에서 본 것처럼

너는 그렇게 말하고 눈을 감았다

도시에는 사람들이 살지 않는다
다들 어디론가 멀리 가 버렸어

풀이 허리까지 올라온 공원
아이들이 있었던 세상

세상은 이제 영원히 조용하고 텅 빈 것이다
앞으로는 이 고독을 견뎌야 한다

그렇게 생각하면
조금은 마음이 편해진다

긴 터널을 지나 낡은 유원지를 빠져나오면
사람들이 많았다

너무 많았다

—「부곡」 전문

이 시는 몽환적이다. 만화영화의 주인공 치히로가 나와서 그런 것이 아니라 담론의 구조가 몽환적이다. 그러니 제목인 "부곡"에서 우리나라의 온천장 부곡을 떠올릴 필요는 없다. 폐업한 온천에 대한 이야기는 화자가 직접 본 것이 아니라 너에게 들은 이야기다. 폐업한 온천에 몰래 들어갔더니 물은 끊기고 불은 꺼지고 요괴들이 나올 것 같은 음산한 분위기더라고 네가 말한 것이다. 이렇게 음산한 모습을 이야기한 다음에 폐허가 된 도시의 모습을 보여 준다. 도시가 텅 비었고 풀만 무성하고 공원에 놀던 아이들도 자취를 감추고 "영원히 조용하고 텅 빈" 세상의 모습이 드러난다. 화자는 앞으로 "이 고독을 견뎌야 한다"고 말한다. 그렇게 생각하면 "조금은 마음이 편해진다"고 다시 말한다. 이 두 문장을 보면 폐허의 고독을 견디는 것이 그리 어렵지 않을 것이라는 느낌을 받는다. 고독을 견디면 새로운 무엇이 올 것이라는 예감은 없지만, 고독을 견디면 폐허에서도 살 수 있으리라는 예감은 받는다. 이 예감은 삶의 폐허도 능히 견디겠다는 시인의 의지로도 읽힌다. 그는 생각의 차원을 넘어서 고독을 겪고 고독을 견뎌 내는 일을 자신의 과업으로 삼고 있는 듯하다. 그래서 앞에 놓인 너의 이야기가 폐허의 고독을 잘 견디기 위한 하나의 배경 같은 역할을 한다고 받아들이게 된다.

그런데 다음 장면에서 화자는 공간을 이동한다. 마치 「통영」에서 통영의 밤 부둣가를 거닌 화자가 버스를 타고 통영 밖으로 이동하는 것과 마찬가지다. 이것은 「구관조 씻기기」에 나왔던 "긴 복도를 벗어나 거리가 젖은 것을 보았다"와 유사한 구조다. 여기서도 긴 터널은 「구관조 씻기기」의 "긴 복도"처럼 두 이질적인 공간을 나누는 경계지대 역할을 한다. 화자가 목격한 낡은 유원지는 사람의 자취라고는 없는 "영원히 조용하고 텅 빈" 모습이었다. 그 공간을 벗어나자 '사람이 너무 많은' 아주 다른 공간에 이르게 된 것이다. "너무 많았다"라는 말은 견디기 힘든 상태를 나타낸다. 고독은 견딜 만했는데, 사람이 너무 많은 것은 고독보다 견디기 힘들다. 여기서 시인이 어디를 지향하는지 분명해진다. 그는 사람이 너무 많은 상태보다 차라리 유령이 나올 것 같은 폐허의 공간이 더 낫다고 여긴다. 시인의 체험과 느낌의 영역이 자아의 내부로 편향되어 있음을 알 수 있다. 어차피 서정시는 자아의 은밀한 지점으로 응축되는 경향을 보이는 것이니 체험의 내성화 자체에 문제는 없다. 다만 세계와의 접촉이 지나치게 축소되어 제한된 편향을 보이는 것이 문제다. 느끼고 체험하는 세계로 나아가는 것은 아직 미정의 모호함으로 남아 있다. 이와 유사한 정서를 나타내지만 상황의 변이를 꾀한 작품을 통해 자아의 태도를 더 살펴보자.

맞아, 그 여름의 바닷가에선 물새들이 끊임없이 울고 있었어 젊은
사람들이 해변을 뛰어다녔고 맞아, 우리는 개를 끌고 나왔어 그런데
그 개는 어디로 갔지?

쌓인 눈을 밟으면 소리가 난다
작은 것들이 무너지고 깨지는 소리다

우리는 그때 맨발로 뜨거운 아스팔트를 걷고 있었어 물놀이에 정신

이 팔려 신발을 잃어버리고도 서로를 보며 그저 웃었고 그때 우리는
두 사람이었지

　한 사람의 발자국이 흰 눈 위로 길게 이어져 있다
　아주 옛날부터 그랬다

　이제는 잘 기억나지 않는다

　웃고 있는 서로를 보며 우리가 서로의 눈동자 속에서 무엇을 보고
또 알았는지 끝없이 이어진 수평선을 보며 우리가 서로에게 어떤 마음
을 주고받았는지

　"이런 삶은 나도 처음이야"
　그렇게 말하니 새하얀 입김이 공중으로 흩어졌고

　그때 우리는 사람으로 가득한 여름의 도시를 걷고 있었다 두 사람의
젖은 발이 뜨거운 지면에 남긴 발자국이 금세 사라져 버리는 것도 모
르는 채로

　겨울 호수를 따라 맨발 자국이 길게 이어져 있다
　주변에는 아무도 없다

—「사랑과 자비」 전문

　이 시에는 여름과 겨울 두 계절의 정황이 대칭적으로 전개된다.
화자도 두 사람이라고 하는 것이 적당하다. "사랑과 자비"라는 제목

은 마치 하나는 사랑의 정경이요 또 하나는 자비의 정경일 것 같은 느낌을 주는데, 내용은 그와 관련이 없다. 여름의 정경은 겨울의 정경에 비하면 훨씬 동적이고 겨울이 한 사람의 회상인 데 비해 여름은 두 사람이 함께 걷는 것으로 되어 있다. 여름과 겨울이 병치되지만, 소리, 발자국, 배경 등의 유사한 요소로 연결되는 구성을 갖는다.

여름의 정경만 이야기하면, 여름 바닷가의 장면은 역동적이다. 물새들이 끊임없이 울고 젊은 사람들이 해변을 뛰어다닌다. 물놀이를 하다 신발을 잃어버려서 맨발로 뜨거운 아스팔트를 걸었지만 즐거워서 서로를 보고 웃는다. 웃는 서로의 눈동자에서 무엇을 보았는지 수평선을 보며 어떤 마음을 주고받았는지는 사실 잘 기억나지 않는다. 사람으로 가득한 여름의 도시를 걸었고 뜨거운 지면에 젖은 발이 남긴 발자국이 금세 사라져 버리는 것도 느끼지 못했다.

겨울의 정경만 이야기하면, 겨울의 눈길은 적막하다. 쌓인 눈을 밟는 소리를 들으며 걷는데, 그 소리가 작은 것들이 무너지고 깨지는 소리로 들린다. 흰 눈 위에 한 사람이 남긴 발자국이 길게 이어져 있다. 이런 삶은 처음이라고 말해도 그 말은 독백이 되어 새하얀 입김으로 공중에 흩어진다. 겨울 호수를 따라 맨발 자국이 길게 이어져 있을 뿐 주변에는 아무도 없다.

이 두 정경에서 "사람으로 가득한 여름의 도시"와 "주변에는 아무도 없다"는 대조적인 묘사를 우선 주목할 필요가 있다. 앞에서 본 「부곡」의 관점을 기준으로 하면, 아무도 없는 고독은 견딜 만하고 사람이 가득한 번잡은 견디기 어렵다. 여름의 경험은 겉으로는 역동적이고 번성한 것 같지만 사실은 끌고 나온 개도 잃어버렸고 신발도 잃었고 서로에게서 무엇을 느꼈는지 어떤 마음을 알았는지 전혀 모르는 상태다. 두 사람의 발자국이 어떤 흔적을 남겼는지 알지 못한 상태에서 정신없이 걸었던 무의미한 행보였다. 겉으로는 역동적이지만 사실은 공허하기 짝이 없는 무의미의 체험이다. 여기에 비해 겨울의 산보는 적막해 보이고 무언가 허전함을 느끼게 하지만 옛날부터 이어진 발자국의 흔적을 보여 주고 새로운 삶의 감각도 일깨워 주고 맨발 자국으로 걸어도 오래 지속될 것 같은 안정감을 안겨 준다. "사랑과 자비"는 적막한 겨울의 보행에 있지 떠들썩한 여름의 거리에는 없는 것 같다. 여기서도 시인의 의식은 사람이 많은 여름보다 적막하고 허전한 겨울을 지향하고 있음을 알 수 있다. 다만 그 지향의 양식이 「부곡」처럼 화자의 느낌과 생각으로 제시된 것이 아니라 상황과 사건으로 제시된 점이 다르다. 판단을 위한 과정에 서사가, 다시 말하면 체험과 느낌이 개입하고 있는 것이다. 이것은 시인의 의식이 체험과 느낌을 수용하는 쪽으로 이동하고 있음을 알려 준다. 시인의 시선과 정신이 확장되고 있음을 확인할 수 있다.

그는 이 시집에서 자신의 시작을 반성하는 듯한 발언을 여러 차례 했다. 「요가학원」에서 "아, 시 계속 이렇게 쓰면/좋은 시인 못 되는데, 나도 아는데……"라고 말하며 좋은 시인 못 되면 소가 된다고 자신을 희화화하기도 했다. 영화의 한 대목이나 선생님의 강평도 인용하고 김수영, 김소월, 김종삼, 김동명의 시구를 부분적으로 차용하면서 자신의 시의 진로에 대해 고민하는 자세를 보여 준다. 소극적 독백이 노출되어서 장난스럽게 보이지만 자신의 시를 반성하고 있음은 틀림없다. 「요가학원」 다음에 비치된 시 「레슨」은 그 주제를 이어받아 "피아노를 치는데 자꾸 음이 엇나갔다"고 한 것도 자신의 시적 진로에 대한 고민을 나타낸 것이다. 특히 「그것은 가벼운 절망이다 지루함의 하느님이다」는 시에 대한 자성과 고민이 격투를 벌이는 난장의 공간이다. "이 시에는 이미지가 없고/관념이 없고/기쁨이 없었으면 좋겠다"로 시작하여 "그저 늘어지기만 하는 이 글이" "시가 아니라면 정말 좋겠다"로 이어지는 이 장편의 시는 이미지, 관념, 주제를 놓고 시라는 유령과 대결을 벌이는 시인의 고투를 희화적으로 표현했다. 여기 특히 "관념"이란 단어가 들어 있다는 것은 시인이 자신이 넘어야 할 벽을 날카롭게 인식하고 있음을 드러낸다.

이런 여러 가지 사례로 볼 때 젊고 사려 깊은 황인찬 시인이 자신의 낙낙한 자리에 안주하지 않고 새로운 영역으로 나아갈 것이라는 점은 분명해 보인다. 「그것은 가벼운 절망이다 지루함의 하느님이다」에 언급한 것처럼 "당신이 생각할 수 있는 모든 좋은 것"이 "손에 만져지는 돌"이 되어 "그 돌을 먼 바다에 던질 수 있"는 그런 날이 오리라고 믿는다. 그의 시 「건조과」에 나온 구절을 끌어와 말하면, 황인찬 시인은 미래의 시인이다.